ATRAVÉS DE VOCÊ

ATRAVÉS DE VOCÊ

Ariana Godoy

Tradução de Karoline Melo

Copyright © 2021 by Ariana Godoy
A autora é representada pelo Wattpad.

TÍTULO ORIGINAL
A través de ti

PREPARAÇÃO
Marcela Ramos

REVISÃO
Luíza Côrtes

DIAGRAMAÇÃO
Ilustrarte Design e Produção Editorial

ARTE DE CAPA
Penguin Random House Grupo Editorial / Manuel Esclapez

FOTO DE CAPA
© Shutterstock / Andreshkova Nastya

ADAPTAÇÃO DE CAPA
Julio Moreira | Equatorium Design

CIP-BRASIL. CATALOGAÇÃO NA PUBLICAÇÃO
SINDICATO NACIONAL DOS EDITORES DE LIVROS, RJ

G532a

    Godoy, Ariana, 1990-
        Através de você / Ariana Godoy ; tradução Karoline Melo. - 1. ed. - Rio de Janeiro : Intrínseca, 2022.
        336 p. ; 21 cm. (Os irmãos Hidalgo ; 2)

    Tradução de: A través de ti
    ISBN 978-65-5560-379-8

    1. Romance venezuelano. I. Melo, Karoline. II. Título. III. Série.

22-78803
                      CDD: 868.99383
                      CDU: 82-31(87)

Gabriela Faray Ferreira Lopes - Bibliotecária - CRB-7/6643

[2022]
Todos os direitos desta edição reservados à
EDITORA INTRÍNSECA LTDA.
Rua Marquês de São Vicente, 99, 6º andar
22451-041 – Gávea
Rio de Janeiro – RJ
Tel./Fax: (21) 3206-7400
www.intrinseca.com.br

*Para minhas bruxinhas e deuses gregos,
para meus icebergs e foguinhos.
Para minhes bolinhes de todo o mundo,
obrigada hoje e sempre.*

PRÓLOGO

4 de julho

ÁRTEMIS

O som dos fogos de artifício ressoa por toda a praça. O céu da noite está iluminado, repleto de círculos coloridos que se expandem até desaparecer. Vejo as pessoas celebrarem, gritarem e aplaudirem enquanto passo as mãos suadas na calça, tentando secá-las.

Por que estou tão nervoso?
Por causa dela...

Olho para o lado e a observo, pensando em tudo outra vez — calculando, repetindo mentalmente o que devo dizer, como e se vou conseguir dizer. Estamos sentados na grama, e ela sorri. Seu olhar está perdido no espetáculo, as explosões coloridas refletidas em seu rosto.

Ela esteve ao meu lado desde que éramos crianças, e à medida que crescemos, parte de mim sempre soube que meu sentimento não é apenas carinho ou amizade. Quero muito mais que isso. Após semanas criando coragem, decidi tomar uma iniciativa.

Vamos, você consegue.

Volto a olhar para o céu colorido e passo a mão devagar pela grama até parar sobre a dela. Meu coração acelera e me sinto um idiota por não conseguir controlá-lo. Não gosto de ficar vulnerável. Nunca pensei que me sentiria assim por alguém; nunca desejei isso. Ela não diz uma palavra sequer, mas também não afasta o toque.

Consigo sentir seus olhos em mim, mas não me atrevo a encará-la; além disso, não sou bom com palavras, nunca fui. Por fim, quando decido tomar as rédeas da situação, ajo tão rápido que me surpreendo. Com a mão livre, agarro o pescoço dela e aproximo nossas bocas. No entanto, o toque dos lábios é tão fugaz quanto os fogos de artifício desaparecendo no céu. Ela me empurra com força, afastando-me em questão de segundos. Sua reação me deixa sem fôlego, sem palavras.

Sinto a amarga sensação da rejeição, e meu peito dói. Ela abre a boca para falar alguma coisa, mas volta a fechar, como se não soubesse o que dizer, temendo me magoar; posso ver isso com nitidez. Mas agora é tarde demais. Trinco os dentes, levanto-me e dou as costas para ela. Não quero piedade.

— Ártemis... — sussurra ela.

Mas já estou me afastando, deixando-a para trás.

Esta noite, decido deixá-la para trás e me fechar por completo outra vez. Nunca mais alguém vai me magoar assim. Nunca mais baixarei a guarda dessa forma. Não vale a pena.

1
"POR QUE VOCÊ NUNCA QUER FALAR DELE?"

4 de julho, cinco anos depois

CLAUDIA

"Qual é a sensação de morar com caras tão atraentes?"
"Você tem tanta sorte."
"Que inveja!"
"Morar com esses deuses, que privilégio."
"Como você consegue morar com eles?"
"Já transou com algum dos irmãos?"
"Me passa o número do celular dele?"

Esses são só alguns dos comentários que tenho que aturar desde que os irmãos Hidalgo saíram da puberdade e se tornaram o sonho erótico das garotas e dos garotos da região. Ártemis, Ares e Apolo Hidalgo, os meninos que conheço desde criança — embora não sejamos da mesma família —, arrancam muitos suspiros. Como vim morar com eles? Bem, minha mãe é empregada dos Hidalgo desde que me entendo por gente. O sr. Juan Hidalgo abriu as portas de sua casa para nós duas e nos abrigou aqui; e serei eternamente grata por isso. Ele sempre foi muito bom conosco, então quando minha mãe ficou doente há um ano e não pôde continuar trabalhando, o sr. Hidalgo deixou que eu cuidasse dos serviços domésticos.

Muitas pessoas têm inveja de mim e acreditam que minha vida é perfeita só porque moro com caras lindos, mas elas não poderiam estar mais enganadas. A vida não se resume a relacionamentos, sexo e garotos. Para mim, vai muito além disso. Relacionamentos trazem complicações, problemas e discussões. Concordo que às vezes proporcionam uma felicidade momentânea, mas será que vale a pena se arriscar por migalhas de alegria? Acho que não. Prefiro mil vezes ter estabilidade e tranquilidade a tudo que um relacionamento pode oferecer, então me mantenho longe deles; meus afazeres já bastam.

E não me refiro somente ao amor. Acho muito difícil cultivar amizades, já que não tenho tempo livre. Trabalho na casa dos Hidalgo durante o dia, cuido da minha mãe nos intervalos e vou para a faculdade à noite. Meu dia começa às quatro da manhã e termina quase à meia-noite, então só tenho tempo para dormir. Eu deveria estar cheia de amizades no auge dos meus vinte anos, mas tenho apenas uma amiga — e isso só porque fazemos as mesmas aulas na faculdade. Lógico que considero os meninos meus amigos, principalmente Ares e Apolo. Ártemis é outra história.

Na verdade, Ártemis e eu éramos muito próximos quando mais novos. Mas tudo mudou cinco anos atrás, naquela noite de 4 de julho em que rejeitei um beijo dele. Depois daquele dia, nosso relacionamento deixou de ser agradável e tranquilo e se tornou distante. Ele passou a falar comigo apenas o indispensável. Os irmãos perceberam o afastamento, mas nunca me questionaram o motivo. Isso é ótimo, porque teria sido muito esquisito explicar o que aconteceu.

Para Ártemis, foi muito fácil me evitar, já que ele começou a faculdade no final daquele verão. Saiu de casa e passou os últimos cinco anos morando no campus. No entanto, se formou há um mês e está voltando para casa.

Hoje.
A vida sabe ser bem irônica quando quer. Tinha que voltar justo no dia em que completa cinco anos daquela noite. A família de Ártemis organizou uma festa surpresa para ele, e eu não posso negar que estou nervosa. A última vez que o vi foi há seis meses, apenas por um segundo, quando veio buscar umas coisas em casa. Nem me cumprimentou. Para ser sincera, espero que desta vez possamos ter uma conversa mais civilizada. Já se passou muito tempo, não acredito que ele ainda lembre. Não estou dizendo que desejo voltar a ser próxima dele como antes, mas espero que pelo menos possamos conversar sem causar um clima estranho.

— A comida está pronta? — pergunta Martha, minha mãe, pela terceira vez enquanto me ajuda a fechar o zíper do meu vestido preto.

A sra. Sofía, minha patroa, me pediu para usar essa roupa; quer que as pessoas que contratou para servir seus convidados estejam elegantes, e eu não sou exceção.

— Claudia, está me ouvindo?

Olho para minha mãe e abro um sorriso.

— Está tudo em ordem, mãe, não se preocupe. Agora vá dormir, está bem?

Faço com que ela se deite, cubro-a e lhe dou um beijo na testa.

— Voltarei logo — aviso.

— Não se meta em confusão. Você sabe, o silêncio é a...

— Melhor resposta. — Termino a frase por ela. — Eu sei.

Minha mãe acaricia meu rosto.

— Você não faz ideia. As pessoas que vêm para essa festa podem ser muito grosseiras.

— Não vou causar problemas, mãe. Já sou bem grandinha.

Dou outro beijo na testa dela e me afasto. Verifico no espelho se o coque que fiz está bem preso, sem um único fio ruivo fora do lugar. Não posso usar o cabelo solto, pois estarei perto da comida. Apago a luz e saio do quarto, andando com rapidez. Os saltos pretos que estou usando fazem barulho a cada passo. Embora não use com frequência, ando muito bem de salto alto.

Ao chegar na cozinha, encontro quatro pessoas: dois garotos com uniformes de garçom e duas garotas com o mesmo vestido que eu. Conheço-os porque são funcionários da empresa que a sra. Sofía sempre contrata para organizar festas. Ela gosta que sejam sempre os mesmos porque eles são competentes e têm experiência com eventos realizados na casa. Além disso, uma das meninas é minha amiga da faculdade. Sim, isso mesmo, eu a ajudei a conseguir o emprego.

— Como você está?

Gin, minha amiga, dá um suspiro.

— Bem — responde ela, apontando para a garota de cabelo preto. — Anellie fez alguns drinques e colocou o champanhe e o vinho no minibar.

— E quem vai ficar no minibar preparando as bebidas? — pergunto, pegando uma bandeja de aperitivos. — Jon?

Jon assente.

— Como sempre, o melhor bartender do mundo.

Ele pisca para mim.

Gin revira os olhos e diz:

— Oi? Eu faço as melhores margaritas do mundo.

Miguel, que ficara calado até agora, decide falar:

— Assino embaixo.

Jon mostra o dedo do meio para os dois e eu olho o relógio.

— Hora de ir. Os convidados devem estar chegando.

Observo-os sair, mas Gin fica mais atrás de propósito para me acompanhar.

— Como você está?

Dou de ombros.

— Normal. Como eu deveria estar?

Ela solta um grunhido.

— Não precisa fingir comigo. Você não o vê há meses, deve estar muito nervosa.

— Estou bem — insisto.

— Eu o vi em uma revista de negócios alguns dias atrás, lembra? Sabia que ele é um dos empresários mais jovens do estado?

Óbvio que sei. Gin continua falando:

— Ele nem tinha terminado a faculdade quando assumiu a empresa Hidalgo. Fizeram um pequeno resumo na matéria, ele é um baita gênio. Se formou com distinção acadêmica.

— Gin. — Olho para ela, segurando-a pelos ombros. — Adoro você, mas poderia calar a boca?

Gin bufa.

— Por que você nunca quer falar dele?

— Porque não tenho motivo para isso.

— Nada tira da minha cabeça que aconteceu alguma coisa entre vocês. Ele é o único Hidalgo sobre quem você nunca quer falar.

— Não aconteceu nada — rebato.

Entramos na sala de estar. O cômodo está todo decorado, os móveis foram substituídos por enfeites e mesinhas altas com bebidas e aperitivos. Sofía e Juan estão na porta, a postos para receber os convidados. Apolo, o filho mais novo, está ao lado deles, em um terno muito bonito. Franzo a testa. Cadê o Ares?

Corro para o andar de cima, porque conheço esses garotos muito bem. Ares foi a uma festa ontem à noite e chegou de madrugada, então é provável que esteja dormindo, apesar de já ser quase seis da tarde.

Sem bater na porta, entro no quarto dele e não me surpreendo ao encontrá-lo no escuro. O cheiro de álcool e cigarro me faz torcer o nariz. Vou até as janelas e abro as cortinas. A luz do pôr do sol ilumina o garoto deitado, sem camisa, com o rosto enfiado no travesseiro, o lençol cobrindo até pouco acima da cintura. Também não me surpreendo ao ver a garota loira dormindo ao lado dele. Apesar de não conhecê-la, sei que deve ser um de seus relacionamentos casuais.

— Ares! — Toco seu ombro de leve, e ele só solta um grunhido de reclamação. — Ares! — Desta vez, aperto o ombro dele e o vejo abrir aqueles olhos azuis tão parecidos com os da mãe.

— Ah, luz! — reclama ele, cobrindo os olhos.

— A luz é o menor dos seus problemas.

Endireito o corpo e coloco as mãos na cintura.

— O que aconteceu? — pergunta ele, sentando-se e passando a mão pelo rosto.

Digo tudo que ele precisa saber com uma única palavra:

— Ártemis.

Dá para ver as engrenagens do cérebro dele começando a funcionar, e por fim ele se levanta. Ares está apenas de cueca boxer, e se eu não o tivesse visto tantas vezes desse jeito, ficaria deslumbrada com a visão.

— Merda! É hoje!

— Vamos, toma um banho. Seu terno está pendurado na porta do banheiro.

Ares está prestes a correr para o banheiro quando repara na garota dormindo na cama.

— Ah, merda.

Ergo a sobrancelha.

— Achei que estivesse dando uma pausa nas aventuras sexuais sem compromisso.

— Eu estava... Ah, maldito álcool. — Ele coça a nuca. — Não tenho tempo para lidar com todo o drama que deve rolar quando eu mandá-la embora. — Ele se aproxima de mim. — Você me ama mesmo, Clau?

— Não vou despachar a garota, Ares. Você precisa se responsabilizar pelos seus atos.

— Por favor, eu tenho pouco tempo — suplica ele. — Não vai dar para descer a tempo de receber meu irmão.

— Está bem, mas é a última vez. Estou falando sério. — Empurro-o para o banheiro. — Vai logo.

Suspirando, acordo a garota. Ela se veste em silêncio, e eu lhe dou o máximo de privacidade possível. É estranho, mas, por mais horrível que seja dizer isso, estou acostumada com situações assim. Morar com um garoto de dezoito anos no auge de seu vigor sexual me obrigou a me acostumar. Apolo ainda é muito inocente, e dou graças a Deus por isso.

Preciso admitir que a loira é muito bonita. Sinto pena dela.

— Vamos, vou pedir um táxi e acompanhar você até a porta dos fundos.

Ela fica ofendida.

— A porta dos fundos? Quem pensa que eu sou? E você ainda não me disse quem é...

Entendo a pergunta, já que não há nada que indique que sou apenas a empregada da casa com este vestido elegante.

— Não faz diferença. Está tendo uma festa lá embaixo, e ao menos que queira várias pessoas olhando para você assim, sugiro que use a porta dos fundos.

Ela me lança um olhar mortal.

— Que seja.

Ingrata.

Sei que estou fazendo um trabalho sujo e apoiando esse comportamento de alguma maneira, mas conheço Ares. Ele é terrivelmente sincero, e sempre deixa explícito para as garotas o que quer. Se, mesmo assim, elas se entregam para ele esperando mais, a responsabilidade é delas.

Depois de dispensar a garota e vê-la entrar em um táxi, volto para a festa. Várias pessoas já chegaram em seus vestidos elegantes e ternos de marca. Esboço meu melhor sorriso e sirvo os convidados com educação, rindo de piadas que não acho graça e elogiando todo mundo, mesmo que não seja sincero.

Conforme a sala vai enchendo, fico tensa. A festa é surpresa, e Ártemis não faz ideia de que, quando voltar, depois de tanto tempo fora, será recebido por tanta gente. O momento está cada vez mais próximo. Não sei por que estou tão nervosa.

A sra. Sofía pede atenção, e todos ficamos quietos. Jon apaga as luzes, e esperamos em silêncio absoluto enquanto ouvimos a porta abrir.

Ártemis chegou.

2

"GAROTAS NUNCA QUEREM SÓ SEXO"

CLAUDIA

Há momentos da vida que parecem passar em câmera lenta, mesmo que estejam em tempo real, ainda mais quando são situações carregadas de emoção. A porta se abre, as luzes se acendem e os aplausos ecoam pela enorme sala.

    Sinto um incômodo ao perceber o tanto que meu coração acelera ao vê-lo: Ártemis. Não posso deixar de notar o quanto ele mudou. Já não é o garoto de olhos brilhantes que segurou minha mão naquele 4 de julho aos dezessete anos. É um homem-feito e está com um terno que o faz parecer mais velho. Seus pais o cumprimentam e em seguida várias pessoas fazem o mesmo. Ele mudou muito, já não sorri tanto, e seu olhar está vazio e frio.

    Está ainda mais bonito, não vou negar; seus traços amadureceram e uma barba por fazer cobre seu rosto. Quando enfim consigo tirar os olhos dele, reparo na ruiva ao seu lado. É uma mulher lindíssima, de curvas acentuadas e com um decote surpreendente. Ela pega uma mecha do cabelo e coloca atrás da orelha, abrindo um sorriso para a mãe de Ártemis. Pelo jeito que se apoia nele, devem ser bem íntimos.

E que diferença faz para você, Claudia?
Balanço a cabeça para afastar o pensamento. Estou prestes a me virar quando meu olhar cruza com o de Ártemis. Os olhos cor de café, que sempre admirei, encontram os meus, e eu paro de respirar. O ar muda a meu redor, e a tensão entre nós se torna palpável, como se um fio de emoções nos conectasse em meio às pessoas. Não tenho coragem suficiente para sustentar o olhar, então me viro, dando de cara com Gin.

— Ele é ainda mais gato pessoalmente — comenta ela.

Passo por Gin sem responder nada. Jon me recebe no minibar com um grande sorriso.

— Por que está sempre tão séria? — pergunta ele. — Sorrir não é crime, sabia?

Entrego a bandeja com taças de champanhe vazias para ele encher.

— Não tenho motivos para sorrir.

Jon me entrega outra rodada de taças cheias.

— Nem sempre precisa ter motivo — começa ele, inclinando-se sobre o bar. — Você fica linda sorrindo.

Ergo as sobrancelhas.

— Já disse que suas investidas não vão funcionar comigo — aviso.

Gin aparece ao meu lado.

— Lógico, Clau prefere caras com barba — explica ela.

— Posso deixar a minha crescer por você — sugere Jon fazendo beicinho.

Estou prestes a responder, mas braços torneados me envolvem por trás. O cheiro de um perfume familiar alcança meu nariz quando Ares me abraça com força.

— Você me salvou. Obrigado — diz ele.

Eu me solto e me viro.

— Foi a última vez — aviso.

Ele abre um sorriso.

— Prometo que não vai acontecer de novo.

— Foi o que você disse da última vez.

— Prometo pra valer.

Ares olha para mim com aquela cara de cachorrinho abandonado que com certeza já derreteu o coração de muitas garotas. Nem me dou ao trabalho de responder e dou um tapinha na sua testa com o dedo, arrancando uma risada. Atrás dele, vejo Ártemis e a mulher ruiva vindo em nossa direção, provavelmente para cumprimentar Ares.

Essa é minha deixa para fugir.

— Vou pegar mais aperitivos — murmuro.

Saio antes que Gin possa protestar, porque nós duas sabemos que já tem petiscos de sobra.

A cozinha é meu porto seguro, onde eu cresci; me lembro de rabiscar na mesa enquanto minha mãe cozinhava e limpava. Aqui é o lugar da casa que os Hidalgo menos frequentam, portanto, é meu território. E não porque quis que fosse assim, apenas fui criada neste espaço. Não planejei que aqui fosse meu lugar seguro, só aconteceu. Mexo nas coisas que já estão prontas, fingindo estar ocupada caso alguém entre. Só estou matando tempo, e se a sra. Hidalgo se der conta disso pode me repreender.

Nem sei por que estou fugindo de Ártemis.

Na minha cabeça, esta noite se desenrolaria de outra maneira. Jamais imaginei que estaria me escondendo dele feito covarde. O que está acontecendo comigo?

Você só ficou impressionada porque ele está mais maduro, é só isso. Você nunca se deixou ser intimidada, não permita que ele quebre o ciclo agora.

— Você está bem? — A voz de Apolo, o caçula dos Hidalgo, me faz pular de susto.

Viro para ele.

— Aham, tudo bem — respondo.

Apolo é a versão inocente de seus irmãos. Os olhos castanhos e o sorriso infantil se destacam em sua beleza. Ouso dizer que, com o tempo, ficará ainda mais atraente que os irmãos e será o mais gente boa deles, sem dúvidas.

— Então por que está se escondendo? — pergunta ele.

Apolo se encosta na mesa da cozinha e cruza os braços.
— Não estou me escondendo — respondo.
Ele arqueia as sobrancelhas.
— E o que está fazendo então?
Abro a boca e volto a fechá-la, pensando em alguma desculpa. Por fim, surge uma ideia.
— Eu estou...
— Enrolando — interrompe Sofía Hidalgo, entrando na cozinha. — Posso saber por onde você andou nos últimos vinte minutos?
— Só estava verificando...
— Shhh! — Ela me silencia. — Não quero desculpas. Volte lá para fora e sirva meus convidados.

Mordo a língua porque prometi para minha mãe que me comportaria. De má vontade, passo por Apolo e volto para esta farsa que chamam de festa. Cumprimento as pessoas, sirvo-lhes bebidas e sorrio que nem uma idiota. Mantenho os olhos e os pensamentos afastados do centro da atenção da noite.

Para o meu azar, a cautela para não esbarrar com Ártemis me levou a encontrar a pessoa que eu menos esperava ver aqui: Daniel.

Os olhos dele brilham ao encontrar os meus.
— Minha linda.
Merda.
Aceno brevemente e estou prestes a passar direto por ele, mas Daniel me segura pelo braço.
— Ei, ei, espera. — Ele me vira. — Se acha que vou deixar você escapar desta vez, está muito enganada.
Desvencilho meu braço.
— Estou ocupada agora — digo.
— Por que ignorou minhas ligações? — pergunta ele. Eu não queria ter essa conversa. — Sei que está se fazendo de difícil, mas não acha que dois meses sem me responder não é demais?
Ai, Daniel.

Para resumir, ele foi resultado de uma noite de bebedeira e tesão acumulado. Ele joga no time de futebol de Ares e é lindo pra caramba. Apesar de ser mais novo que eu, é muito bom de cama. Sim, o sexo foi gostoso, mas foi só isto: sexo.

Sim, sou muito sincera a respeito da minha sexualidade e do que quero. A sociedade que se dane. Nós, mulheres, temos o direito de transar *quando*, *como* e *com quem* der vontade. Desde que eu me proteja e me cuide, não tem motivo para isso ser um problema. Talvez muitas pessoas me julguem, mas não dou a mínima.

Não estou interessada em relacionamentos amorosos, mas aprecio a companhia de um homem atraente que sabe o que está fazendo. Tem algo de errado nisso? A vida é minha, e eu decido o que fazer com ela. Não sou contra pessoas que namoram ou que acreditam que sexo é sagrado. Respeito as crenças das pessoas da mesma forma que espero que respeitem as minhas. Cada um cava seu próprio túnel para atravessar a escuridão e, em algum momento, encontrar a luz.

Sendo assim, de cabeça erguida, digo a Daniel:

— Daniel, você é um homem muito atraente.

Ele sorri.

— Obrigado.

— Mas foi um lance de uma noite. Por favor, deixa isso pra lá e me esquece.

O sorriso dele não apenas desaparece como também dá lugar à confusão.

— O quê?

Passo a mão pelo rosto, frustrada. Com tanta gente em volta e o medo de que minha patroa me pegue à toa mais uma vez, meu lado direto e frio vem à tona.

— Daniel, foi só sexo. Não estou me fazendo de difícil. Eu só queria transar com você. Transei, então acabou.

— Não acredito em você.

— Por quê?

— Garotas nunca querem só sexo.

— Que generalização horrível. Desculpa furar suas estatísticas, mas estou completamente certa de que não quero mais nada com você.

— Não sei que merda de joguinho é esse, Claudia, mas pode parar. Você já conseguiu me deixar interessado, não precisa se esforçar tanto assim.

Por que é tão difícil acreditar que uma garota só quer curtir sua vida sexual?

— Não estou fazendo nenhum jogo, além disso...

— Algum problema aqui?

Ares se junta a nós. Abro um sorriso para ele.

— Não. Na verdade, já estava de saída.

Desapareço o mais rápido que consigo, deixando Daniel falando sozinho.

A festa continua sem mais problemas. No final, eu, Gin e os outros funcionários nos reunimos para limpar tudo antes de encerrar o dia de trabalho. Confiro se minha mãe está dormindo tranquilamente e volto para a cozinha para ver se está tudo certo. Por fim, passo as mãos pelo rosto e solto um suspiro.

— Está cansada?

Paro de respirar. Sua voz também está diferente, muito mais viril, grossa e firme do que me lembro. Dou meia-volta para encará-lo pela primeira vez em muito tempo.

Ártemis.

3

"SURPRESA!"

ÁRTEMIS

— Vamos, sorria um pouco — pede Cristina, lançando-me um olhar de reprovação.

Não respondo. Estou focado na estrada enquanto dirijo por esta rodovia que conheço tão bem. Voltar para casa não me deixa nada animado, já que o lugar está repleto de recordações amargas que eu preferia esquecer. Cristina, por outro lado, está radiante. Ela ama eventos assim.

— Por que você está tão sério?

A pergunta paira no ar. Não estou com disposição para dar explicações, e ela parece notar.

— Odeio quando você fica nesse silêncio profundo. É irritante — acrescenta ela.

Depois disso, Cristina me deixa quieto e retoca a maquiagem, mesmo sem necessidade. Está linda no vestido vermelho que contorna suas curvas com perfeição; o cabelo ruivo está solto, ondulado nas pontas. Tenho certeza de que minha mãe vai adorá-la, já que ela é educada e vem de uma família de prestígio — tudo o que minha mãe sempre quis para mim.

Meu celular vibra no bolso. Coloco o fone para atender.

— Alô?
— Senhor. — A voz de David, meu braço direito, ecoa do outro lado da linha. — Desculpe incomodá-lo, sei que...
— Vá direto ao ponto, David.
— Sim, senhor. — Ele faz uma pausa. — Temos um problema. O departamento de máquinas relatou um acidente com uma das escavadeiras.

A empresa Hidalgo é uma das maiores construtoras do país, com sedes em diferentes estados. Administro a sede principal, e temos vários projetos em andamento. As escavadeiras são uma das máquinas de terraplanagem mais caras.

Por isso, suspiro antes de murmurar:
— O que aconteceu?
— Pelo visto, houve um deslize durante a obra do novo canal e a escavadeira caiu lá dentro. Os guindastes já tiraram a máquina de lá, mas parou de funcionar.
— Merda — sussurro.

Cristina olha para mim, preocupada.
— O operador da escavadeira está bem?
— Sim, senhor. — A informação me tranquiliza. — Para onde quer que enviemos a máquina? Para os fabricantes ou para nossa oficina?
— Para nossa oficina, confio em nossos mecânicos. Me mantenha informado.

Desligo após ouvir David confirmar. Consigo sentir o olhar de Cristina em mim.
— Está tudo bem?
— Sim. Houve um problema com uma das máquinas.

Estaciono o carro e tiro o cinto de segurança.
— Estou nervosa, não consigo disfarçar — admite ela, soltando uma risada ansiosa.

Saio do carro e dou a volta pela frente do veículo para abrir a porta para Cristina. Ela sai, segura minha mão, e vamos até a entrada.

Minha casa...

Embora não tenha morado aqui nos últimos anos, exceto por algumas visitas, a sensação de familiaridade me invade, e me vem à mente um par de olhos escuros que me ferem a cada lembrança.

— Está um silêncio... Você não disse que teria uma festa? — murmura Cristina, encostando o ouvido na porta de entrada.

— Vai ter. Só que minha mãe acha que vai ser uma surpresa — digo, segurando a maçaneta. — Haja como se estivesse surpreendida.

Várias pessoas gritam em uníssono quando abro a porta:

— Surpresa!

Me esforço para sorrir com simpatia; só vi essas pessoas uma vez ou outra em reuniões ou festas de minha mãe. Por fim, encontro meus pais. As rugas no rosto de meu pai estão mais profundas, e as olheiras mais evidentes. O estresse e a vida cobram seu preço. Minha mãe me recebe com um sorriso enorme, meu pai só me oferece um aperto de mão, e Apolo, meu irmão caçula, me cumprimenta com um abraço rápido. Coloco as mãos nos bolsos da calça e lhes apresento Cristina.

— Essa é minha namorada, Cristina.

— Muito prazer — cumprimenta ela, colocando seu melhor sorriso no rosto para apertar as mãos de meus pais e de Apolo. — Vocês têm uma casa linda.

— Muito obrigada — agradece minha mãe, satisfeita com o que vê.

Ela começa a fazer um monte de perguntas para Cristina, e meus olhos vagam pela sala até encontrar aqueles olhos escuros: Claudia. Aperto as mãos dentro dos bolsos. Sua beleza me surpreende e me tira o fôlego por alguns segundos. Os últimos anos fizeram bem a ela, sem dúvida. Me sinto vitorioso, já que ela desvia o olhar primeiro. Não consegue olhar para mim, hein?

O restante da noite passa como um borrão. Converso com os amigos de minha mãe, assentindo enquanto ouço suas histórias entediantes e intervindo de vez em quando. Sem querer, meus olhos por vezes procuram por uma ruiva diferente da que está ao meu lado.

Claudia está servindo os convidados, mas cada vez que me aproximo, ela foge como se eu fosse uma praga. Não consegue falar comigo também?

Após nos despedirmos de todas as pessoas, meus pais, Cristina e eu nos sentamos na sala.

— Você é uma mulher muito interessante, Cristina. Estou muito feliz por... — diz minha mãe, sem cessar os elogios.

Os olhos dela brilham ao falar com Cristina. Lógico que minha namorada atende às expectativas que ela tem para mim.

Tomo um gole de uísque, sem realmente escutar a conversa. Meu pai diz que está cansado e se retira.

— É hora de dormir — anuncia minha mãe. — Cristina, pedirei que Claudia prepare um quarto de hóspedes para você.

Minha mãe se levanta, mas seguro seu pulso com delicadeza.

— Não precisa, a Cristina vai dormir comigo.

Vejo Cristina ficar vermelha e desviar o olhar.

Sinto um sorriso iluminar meu rosto. Considerando todas as coisas que já me deixou fazer, ela não tem nada de inocente.

Um semblante de desaprovação toma minha mãe.

— Ártemis...

— Já somos adultos, mãe. Não precisa cuidar da castidade de ninguém. — Solto o pulso de minha mãe e me levanto. — Vou pedir que Claudia leve toalhas extras e alguns aperitivos para meu quarto.

Minha mãe quer protestar, mas sei que não ousaria fazer isso na frente de Cristina.

Coloco o copo de uísque na mesa de centro e deslizo as mãos para os bolsos da calça enquanto vou até a cozinha. Quando chego à porta, vejo-a e paro. Claudia está terminando de arrumar as coisas. Ela está de costas para mim, então me permito observá-la com cuidado pela primeira vez na noite. Seu corpo amadureceu, suas curvas estão ainda mais acentuadas. O vestido gruda na silhueta como uma segunda pele, e o cabelo ruivo flamejante está preso em um coque alto.

Ela não é mais aquela garota de quinze anos para quem me declarei com pureza; é uma mulher que ficaria linda nua na minha cama, uma mulher com quem eu transaria com vontade.

Balanço a cabeça, afastando os pensamentos idiotas cheios de luxúria.

— Está cansada? — pergunto.

Ela fica tensa antes de se virar para mim. Por apenas um momento, Claudia me lança um olhar cheio de fogo e algo a mais... Medo? Desejo? Não sei. O ar muda, e uma tensão que nunca senti antes cresce entre nós.

Sua voz é suave, mas afiada:

— Não.

Parte de mim quer perguntar como está a mãe dela, como estão as coisas na faculdade... Mas nada disso importa, Claudia não é mais minha amiga de infância; é apenas uma empregada. E quero que ela saiba disso.

— Não? Acho que você deveria dizer "Não, senhor". Esqueceu como deve se dirigir aos seus patrões?

O olhar dela endurece, e percebo que tem vontade de me dar uma resposta, mas se contém.

— Não, senhor — reitera ela, arrastando a última palavra com raiva.

Claudia sempre foi tão feroz e intensa quanto o vermelho de seu cabelo. Ela não é de baixar a cabeça para ninguém, e isso só me faz querer dominá-la.

— Leve toalhas e aperitivos para o meu quarto — ordeno, frio.

Ela apenas assente, e logo saio do cômodo.

4
"VOCÊ É A EXCEÇÃO"

CLAUDIA

Quer que eu chame você de senhor?
 Sem dúvida, Ártemis não vai com a minha cara. Não consigo acreditar que ainda guarda rancor de algo que aconteceu tanto tempo atrás. Ele precisa superar e virar a página. Ou talvez nem se lembre daquilo e só queira me tratar como quem sou: a empregada da casa.
 Com relutância, bato na porta de seu quarto, segurando toalhas em uma das mãos e aperitivos na outra. Seguro-os com força, porque só de pensar em ficar com ele lá dentro já me sinto nervosa.
 Ártemis abre a porta, e quando o vejo, aperto as toalhas com mais força. A camisa dele está desabotoada quase até o umbigo, revelando seu peitoral definido. Desvio o olhar e estico as mãos para lhe entregar o que foi solicitado.
 — Suas toalhas e seus aperitivos, senhor.
 Odeio ter que chamá-lo assim. Como não escuto uma resposta, levanto o olhar e percebo que ele entrou no quarto.
 — Coloque as toalhas na cama e os aperitivos na mesa de cabeceira.

Não quero entrar no cômodo, mas obedeço. A primeira coisa que ouço é o chuveiro. Meus olhos se estreitam, então uma voz grita do banheiro:

— Ártemis, estou esperando você.

Ah, a garota está aqui, no quarto dele.

Uma recordação inevitável brota em minha mente: nós dois sentados neste chão em frente à sua cama, anos atrás, jogando *Monopoly*.

— Você deveria arrumar o quarto. Ouvi dizer que bagunça espanta as garotas — digo depois de olhar ao redor.

— Nenhuma garota vai entrar no meu quarto — responde Ártemis, com determinação.

Arqueio as sobrancelhas.

— E eu sou o quê? — pergunto.

— Você é a exceção.

Agora acho que não sou mais.

Uma sensação desagradável se instala, mas me recuso a aceitá-la, porque nada disso importa. Ou pelo menos não deveria importar.

Ártemis está de pé do outro lado da cama, de braços cruzados. Ele me observa, seus olhos procurando os meus, mas coloco as coisas com rapidez no lugar que ele indicou para poder sair logo do quarto. Estou tão concentrada em dobrar cuidadosamente as toalhas sobre a cama que, quando dou meia-volta para ir embora, congelo ao ver que Ártemis está na porta, bloqueando a saída. O que ele está fazendo?

Determinada, vou até lá, mas ele não se mexe.

— Com licença, senhor.

Ártemis não diz nada.

Há apenas o barulho do chuveiro entre nós, e prendo a respiração quando ele começa a desabotoar o restante da camisa. Seus músculos do ombro se contraem quando ele desliza a camisa para tirá-la por completo. Foco meu olhar na parede e odeio o rubor em minhas bochechas. Que diabo ele está fazendo? Escuto seus passos se aproximando e me atrevo a olhar para ele mais uma vez.

— Senhor...
Ele se inclina em minha direção, e meus alertas disparam. Estou prestes a empurrá-lo, mas a voz dele sussurra em meu ouvido:
— Lave. É uma das minhas preferidas. — Ele entrega a camisa em minha mão e se dirige ao banheiro. — Feche a porta quando sair.
Levo um segundo para sair de lá, afobada. Ando tão rápido pelo corredor que mal vejo Apolo até esbarrar nele.
— Ei, por que tanta pressa?
Ele está muito fofo, de pijama e com o cabelo despenteado. Abro um sorriso.
— Nada, só estou cansada.
Ele dá uma olhada para a porta de Ártemis e volta a me encarar.
— Está tudo bem?
— Sim, tudo bem.
Apolo segura minha mão.
— Quer... vir para o meu quarto?
As bochechas coradas o denunciam.
Apolo e eu ficamos bem próximos nos últimos meses, e embora a princípio eu tenha interpretado nossa amizade de maneira fraternal, como se ele fosse meu irmão mais novo, comecei a reparar o tom de seus gestos, olhares e palavras. Acho que ele está confundindo as coisas e quer algo mais. Ou talvez eu só esteja imaginando tudo isso.
— Outro dia, pode ser? — sugiro.
Às vezes, assistimos a filmes tarde da noite quando tenho tempo, mas sempre acabo dormindo na metade de tão cansada.
Ele aperta minha mão.
— Certeza?
Aceno com a cabeça e afasto a mão.
— Boa noite, Apolo.
— Boa noite, Claudia.
Parece que vou dormir com a imagem do peito nu de Ártemis me atormentando.

* * *

Faz alguns dias que não vejo Ártemis; talvez ele esteja ocupado com o trabalho ou algo assim, mas estou grata por poder ficar tão tranquila. Apesar de ele não me intimidar, não posso dizer que fico confortável em sua presença. Não nos vemos há anos, então vai levar algum tempo até eu me acostumar com ele pela casa.

No entanto, meu breve intervalo de paz terminou em uma manhã de sábado.

Como sempre, me levanto e ajudo minha mãe a ir ao banheiro e a se vestir. Faço duas tranças em meu cabelo, porque assim as madeixas não me atrapalham no trabalho. Acomodo minha mãe no quarto e vou preparar o café da manhã. Entro na cozinha bocejando e me espreguiçando, e só então percebo quem está sentado à mesa.

— Meu Deus! — exclamo.

Ártemis, com um terno preto impecável e uma gravata azul-escura, está com os braços cruzados. Os raios de sol que invadem a cozinha pela janela refletem em seu cabelo, destacando as finas mechas loiras quase imperceptíveis. Seu rosto inexpressivo e seus olhos frios me causam um incômodo; é a primeira vez que o vejo na cozinha desde a festa.

— Bom dia, senhor.

Ele não responde o cumprimento. Em vez disso, anuncia:

— Já faz vinte minutos que estou esperando o café da manhã.

— São sete da manhã. Só costumo servir o café da manhã às sete e meia, quando Ares e Apolo vão para a escola, ou quando eles acordam nos fins de semana.

— Nesse caso, sugiro que você adapte os horários às minhas necessidades.

A atitude dele me irrita.

— Não precisa falar assim comigo.

— Falo com você do jeito que eu quiser.

O brilho nos olhos dele me instiga a desafiá-lo, a não ficar calada.

Comporte-se. A voz de minha mãe ecoa em minha cabeça, e tento me controlar porque a vontade é dizer mil coisas para ele. Mordo a língua de leve. Literalmente.

— E já que estamos acertando as coisas... — começa ele, apontando para uma muda de roupa que eu não tinha reparado. — De agora em diante, você usará um uniforme.

Essa foi a gota d'água para eu explodir.

— Perdão?

— Você me ouviu muito bem. — Ele empurra o uniforme sobre a mesa na minha direção. — Acho que você precisa se lembrar do seu lugar nesta casa. Meus irmãos deram muita liberdade para você.

Deixo escapar uma risada sarcástica.

— Você é idiota pra cacete.

Ele ergue as sobrancelhas, mas não parece surpreso com o insulto.

— O que você disse?

— Você. É. Idiota. Pra. Cacete. Ártemis — pronuncio cada palavra com uma pausa.

Observo-o trincar a mandíbula e se levantar da cadeira, apoiando-se com as duas mãos na mesa.

— Peça desculpas agora.

Balanço a cabeça.

— Não. — Minha voz parece mais corajosa do que me sinto de verdade.

Como uma covarde, recuo e me apresso para fora da cozinha, mas ele se levanta com rapidez e me segura pelo braço. Sua mão forte me aperta, me puxa e me encurrala na parede.

— Você não vai a lugar nenhum.

Nunca ficamos tão próximos assim nos últimos anos. Consigo sentir o cheiro forte de perfume e xampu, ambos suaves, mas encorpados.

— Me solte — peço, os olhos fixos em sua gravata.

Ártemis segura meu queixo, me obrigando a olhar para seu rosto.

— Acho que você se esqueceu do seu lugar nesta casa. — Ele me encara nos olhos. — Você não passa de uma empregada. Me desrespeitar assim poderia custar seu trabalho. Não sou como meus irmãos, muito menos como meu pai. Não vou pensar duas vezes antes de expulsá-la desta casa.

— Você não é meu patrão. — Desvencilho meu rosto de sua mão. — O chefe é o sr. Juan.

— Acredite em mim quando digo que, se eu quiser expulsar você desta casa, não vou pensar duas vezes, Claudia. — É a primeira vez que ele me chama pelo nome desde que voltou, mas não soa nada agradável, dadas as circunstâncias. — Eu que mando agora. — Os olhos dele vão até minha boca por um breve instante. — O teto sobre a sua cabeça, seu futuro, sua estabilidade... tudo está em minhas mãos. Então é melhor você morder essa língua mal-educada e obedecer.

Ele me solta e volta a se sentar na mesa, abrindo o jornal para ler. Cerro os punhos e, relutante, pego o uniforme.

Eu o odeio.

Nunca pensei que ele seria tão frio e idiota. O Ártemis que conheço sempre foi muito quieto, pouco expressivo, mas era carinhoso e jamais teria me tratado dessa forma.

Meu reflexo no espelho é péssimo. O uniforme parece uma fantasia de Halloween estúpida; não se usa esse tipo de roupa. E como o imbecil sabia meu tamanho?

Quando volto para a cozinha, Ártemis não está mais sozinho: Apolo está ao seu lado. A vergonha é tanta que mal cabe dentro de mim.

— Senhor, já estou com o uniforme — digo, e faço uma pausa. — Posso voltar a trabalhar?

Ártemis continua lendo o jornal sem olhar para mim.

— Desde que saiba qual o seu lugar, pode voltar ao trabalho — diz ele, por fim.

Contraio os lábios, me forçando a concordar.

— Entendi bem meu lugar de empregada, senhor.

— Bem, dessa forma...

Ártemis deixa o jornal de lado, pega uma xícara de chá e despeja o líquido na mesa.

— Limpe, então — ordena ele.

— Ártemis... — A voz doce de Apolo me tranquiliza, mas Ártemis lança um olhar frio para o irmão.

Sei que está me provocando. Ele quer que eu falhe no teste para que possa me expulsar da casa. Nunca achei que Ártemis me odiasse tanto, mas subestimei sua antipatia por mim. Meus olhos se enchem de lágrimas, mas me contenho. Não vou dar a ele o gostinho de me ver assim.

Em silêncio, procuro um pano.

A raiva na voz de Apolo me surpreende:

— Ártemis.

Nunca ninguém havia me tratado dessa maneira, nem mesmo minha patroa, a sr. Sofía, que não gosta de mim.

— Como quiser, senhor.

Pela irritação de Ártemis, Apolo deve estar pensando em tomar alguma atitude.

— Se fizer alguma coisa, conto para o papai cada detalhe do porre que você tomou — ameaça Ártemis. — Ela é só uma empregada, Apolo. Não vale a pena.

As palavras ardem e queimam dentro de mim, mas continuo fazendo meu trabalho, limpando. Uma mão segura meu braço, e vejo os olhos calorosos de Apolo.

— Já está bom.

Dou um jeito de me soltar porque não quero que ele arrume encrenca com o irmão.

— O senhor ordenou que eu limpasse, então vou limpar.

Apolo balança a cabeça e pega meu braço outra vez.

— O *senhor* já viu o bastante.

De repente, Ártemis aparece do nosso lado e puxa Apolo.

— Não encoste nela.

Apolo e eu franzimos a testa, confusos.

— Vá para o seu quarto, Apolo — diz Ártemis, de modo brusco.

— Só se você deixar a Claudia em paz.

Ártemis suspira, cansado.

— Tanto faz. Saiam da minha frente, os dois.

Não penso duas vezes antes de sair depressa dali.

Vai dar tempo de fazer o café da manhã mais tarde. Tudo que sei é que Ártemis Hidalgo voltou, e ele não tem mais nada do garoto carinhoso com quem cresci; agora só resta uma carcaça fria e cheia de desprezo por mim.

5

"FALEI PARA ESQUECER ESSE NOME"

ÁRTEMIS

Depois de uma rapidinha no escritório, me afasto de Cristina e a observo ajustar a saia e passar as mãos no rosto, ofegante. Ajeito minha cueca boxer e subo as calças.

— Caramba, hoje você está bem apaixonado.

Decido não responder e vou ao pequeno banheiro da minha sala, onde me limpo e arrumo a gravata para voltar à escrivaninha.

— Afinal, o que você está fazendo aqui? — pergunto.

Cristina sabe que eu não gosto de receber visitas no trabalho. Ela sorri, erguendo as sobrancelhas.

— Agora que você pergunta?

Eu a agarrei assim que ela entrou pela porta. Sem deixá-la falar, sem rodeios. Precisava de sexo, precisava relaxar.

Ela se senta na minha frente.

— Eu só queria ver você. Faz quantos dias que não nos encontramos?

— Tenho trabalhado muito.

E ela sabe disso. Um dos motivos para nos darmos bem é que Cristina é compreensiva, não tem muitas demandas, não reclama... Ela sabe como eu sou e se adaptou a isso.

— Eu sei. Só estou com saudade — diz ela com um suspiro.
Percebo que ela desvia o olhar na tentativa de esconder a tristeza em seu semblante.
— Quer sair para jantar hoje?
Cristina ergue a cabeça e exibe um sorriso de orelha a orelha.
— Aham.
Retribuo o sorriso.
— Combinado, então. Vou fazer a reserva em algum lugar.
Ela se levanta e contorna a mesa para me dar um beijo rápido na boca.
— Certo. Nos vemos à noite.
Observo-a se dirigir à porta e cumprimentar Hannah, a gestora de compras da empresa. Em seguida, a funcionária entra em meu escritório. Com um sorriso amigável, Hannah coloca uma pasta na minha mesa.
— Boa tarde, senhor.
— Boa tarde. Espero que esteja trazendo boas notícias.
— Sim, a escavadeira está funcionando sem problemas. Aqui está o relatório sobre os maquinários, as peças e o custo da mão de obra. Se tiver alguma dúvida, basta me dizer.
Solto um longo suspiro de alívio; o prejuízo seria grande caso a máquina não fosse recuperada.
— Ótimo, muito obrigado.
Com outro sorriso amigável, ela sai da sala.
O hábito de me envolver pessoalmente em cada evento da empresa contraria a recomendação do meu médico para evitar o estresse. Segundo ele, devo confiar mais em meus funcionários e dar mais responsabilidade a eles. Tentei fazer isso, mas não consegui. Sinto que sou o grande responsável por tudo; meu pai confiou a empresa a mim, e não posso decepcioná-lo de maneira alguma.
Passo a mão no rosto e me afundo na cadeira. Depois fecho os olhos e massageio as têmporas, exausto. As noites sem dormir estão cobrando seu preço.
— Que visão triste.

A voz de Alex me surpreende. Quando abro os olhos, vejo que ele está de braços cruzados, sentado do outro lado da escrivaninha.

— Sem querer ofender, mas você está um caco.

Alex é meu melhor amigo. Estudamos na mesma universidade, só que fizemos cursos diferentes — ele fez Economia. Quando assumi o controle da empresa, eu o contratei, já que ele é uma das poucas pessoas em quem confio.

Relaxo os ombros.

— O que você está fazendo aqui? — pergunto.

Ele me oferece um enorme sorriso, seu rosto se iluminando. Alex é muito animado.

— Sempre tão encantador. Não posso visitar meu melhor amigo?

— Estou trabalhando.

— Jura? Porque parece que vai morrer de exaustão em alguns segundos.

— Eu estou bem.

— Não vou ao seu funeral se morrer assim.

Lanço um olhar cansado.

— Eu estou bem mesmo.

— Pode apostar. — Alex se estica na cadeira e coloca as mãos na parte de trás da cabeça. — Encontrei Cristina no corredor. Achei que você não misturasse trabalho com prazer.

Estreito os olhos.

— O que quer dizer?

— É que, obviamente, ela estava com cara de quem acabou de transar.

— Não fale dela desse jeito.

Alex levanta as mãos em um gesto apaziguador.

— Perdão, sr. Cavalheiro. Você está de mau humor hoje. — Ele faz uma pausa, como se estivesse pensando. — Na verdade, sempre está.

Não respondo, e ele apenas me observa com atenção. Se tem uma pessoa que me conhece bem, essa pessoa é Alex.

— Mas está mais teimoso que o normal. O que aconteceu?
— Nada.
— Vamos pular toda essa parte da conversa em que eu pergunto se aconteceu alguma coisa e você nega até terminar contando tudo.
— Acho que fui rude demais com uma pessoa.
— Não! — Ele levanta um dedo. — Não acredito. Se chegou ao ponto de ficar morrendo de culpa é porque foi rude pra valer. Com quem?

Viro o rosto e me afundo ainda mais na cadeira. Alex ergue as sobrancelhas.

— Não me diga que...
— Alex.
— Conheço esse olhar. Foi com a Claudia, né?

Não sei como ele ainda consegue lembrar o nome dela.

— Falei para esquecer esse nome.

Ele revira os olhos.

— É difícil esquecer o nome que meu melhor amigo mencionava toda vez que enchia a cara no primeiro ano da faculdade.
— Isso é coisa do passado.

Alex assente.

— Está bem, está bem. O que você fez com ela?

Minha mente volta para aquele momento, quando eu a observei limpar o chá, e a cena toda me deixa atordoado. Não entendo por que sinto tanta raiva quando estou perto dela.

— Você vai me dar um soco quando souber.

Alex abre a boca, espantado.

— Uau. Então foi mesmo horrível, hein?

A expressão de Claudia me atordoa mais uma vez, mas não digo nada. Alex me encara, sério; o jeito brincalhão sumiu de sua expressão.

— Ártemis, você precisa esquecer essa história. Já se passaram anos. Não pode ficar guardando rancor por algo que aconteceu tanto tempo atrás.
— Não tenho rancor. Não sinto nada por ela.

— Pode mentir para quem quiser, inclusive para você mesmo, mas eu sei que isso não é verdade. A raiva e o descontrole vêm de algum lugar.
— Chega, pode ficar quieto.
— Só peça desculpas. Vire a página e trate de ter uma relação civilizada com ela.
Não respondo e me levanto para dar uma volta de rotina pela empresa.

Depois do jantar, deixo Cristina em casa e volto para a minha. Ao cruzar a porta, afrouxo a gravata e passo a mão pelo pescoço, tentando acalmar a tensão. Ouço um barulho vindo da cozinha e vou até lá para beber um copo d'água. Não piso no cômodo desde a manhã, quando coloquei Claudia em seu devido lugar. Não dá para negar o remorso que me consumiu desde então. E o uniforme... não achei que cairia tão bem nela.
O som da voz de Claudia ressoa pelo cômodo. Ela está cantando? Em silêncio, paro na porta para observá-la. Está cozinhando e cantando, usando uma colher como microfone. Deixo escapar um sorriso involuntário. A voz dela é muito bonita e me traz lembranças de nossa juventude.
— *Você tem algum sonho?* — *pergunto para ela, por curiosidade.*
Claudia balança a cabeça.
— *Não. Gente como eu não pode se permitir sonhar.*
Ergo as sobrancelhas.
— *Por quê?*
— *É perda de tempo nos iludirmos com algo que nunca vai se tornar realidade.*
Tomo um gole de refrigerante.
— *Você é muito pessimista, sabia?*
— *E você é muito quieto, sabia?*
Isso me faz sorrir.
— *Não com você.*

— Eu sei, mas com as outras pessoas, sim. Você precisa fazer amigos.
— Você acha chato ser minha única amiga?
Ela sorri, colocando uma mecha de cabelo atrás da orelha.
— Não, não acho.
Ficamos em silêncio. Estamos sentados na beira da piscina, com os pés na água. Claudia começa a cantarolar uma música, e então lembro o quanto ela gosta de cantar.
— Sei qual é o seu sonho.
Ela balança os pés na água.
— É mesmo?
— Você adora cantar. Não quer ser uma cantora famosa?
Ela baixa o olhar, que se perde na água cristalina.
— Isso seria...
— Do que você tem medo? Admitir não vai causar mal algum.
Ela morde o lábio e olha para mim: seus olhos têm um brilho que é difícil disfarçar.
— Esse poderia ser o meu sonho. Mas se você contar a alguém, vou negar. — Ela suspira e sorri. — Meu sonho é ser cantora.
Agora, depois de tantos anos, me pergunto se ela ainda tem esse sonho... Mas, afinal, que diferença isso faz, Ártemis?
Pigarreio para fazê-la notar minha presença. Claudia congela, lança um olhar rápido para mim e coloca a colher na pia. Quando vira em minha direção, a expressão irritada me surpreende. Pensei que ela estaria com vergonha, mas parece que tem outra coisa em mente. Está chateada comigo, e com todo o direito.
— Precisa de alguma coisa, senhor? — pergunta ela, com uma frieza assustadora.
Ela não está chateada; está furiosa.
Toda a sua linguagem corporal indica que se eu disser uma única palavra que a incomode, é capaz de ela explodir e me insultar. Essa é a questão com Claudia, eu não a intimido nem um pouco. Ela só obedece e fica quieta porque precisa do emprego, não porque tem medo de mim. Não estou acostumado com isso. Até meus irmãos têm medo de mim, mas ela, não.

— Quero um chá — respondo.

Me sento à mesa, e ela lança um olhar tão gélido que quase baixo a cabeça.

— Por favor — completo, pigarreando.

Claudia solta um suspiro e prepara o chá em silêncio.

Eu a observo, o cabelo ruivo penteado todo para trás em tranças, revelando as feições de seu rosto, embora esteja de perfil. Ela massageia o ombro, fazendo uma careta de cansaço. Parece que teve um longo dia; então somos dois.

A lembrança que veio à mente há pouco revive a culpa que tem me atormentado pelo que aconteceu. É um sentimento incomum — quase nunca me arrependo das minhas atitudes.

Passo o dedo pela borda da mesa, distraído. Uma xícara de chá aparece em meu campo de visão e, quando levanto o olhar, Claudia está na minha frente. Seu olhar frio me causa desconforto.

— Seu chá, senhor. — Não há rastro de respeito ou admiração em sua voz, apenas desgosto.

Agradeço, e Claudia se vira para continuar cozinhando.

Tomo um gole e mantenho a xícara na mão, observando a mulher diante de mim. Os minutos se passam, e me concentro em saborear a bebida. A sensação de que fiz algo ruim lateja no lugar mais profundo de minha mente. Como se sentisse meu olhar, Claudia se vira com uma expressão decidida, a mão na cintura.

— Se vai pedir desculpas, pede logo.

O quê?

É a primeira vez em anos que ela fala de um jeito tão informal comigo, e para a minha surpresa, a atitude não me irrita. Claudia vê a confusão estampada em meu rosto, e sua expressão muda, como se eu tivesse dito o que estava pensando em voz alta.

— Quer saber? Deixa pra lá.

Claudia vai até a porta da cozinha. Antes que ela saia, deixo escapar:

— Desculpe.

Ela para, mas não se vira. Fico grato por isso, assim se torna mais fácil de dizer:

— Desculpe por aquele dia. Passei dos limites e fui um idiota. Não vai acontecer de novo.

Não fico na expectativa de receber uma resposta. Conheço Claudia; um pedido de desculpas não vai acabar com sua raiva assim tão fácil. Quer dizer, *conhecia*. Não sei mais nada sobre ela. E também não estou interessado em saber.

— Está pedindo desculpas? — Ela se vira para mim, a raiva transparecendo em seus olhos. — Você me trata como lixo, me humilha na frente do seu irmão e agora pede desculpas?

Fico de pé.

— Claudia...

Ela dá três passos até a mesa, pega minha xícara de chá e a derrama na superfície, depois joga um pano para mim. Por pouco consigo pegá-lo no ar.

— Limpe, senhor. — Os olhos escuros dela brilham com fúria, e preciso admitir que é um pouco assustador. — E se voltar a me tratar dessa maneira, vou te dar um chute onde o sol não alcança. Desculpas aceitas.

Em frente a ela, consigo analisar seu rosto. Claudia está com leves olheiras, mas ainda assim continua linda pra caramba.

Limpo a mesa em silêncio, e ela me observa de braços cruzados.

— Já pedi desculpas e limpei. Acho que agora estamos quites — comento, indiferente.

Ela comprime os lábios.

— Acho que agora podemos estabelecer uma relação civilizada. Sou a empregada desta casa, e você é o filho do patrão. Ponto.

Sou apenas o filho do patrão? É isso o que fui para você? Bem, então você é só uma empregada e nada mais.

— Combinado — digo.

Claudia lança um último olhar antes de sair da cozinha.

Ela me deixa sozinho com a recordação da distância que sempre colocou entre nós dois, uma distância tão imensa que, mesmo com ela diante de mim, sou impedido de sentir sua presença.

6

"APOLO, O QUE ESTÁ FAZENDO?"

CLAUDIA

O pedido de desculpa de Ártemis, embora não seja suficiente, parece sincero. Talvez ele não me despreze tanto quanto eu achava, e fico esperançosa para o dia em que essa situação vai se tornar um pouco mais suportável para a gente.

Sem que eu perceba, meus pés sobem a escada, e vou parar na porta do quarto de Apolo. Acho que subestimei minha necessidade de falar com alguém; de interagir com outro ser humano. Também gosto muito de conversar com Ares, mas ele quase nunca está em casa, já que tem uma vida social muito agitada. Por outro lado, Apolo geralmente fica em seu quarto lendo ou passando o tempo.

Bato na porta e escuto um "Está aberta", que me dá permissão para entrar. Embora esteja tarde, Apolo está sentado em seu pequeno sofá ao lado da janela, segurando um livro aberto. Quando levanta o olhar gentil em minha direção, seus lábios esboçam um sorriso. Ele fecha o livro e o coloca no colo.

— A que devo esta maravilhosa visita?

Suspiro e me sento na cama, de frente para ele.

— Tive um dia difícil.

Ele me encara com preocupação.
— Ártemis te incomodou de novo?
— Não.
— Martha está bem?
Assinto. Nos últimos tempos, minha mãe está estável, e isso é um grande alívio.
— Só estou cansada, acho.
Apolo se levanta e vem até mim, o que me faz levantar a cabeça para vê-lo.
— Quer uma massagem?
As massagens dele são as melhores. Dou um sorriso, assentindo com a cabeça, e ele sobe na cama e fica de joelhos atrás de mim. Apolo coloca as mãos nas minhas costas e encontra a posição exata entre meus ombros e meu pescoço. Fecho os olhos quando ele aperta esse ponto, curtindo a sensação.
— Você está tensa — comenta ele.
Está tão relaxante que abafo um gemido.
— Os dias têm sido estressantes — admito com um suspiro.
Apolo desce as mãos e aperta com os polegares, seguindo a linha da coluna. Seus dedos pressionam lugares que me fazem soltar gemidinhos involuntários. Ele para, e eu abro os olhos.
— Desculpe. É muito bom.
Ele se inclina sobre mim, sua respiração em meu ouvido.
— Fique tranquila. É normal fazer esses barulhos quando a massagem é boa.
Engulo com dificuldade, porque o hálito dele me faz cócegas. Uma atmosfera estranha paira no ar, e eu fico sem entender. Não é a primeira vez que ele faz massagem em mim. Seu toque caminha da minha lombar até o meio das minhas costas, e eu perco o fôlego quando ele desliza as mãos sob meus braços e as descansa sobre minha barriga. Sinto seu peito roçar minhas costas.
— Respire fundo. Essa é uma técnica antiestresse.
Apesar de nossa proximidade, faço o que ele pede.
— Feche os olhos — continua ele —, concentre-se apenas em sua respiração.

Inspiro e expiro profundamente, sentindo Apolo tão perto de mim que o calor de seu peito se espalha por minhas costas. Meu coração acelera e, para ser sincera, me sinto tudo menos relaxada em um momento como esse. A boca dele encosta de leve na minha orelha, e quero acreditar que é sem querer. Isso só pode ser sem querer.

Apolo, o que está fazendo?

O nariz dele passa por minha orelha, a respiração acariciando minha pele de um jeito tênue, e sinto meu coração bater descompassado. Será que ele consegue sentir isso também? Que vergonha...

É só uma massagem, Claudia.

— Claudia... — sussurra Apolo em meu ouvido.

Sinto um calafrio descer por todo o meu corpo. O cheiro doce do perfume dele me envolve.

O som da porta sendo aberta me faz dar um pulo da cama, para longe de Apolo. É Ártemis. Confuso, ele olha para mim e depois para Apolo, que ainda está de joelhos na cama. De imediato, o caçula deixa cair as mãos que estavam sobre mim.

Ártemis cruza os braços.

— O que vocês estão fazendo? — pergunta ele.

Apolo olha para mim.

— Apenas... — começa ele, mas não termina a frase.

Ártemis ergue as sobrancelhas.

— O que você quer? — questiona Apolo, por fim.

— Você não me respondeu.

Apolo parece incomodado.

— Não tenho motivo para isso.

Ártemis franze a testa, como se não esperasse essa resposta. Não quero estragar a trégua que acabamos de travar. Tínhamos decidido manter uma relação civilizada, então não quero arrumar encrenca.

— Eu já estava de saída.

Dou um sorriso para Apolo e saio do quarto, sem olhar para trás. Eu não deveria ter ido ver Apolo agora que Ártemis está em casa. Preciso tomar mais cuidado, não porque ligo para o que

Ártemis pensa, mas porque não quero causar problemas para seu irmão.

Estou na escada quando Ares passa por mim, correndo sem camisa e descalço.

— Ares?

Ele está com o celular na mão, o desespero estampado no rosto.

— Explico depois! — grita ele, e desaparece pela porta da frente.

Para onde ele vai desse jeito?

Fico preocupada, sem conseguir pegar no sono, até que Ares me envia uma mensagem dizendo que vai dormir fora. Mas ele saiu sem camisa e descalço... Algo me diz que isso tem a ver com a filha de nossa vizinha, Raquel. Nunca vi Ares tão interessado em uma garota. Ai, acho que essa é a menina que vai finalmente aquecer o coração que ele tanto lutou para manter frio.

Vou para o quarto e me sento ao lado de minha mãe, que está com as costas apoiadas na cabeceira da cama, o cabelo ruivo e curto emoldurando o rosto, repleto de fios grisalhos. As rugas ficam aparentes quando ela sorri e segura minha mão.

— Você chegou.

Sorrio para ela, inclinando-me para beijar sua testa. Me afasto e acaricio sua bochecha.

— Você deveria estar dormindo.

— Hummm.

— Como está se sentindo? — pergunto, avaliando cada gesto dela. Seu bem-estar é a coisa mais importante para mim.

— Estou bem. — Ela passa os dedos por meu rosto. — Olha essas olheiras... Você parece cansada. Vamos dormir.

— Aham, vou me trocar.

Ela observa o uniforme e franze a testa.

— Nova política de vestimenta, mãe, não precisa se preocupar, está bem? Está tudo sob controle.

Tiro o uniforme idiota que Ártemis me deu, coloco o pijama e me deito ao lado dela.

— Boa noite, mãe.

— Boa noite, filha.

Mas o sono não vem, minha mente continua divagando sobre o pedido de desculpas de Ártemis e o episódio com Apolo. O que foi aquilo? Quero acreditar que estou imaginando coisas, mas talvez eu precise entender que Apolo não é mais uma criança, e sim um adolescente com hormônios à flor da pele. Talvez eu não tenha prestado muita atenção, só sei que preciso tomar cuidado, ou isso pode facilmente sair do controle.

Claudia...

A voz doce de Apolo em meu ouvido me faz balançar a cabeça. Paro de pensar nisso para conseguir um pouco de paz e dormir, por fim.

Frio...

Está tão frio, não consigo parar de tremer. Minha boca está rachada devido à baixa temperatura e minha pele parece ressecada e desidratada. Abraço Fred, meu ursinho de pelúcia, que está tão sujo que até cheira mal, mas não o solto. O pequeno trailer em que moramos está escuro, eletricidade é algo que não temos há muito tempo. Encontro minha mãe no sofá, inconsciente, sua mão pairando no ar, as seringas no chão, vazias. Ela está usando apenas uma saia que mal a cobre e uma blusa que deixa sua barriga à mostra. O cabelo ruivo, que emoldura seu rosto, está despenteado e sujo. Coloco a mãozinha em seu peito.

— *Mamãe* — *chamo.*

Ela não responde nem se mexe.

— *Mamãe, estou com muito frio.*

Vendo-a com tão pouca roupa, imagino que talvez esteja com muito mais frio que eu. Pego meu cobertor e o coloco por cima de seu corpo com cuidado, me certificando de cobrir o máximo possível.

O barulho de alguém batendo na porta me faz pular.

— *Martha! Martha! Abre a droga da porta.*

Meu coração dispara, e o medo corre por minhas veias. Balanço minha mãe.

— *Mamãe! Mamãe, acorde!*

Mas ela não se move nem um pouquinho, e eu grito quando a porta é derrubada aos socos.

— Cadê você, sua puta?

Um homem vestido com roupas pretas, brincos e muitas tatuagens entra em nosso pequeno lar. Seus olhos caem sobre minha mãe.

— Aí está você.

Vou até ele.

— Não! Deixe ela em paz! — protesto.

Ele agarra meu cabelo e me puxa para o lado, e sinto o choque da minha barriga contra a mesa de cabeceira em frente ao sofá. Fico sem fôlego, abraçada ao meu corpo. O homem pega as seringas e as joga num canto, dando um tapa em minha mãe, que pisca levemente.

— Caramba! Vejo que já viajou com a minha mercadoria.

Com dificuldade, me levanto com lágrimas nos olhos.

— Deixe ela em paz! Não! Por favor!

O homem vai para cima de minha mãe, desabotoando a calça. Com toda força que tenho, dou uns socos nele até ele se virar para mim. Ele me agarra pelo cabelo de novo e me arrasta até a porta. Então, me empurra para fora, e eu caio na neve em frente ao nosso trailer.

— Entre aqui e eu mato você, pirralha.

Chorando, começo a correr atrás de ajuda. Não posso enfrentar esse homem sozinha. Minha mãe sempre me disse para não lutar com alguém, caso fossem atrás dela, que era só para eu buscar ajuda.

Escorrego algumas vezes, alguns centímetros de neve cobrem o chão e não sinto mais meus pés.

Uma voz gentil chega aos meus ouvidos, e sinto um par de braços fortes me segurando no frio.

— Ei, ei, Claudia.

Abro os olhos. Estou tremendo descontroladamente, lágrimas borram minha visão.

— Está tudo bem, foi só um pesadelo.

A voz de Ártemis não me assusta tanto quanto o fato de estarmos no meio do quintal da casa. Vim até aqui dormindo mais uma vez.

Com o medo, o frio e a dor ainda martelando em minha mente, levanto a cabeça e vejo aqueles olhos que me acalmavam quando eu tinha pesadelos. Aperto os lábios porque quero parar de chorar, mas não consigo. Ártemis segura meu rosto, e neste momento não parece o homem frio e amargo que todos conhecem; parece o garoto que cresceu ao meu lado, cuidando de mim e me abraçando toda vez que eu acordava assustada, o garoto que ele era apenas quando estava comigo.

— Está tudo bem — sussurra ele, secando minhas lágrimas.

Não consigo dizer uma palavra.

— Não precisa dizer nada, está tudo bem — diz ele, me abraçando.

Choro em silêncio em seu peito, o cheiro dele me tranquilizando. Sinto um afago na parte de trás da cabeça. Não tenho forças para afastá-lo, para erguer minhas barreiras e afugentá-lo.

— Está tudo bem, Claudia. Eu estou aqui.

Coloco os braços ao redor da cintura dele, retribuindo o abraço com força. Estou abalada demais para pensar direito, só preciso me sentir segura nos braços dele por alguns segundos, até passar esse medo iminente que os pesadelos me causam. Porque não são apenas pesadelos, são lembranças.

E ele sabe disso. Sabe muito bem.

7
"ESTÁ GOSTANDO DISSO, NÃO ESTÁ?"

ÁRTEMIS

Um soco.
    E outro.
    E outro.
    Minhas mãos fechadas e cobertas por bandagens entram em contato com o saco de pancada à minha frente, e eu golpeio cada vez mais forte. O suor escorre pelo meu pescoço até chegar ao meu peito, ao meu abdômen. Sinto meus bíceps tensionar em cada vez que faço um movimento para golpear o saco. Porém, minha mente está em outro lugar.
    — Eu... — *Claudia se afasta depois do abraço, com uma expressão de desconforto, seus olhos, inchados do choro, me evitam.* — Desculpe, eu...
    — Não precisa se desculpar — garanto, com um sorriso acolhedor.
    Ainda sem olhar para mim, ela pigarreia.
    — Tenho que ir.
    Encho o saco de socos, me lembrando da tensão nos ombros dela, de como sua postura estava rígida depois que ela se recompôs. Mas, sobretudo, me lembrando de como foi bom tê-la em

meus braços. O cheiro dela ainda é muito familiar, e isso me deixa furioso. Claudia não deveria despertar esse tipo de interesse em mim. Deveria ficar apenas no passado e, além disso, eu estou namorando.

— Claudia... — *chamo antes que vá embora, mas ela só me oferece um sorriso amigável.*

— Obrigada por... — *Ela faz uma pausa.* — Obrigada.

E, assim, Claudia volta para dentro da casa, encerrando nossa interação.

Por que ela está tão estranha comigo? Age como se fôssemos desconhecidos, e talvez sejamos agora, mas temos uma história juntos. Meus punhos se cerram ainda mais para dar golpes fatais, e o saco balança a cada estocada. Me lembro de como ela estava quando entrei no quarto de Apolo. Parecia tão calma e confortável com ele... Desde quando os dois são tão próximos? Por que fica tão tranquila com ele e tão tensa comigo?

Preciso parar de pensar nela.

Paro, agarro o saco de pancadas e encosto a testa nele, a respiração acelerada pelo exercício prolongado. Neste momento, todo o meu corpo está coberto de suor e estou usando apenas um short. Pego uma toalha, me seco superficialmente e a penduro no pescoço para sair da pequena academia de casa. Estou prestes a subir, mas congelo. Mudo de ideia.

Estou a fim de provocar um pouco a Claudia, é o mínimo que posso fazer depois de ela ter infernizado minha mente a manhã inteira. Ao entrar na cozinha, dirijo-me à geladeira, pego uma garrafa de água e bebo.

Claudia termina de lavar uma panela e, quando se vira para secá-la, me vê.

— Ah. — *Surpresa, ela deixa a panela cair.* — Você me deu um susto, senhor.

Voltou a falar comigo formalmente? Por quê?

Ela abaixa para pegar a panela e, conforme se levanta, seus olhos passam por meu peitoral e minha barriga. Suas bochechas ficam vermelhas no mesmo instante. Deixo um sorriso arrogante se formar, mas fico em silêncio. Claudia passa por mim e dá uma espiada nos meus músculos com certa discrição. Sei que sou atraente e não afirmo isso por ser convencido — deu muito trabalho conquistar esse corpo. Gosto de me exercitar e de ter uma alimentação saudável. Quando tenho tempo, lógico. Acho que meus irmãos e eu somos muito parecidos nesse aspecto. Ares sempre foi muito atlético, e Apolo usa nossa academia de vez em quando.

Claudia passa por mim outra vez depois de guardar a panela no armário.

— Está com fome, senhor?

Observo-a, aproveitando que ela está de costas.

— Sim — respondo.

O cabelo trançado me permite ver o pescoço dela, fios ruivos rebeldes que escaparam da trança fazem um contraste perfeito com sua pele. Quando Claudia olha para mim, desvio o olhar para a janela da cozinha.

— O que quer comer?

— Pode ser uma salada de frutas.

Ela assente.

— Certo.

Eu me sento à mesa da cozinha, e ela se posiciona de frente para mim. Observo Claudia preparar tudo, a destreza com que corta cada fruta, a delicadeza com que seus dedos as acariciam, o jeito que ela morde o lábio ao enfiar a faca. As pequenas sardas nas maçãs do rosto normalmente passam despercebidas, mas em plena luz do dia são bem visíveis. Como pode ser tão bonita? O que há nela que nenhuma outra mulher com quem saí tem? Para ser sincero, esses questionamentos me deixam curioso.

Nossos olhares se encontram, e aqueles olhos escuros como o infinito me fazem duvidar da relação profissional que temos agora. Antes de pensar no que vou dizer e em como vou dizer, solto:

— Você está bem?

— Aham — responde ela.

Claudia me entrega a taça com as frutas e vejo que não colocou morangos. Quase abro um sorriso por ela ainda se lembrar de minhas alergias.

— Você corta frutas muito bem. — Nem sei por que digo isso. Por que fico tentando começar uma conversa com ela?

Claudia não diz nada, então coloco um pedaço de melão na boca, mastigo devagar, e meus olhos não a abandonam nem um segundo enquanto ela anda pela cozinha. Por que nunca dá abertura quando tento puxar assunto? É frustrante, pois nunca preciso me esforçar assim em outras relações. Na maioria das vezes as pessoas que têm dificuldade de começar algum tipo de interação comigo, sempre tentam cruzar minhas barreiras de alguma maneira, mas com essa mulher é o contrário. Eu fico desconcertado. Será que ela age diferente com Apolo? Afinal, ela estava no quarto dele e não parecia nem um pouco desconfortável.

Preciso parar de pensar nisso.

Estou prestes a levantar e sair da cozinha quando algo no chão chama a atenção de Claudia. A expressão fria dela desaparece, dando lugar a pura adoração, um sorriso se forma em seus lábios. Ela me deixa sem palavras, meu coração idiota acelera.

Quero que ela olhe para mim desse jeito. Sigo o olhar e vejo um cachorro branco e peludo que vai ao encontro dela; pelo visto, o animal entrou pela porta dos fundos. Claudia se ajoelha e começa a fazer carinho nele, enquanto o cachorrinho coloca as patas em cima dela e lambe suas mãos.

— Olá, bonitão. — Ela sorri com um olhar terno.

De onde esse cachorro saiu?

Claudia parece se lembrar de minha presença e se levanta em um salto, recompondo a expressão séria, e se dirige à pia para lavar as mãos. O cachorrinho a segue, colado a seus pés.

— Não sabia que tínhamos um cachorro — digo, em uma nova tentativa de fazê-la falar comigo.

Não sei o que deu em mim hoje. Claudia apenas me olha.

— É do Apolo. Ele gosta de adotar cachorrinhos abandonados, sempre faz trabalho voluntário no abrigo de animais.

Apolo...
Apolo...
A voz dela fica suave quando menciona meu irmão, e por algum motivo isso me irrita. Continuo comendo a salada de frutas.
— Nossa, como ele é humanitário.
— É mesmo.
— Achei que você não gostasse mais de cachorros.
Me lembro muito bem de quando ainda éramos crianças e meu pai decidiu trazer um cachorro para casa; nós o chamamos de Fluffy. Infelizmente, em poucos meses, ele pegou uma infecção que o veterinário não conseguiu curar e acabou morrendo. Claudia e eu ficamos arrasados, fizemos um funeral e tudo. Desde então, cachorros se tornaram um assunto delicado.
Claudia me olha com empatia, mostrando que também lembra.
— Nunca me esquecerei do Fluffy. — Um sorriso triste surge em seu rosto. — Mas não sei, é impossível não gostar dos cachorros que Apolo traz. Eles são tão lindos e tão carentes...
O cachorrinho deixa seus pés, rodeia a mesa e para ao meu lado, me fazendo cócegas ao esfregar o corpo peludo nos meus pés. Não sei o que fazer ou dizer, não tenho contato com cachorros desde Fluffy. Contudo, franzo a testa quando vejo o cachorro levantar a pata esquerda para tentar urinar no meu pé.
— Ah! — Dou um salto da cadeira e vou para longe, me esquivando bem a tempo de fugir do jato. — Mas que droga!
A risada de Claudia ecoa por toda a cozinha. Ela ri tanto que precisa segurar a barriga para tomar fôlego. Lanço um olhar mortal para o cachorro ao vê-lo voltar para perto de mim.
— Não! Para trás! Cachorro mau!
Não acredito que estou fugindo de um animalzinho que não alcança nem meus joelhos. Claudia está vermelha de tanto rir, e por um segundo me esqueço do cachorro e apenas a observo gargalhar. Meu Deus, que saudade desse som. Ao sentir meu olhar, ela tenta se controlar, estreitando os lábios.
— Doguinho! — Ela chama o cachorro para afastá-lo de mim. — Venha aqui, doguinho!

O cachorrinho a segue para fora da cozinha, e ela fecha a porta dos fundos assim que o animal sai. Quando Claudia volta a me olhar, ainda está contraindo os lábios, segurando o riso. A diversão em seus olhos é revigorante.

— Está gostando disso, não está?

— Não, senhor — responde ela, deixando um risinho escapar. É a primeira vez que me chama de senhor sem desprezo, apenas divertimento.

Sem pensar no que estou fazendo, me aproximo dela.

— Sim, você está gostando. Por acaso o treinou para fazer isso?

Ela dá algumas gargalhadas e tenta se recompor, andando para trás.

— Lógico que não.

Não paro de me aproximar dela até que encoste na parede da cozinha, sem ter mais como recuar. A risada cessa e ela parece assustada. Claudia está encurralada. Coloco as mãos na parede, dos dois lados de seu rosto, aprisionando-a. Ela levanta as mãos para me empurrar, mas parece mudar de ideia quando lembra que estou sem camisa: se fizesse isso, tocaria minha pele.

— O que você está fazendo?

Ergo as sobrancelhas.

— O que aconteceu com "senhor"?

Ela umedece os lábios.

— Não gosto de chamar você assim.

— Por que não?

Claudia me encara, os olhos cravados nos meus; neles, não há dúvida nem intimidação.

— Você é jovem demais para ser um senhor.

— Me chamar de "senhor" não tem nada a ver com a minha idade.

— Eu sei. De acordo com você, é uma demonstração de respeito aos meus patrões. — Ela revira os olhos. — Mas, como já falei, você não é o patrão.

— Ah, não?

Ela levanta o queixo em desafio.
— Não.
Inclino-me ainda mais sobre ela, nossos rostos tão próximos que consigo detalhá-la com perfeição.
— Se não sou seu patrão, sou o quê?
Ela hesita, os lábios ao meu alcance. Eu só precisaria me inclinar um pouco mais para prová-los, para senti-los nos meus. Por um breve instante, a vulnerabilidade dela vem à tona, e não parece mais tão segura ou no controle da situação como antes; está indecisa, e não sei por que gosto disso. Quero que ela perca o controle das próprias palavras e ações, da mesma forma que faz comigo. Nossas respirações ficam irregulares, o calor de nossos corpos se mistura.
Claudia olha bem nos meus olhos e responde:
— Já disse, você é só o filho do patrão.
A convicção, no entanto, abandonou sua voz. Não parece tão segura como da primeira vez que disse isso. Ela se afasta e foge de mim, mas vou atrás e a puxo de novo, dessa vez imprensando seu corpo contra a mesa da cozinha.
— Só isso, é? — Agarro seu queixo. — Sou só o filho do patrão, Claudia? Não acredito.
— Não estou nem aí para o que você acredita.
Ela solta o queixo da minha mão.
— Então por que sempre foge de mim? — indago. — Do que tem tanto medo?
Não sei de onde vêm as perguntas, mas as faço de qualquer maneira, colocando as mãos na mesa, uma de cada lado de sua cintura. Nossos olhares se cruzam com intensidade. Quero questionar, descobrir... Eu conhecia cada fragilidade dela, mas agora estou por fora. Ela só me mostra a parte defensiva, e a frieza. Não quero isso.
— Não tenho medo de nada. E não estou fugindo de você.
— Mentirosa.
Ela aperta os lábios e desvia o olhar para meu peitoral.
— Você não é nada para mim, Ártemis.

— Olhe nos meus olhos e repita o que disse.

Ela me encara e hesita. Estamos tão próximos que a cada respiração seus seios roçam ligeiramente a nudez de meu torso.

— Você... — Ela não consegue terminar a frase.

Sem pensar, acaricio sua boca com o polegar. Ela a abre um pouco, e sinto sua respiração acelerada.

Droga, estou morrendo de vontade de beijá-la.

A única coisa que me detém é Cristina, que é uma pessoa especial para mim. Não quero ser infiel, não seria justo com ela. Ir até esse ponto com Claudia já é uma péssima atitude. Não quero ser como minha mãe.

Ela me observa em silêncio com certa expectativa, como se não soubesse o que vai acontecer ou o que quer que aconteça. Eu sei o que quero, e isso me deixa enfurecido e desorientado; odeio a sensação de estar fora de controle. Não sei como, mas consigo me afastar dela e sumir da cozinha antes que me arrependa. Sei que preciso lidar com essa situação com cuidado, fui um idiota por achar que já não me sentia atraído por Claudia.

Talvez precise apenas possuí-la para esquecê-la de vez. Ela ser tão difícil provavelmente desperta em mim algum tipo de desafio ou coisa parecida. O problema é que sei que não poderei esquecê-la de vez antes de tê-la, sem ter escutado cada gemido, cada suspiro e cada arfada de excitação.

Sempre consigo o que quero, e Claudia foi a exceção naquele 4 de julho. Mas não agora. Ela não será a exceção outra vez.

8

"VOCÊ É MUITO FÁCIL DE AGRADAR"

CLAUDIA

Preciso ficar longe de Ártemis.

    Cheguei a essa conclusão depois de nossos últimos encontros, e a distância que coloquei entre nós não parece ser o bastante. O que foi tudo aquilo? Por que meu coração disparou daquele jeito? Acho que ainda estou digerindo o tanto que ele cresceu e mudou, só isso.

    No entanto, não consigo tirar da cabeça o rosto dele, tão perto de mim que foi possível reparar em cada traço, e acabei me perdendo em seus olhos. A lembrança da sua barba rala e bem aparada e de seu corpo torneado ainda está viva. Não quero nem pensar nisso de novo. Quando o vi entrar na cozinha, me esforcei ao máximo para não demonstrar o quanto me afetava vê-lo sem camisa. Ártemis é muito atraente e sabe bem disso; não posso dar a ele a satisfação de perceber que fico deslumbrada quando o vejo.

    Então por que sempre foge de mim? Do que tem tanto medo?

    A voz grave e a respiração roçando em minha boca ainda me assombram. Balanço a cabeça. Talvez seja apenas atração física; ele é um homem muito bonito, é normal, acontece, é por isso que meu coração ficou acelerado. Admitir que sinto atração por ele não é muito animador, mas pelo menos agora consigo identificar o que há de errado comigo e o motivo das reações do meu corpo quando estou perto dele. Preciso me esquecer daquela manhã, vários dias se passaram e não sei por que ainda estou pensando nisso. Ártemis está distante desde o acontecido, não o vi mais. Acho que está me evitando e fico grata por isso, é o melhor para nós dois.

Estou tirando o pó das cortinas da sala quando ouço barulhos na sala de jogos. Franzo as sobrancelhas.

Ah, sim. Raquel, a vizinha. Caiu no papo de Ares, no fim das contas.

Ainda me lembro dela toda tímida pedindo para falar com ele um tempo atrás e eu a deixei entrar. Então, Raquel e Ares estão... Preciso admitir que estou surpresa por ela ter resistido aos encantos dele até agora. Não posso dizer o mesmo de outras garotas que passaram por aquela cama. Só um olhar, algumas palavras, e Ares as conquistava sem grande esforço. Vou para o corredor colocar uma música que abafe aquele barulho; apesar de saber que meus patrões não estão em casa e Ártemis ainda não voltou, sinto um pouco de vergonha. Mas é inútil, porque encontro Apolo paralisado em frente à porta.

— Não sabia que a Samy estava por aqui.

Abro um sorriso.

— Não é a Samy.

Apolo franze a testa.

— Então quem é?

Solto um longo suspiro.

— Acho que é a filha da vizinha.

Ele não consegue esconder a surpresa.

— Raquel?

— Sim, ela mesma.

— Eita... Quem diria! Achei que eles se odiassem.

Dou de ombros.

— Às vezes a atração física se disfarça de ódio.

Eu e Apolo vamos para a cozinha, e eu fico agradecida, já que nesse cômodo não conseguimos mais ouvi-los.

— Quer um sanduíche de peito de peru?

Ele ergue a mão para bater na minha, em comemoração.

— Você realmente sabe do que eu gosto.

Não consigo evitar uma risada.

— Você é muito fácil de agradar.

— Aposto que sim — diz Ártemis, aparecendo na porta da cozinha com o terno de sempre; deve ter acabado de chegar do trabalho.

Só a presença dele já é suficiente para acabar com qualquer boa energia que Apolo e eu temos.

— Você recebe para conversar ou trabalhar, Claudia?

Já vi que ele está no modo *humor de babaca frustrado* de novo. Apolo se coloca entre nós dois.

— Deixa ela em paz, Ártemis. Não começa.

Ártemis fica parado, nos observando. Preparo o sanduíche e o coloco na mesa para sair dali depressa. Mal terminei de cruzar a sala quando escuto Ártemis e Apolo falando alto. Será que estão discutindo?

Os dois deixam a cozinha. Apolo parece estar prestes a dizer algo, mas Raquel sai da sala de jogos e esbarra em mim. A garota está descabelada e com os olhos cheios de lágrimas, tão absorta em seu próprio mundo que nem mesmo nos vê, nenhum de nós três, e sai da casa batendo a porta da frente. Ártemis, Apolo e eu nos olhamos, confusos.

— Aquela não era a Raquel? — pergunta Ártemis, surpreendendo Apolo e a mim, porque sabemos que ele se lembra apenas do que julga ser relevante.

Apolo cerra os punhos e vai até a sala de jogos, talvez para dar um sermão em Ares, o que me parece ser uma boa ideia até perceber que Ártemis e eu estamos sozinhos. É a primeira vez que o vejo desde aquela manhã. Embora ele tenha acabado de chegar do trabalho e esteja cansado, o terno e o cabelo estão impecáveis, como se elegância fosse um atributo natural dele.

Sem dizer uma palavra, volto para a cozinha. Para meu espanto, percebo que Ártemis está me seguindo em silêncio. O que ele quer agora? Não consegue ver que o clima entre a gente está desconfortável?

Ártemis encosta no batente enquanto eu organizo alguns papéis que estão sobre a mesa; trouxe-os para cá de manhã na esperança de ter algum tempo livre para avançar em um trabalho da faculdade que preciso entregar em breve.

— Claudia.

A voz dele recuperou a frieza e insensibilidade daquela vez que me humilhou.

Suspirando, largo os papéis e me viro para ele.

— Sim, senhor?

Você não é o único que sabe jogar o jogo da frieza, Ártemis Hidalgo.

A expressão dele está vazia; não encontro resquícios do ar de deboche daquela manhã ou do carinho daquela noite em que me confortou, quando tive um pesadelo. Não há nada em sua feição.

— Peço desculpas pelo meu comportamento no outro dia, foi inapropriado da minha parte. Não vai acontecer de novo. — Não há dúvida em sua voz, ele parece seguro e impassível. — Quero manter uma relação estritamente profissional com você.

Cruzo os braços.

— Estou de acordo — digo —, nunca quis nada além disso. Acho que o senhor confundiu as coisas.

Posso acabar com você nesse jogo, Ártemis.

A expressão gélida some por um momento, revelando que ele está... magoado? Mas então ele disfarça com rapidez.

— Certo, era só isso.

Ele lança um último olhar antes de sair, e eu, por fim, solto um longo suspiro que não sabia que estava segurando. Para mim, é ótimo que ele tenha se desculpado e dito que nossa relação é estritamente profissional. Isso é tudo o que eu quero.

Então... por que não estou satisfeita?

Sinto como se ele tivesse terminado comigo, mas a gente nem tinha nada. Me sento à mesa para continuar revisando o trabalho da faculdade.

Preciso me lembrar de minhas prioridades: minha mãe, meus estudos e manter meu emprego. Me envolver com Ártemis pode comprometer todas essas coisas. O olhar frio dele volta à minha mente, e é como se eu o visse parado diante de mim com aquela pose firme — um icebergzinho!

— Sextou, galera! — exclama Gin, jogando as mãos para o alto.

Acabamos de sair da faculdade, são quase dez da noite. A gente foi bem na apresentação do trabalho, e não posso negar que estou aliviada. Sinto um sorriso despontando em meus lábios. Quando Gin percebe, ela tapa a boca, surpresa.

— Isso é um sorriso? Ai, meu Deus! Ela sabe sorrir, gente!

Dou um tapa no braço dela.

— Não começa.

Gin abre um enorme sorriso.

— Você fica tão linda assim... Não sei por que não sorri mais.

Entrelaço meu braço no dela para andar até o ponto de ônibus. Moramos longe da universidade, mas por sorte os ônibus rodam até tarde.

— Não achei que iríamos tão bem no trabalho.

— A gente mandou muito bem, o professor ficou impressionado. — Ao chegar ao ponto, Gin encosta a cabeça em meu ombro. — Precisamos comemorar.

— Lá vem você com suas ideias loucas.

Ela se afasta de mim.

— A gente precisa de um descanso. Você disse que deixou sua mãe dormindo antes de vir para a faculdade, né? Então, por que não vamos tomar uma? É por minha conta.

— Você sabe que não sou fã de álcool.

— Porque fica descontrolada e age como a jovem que você é.

— Na verdade, não...

Ela cobre minha boca.

— Não quero ouvir desculpas. Tenho dois ingressos para uma boate open bar hoje. Você vem comigo, Clau.

Derrotada, afasto a mão dela.

— Tudo bem, mas só um drinque.

O sorriso que se abre no rostinho de Gin é contagiante. Pegamos o ônibus que vai para o centro da cidade, onde fica a maioria das baladas; uma das ruas é cheia de bares e boates. Já acomodadas nos assentos, Gin conta como conseguiu os ingressos. Ela estava numa cafeteria quando um rapaz muito bonito esbarrou e derramou café nela. Então, como um pedido de desculpas, deu os ingressos para ela.

— Ele era um gato — conta ela, suspirando. — Tinha aquele jeito de homem educado e seguro de si, sabe? E o sorriso dele...

Isso me faz gargalhar um pouco.

— Semana passada era o entregador de pizza, agora é esse. Como você se apaixona tão rápido?

— É minha especialidade. — Ela pisca para mim. — Não, falando sério, o cara do café está em outro nível, assim, estilo Ártemis.

A menção a esse nome acaba com meu sorriso. Gin, que não perde uma, percebe na hora.

— Tem alguma coisa para me contar?

Balanço a cabeça. Ela revira os olhos.

— Que mistério, viu? Nesse ritmo vou acabar escrevendo um livro tipo *Harry Potter*, e vai se chamar *Claudia e o enigma dos Hidalgo*.

— Você está louca. Dos Hidalgo? Achei que só queria saber do Ártemis.

Ela levanta o dedo para explicar.

— Percebi que quando falo do Apolo você também tem aquela reação tipo "alguma coisa está rolando, mas se eu não falar em voz alta não é real".

— Você sabe que o Apolo tem dezesseis anos, né?

— E? Mesmo assim tem um pênis.

Dou um tapa na cabeça dela.
— Gin!
Ela começa a rir.
— Além do mais, segundo a lei estadual, dezesseis já é idade o bastante para consentir.
Gin pisca, e eu dou outro tapa nela.
— Só estou brincando, gosto de encher seu saco. Agora deixa eu passar um pouco de maquiagem em você, está com cara de universitária que acabou de sair da aula.
— Ah, jura?
Deixo que ela me maquie e nem protesto quando Gin escolhe um batom vermelho-fogo, dizendo que combina com meu cabelo. Por fim, saímos do ônibus.
— Acho que não estamos vestidas para ir a uma boate — comento, olhando para nossas roupas.
Estamos usando jeans, botas e suéteres de manga comprida. A brisa fria do outono nos obriga a nos vestirmos assim para a faculdade.
Gin arruma meu cabelo.
— Estamos lindas. — Ela segura minha mão e me puxa para a rua movimentada.
A Rua das Rosas, como a chamam, está lotada. Algumas pessoas estão ao lado de fora das boates fumando, outras apenas andam por ali. A maioria está muito bem-vestida: as mulheres com vestidos curtos ou até de jeans, mas com blusas e sapatos muito bonitos. Os homens não ficam para trás.
— Sério mesmo, acho que não estamos vestidas para esse lugar.
— Para com isso — diz Gin, me levando para o fim da rua.
Vejo o que parece ser a maior e, de longe, mais prestigiada boate das redondezas. Não há fila, apenas uma placa dizendo ENTRADA SOMENTE COM INGRESSO.
Quando olho para cima e leio o nome da boate, fico de queixo caído.
— Puta merda. Você só pode estar brincando comigo.

Insônia...
A voz de Apolo ecoa em minha mente:
Fui à boate do Ártemis, a Insônia, e sem querer fiquei muito bêbado.

Gin tem convites para o bar do Ártemis. Beleza. O que pode dar errado?

9
"CRIANDO UM ESPAÇO SEGURO"

CLAUDIA

A Insônia é uma boate muito chique, com uma decoração linda, móveis modernos e um bar enorme que ocupa as laterais do primeiro piso inteiro. Muito sofisticada, como o idiota do dono. Apesar de estar cheia, é espaçosa o bastante para conseguirmos andar sem esbarrar em ninguém, o que é maravilhoso. Em todas as boates a que já fui, sempre fiquei esmagada na multidão.

Gin grita em meu ouvido:

— Isso é genial! Essa é a boate mais exclusiva da cidade! Não consigo acreditar.

A alegria dela é contagiante, então abro um sorriso a caminho do bar. Mostro o ingresso para o barman e Gin pede duas bebidas para nós.

Está tudo bem, Claudia. Ele não está aqui.

Ártemis tem esse estabelecimento há muito tempo, foi seu presente de vinte e um anos. Sei que ele deixou a administração com alguém de confiança enquanto terminava os estudos e trabalhava na empresa, pelo menos foi o que Apolo me contou. Por isso, não acho que ele venha aqui com frequência. Quando pegamos nossos drinques, Gin me faz brindar antes de beber. A mistura tem um gosto frutado, e o sabor do álcool é bem forte, mas tolerável.

— O que é?

— Se chama Orgasmo.

— Você está me zoando?

— Pior que não — responde Gin, mas seus olhos estão focando alguma coisa atrás de mim. — Ah, meu Deus.

Ai, não, por favor, não diga que é Ártemis.

— É ele!

Dou uma voltinha para ver a quem ela está se referindo: um rapaz alto, loiro, com feições infantis e olhos verdes. É gato, mas não faz o meu tipo. Ele anda um pouco e vejo outro homem atrás dele. Ah... ele é mais alto, de cabelo escuro e olhos pretos que conseguem intimidar qualquer um com facilidade. Tem traços fortes e viris, e o cabelo está bagunçado de um jeito sexy. Esse sim faz meu tipo.

— Gin. — Preciso confirmar a informação. — De quem você gostou?

Tomara que seja o loiro, que seja o loiro.

Gin morde o lábio.

— Do loiro. Foi ele quem me deu os convites.

Ufa!

O loiro reconhece Gin e se aproxima da gente, cumprimentando-a com um aperto de mão.

Gin nos apresenta. Aperto a mão dele e digo:

— Muito prazer.

Os dois começam a conversar. Meus olhos acompanham o homem de cabelo preto quando ele passa ao nosso lado em direção à pista de dança, mas o cara nem nota minha presença. Não sei o que eu esperava, ele parece um modelo. Com toda essa beleza, duvido que vá reparar em mim.

Descobrimos que Víctor é o administrador da boate, contratado por Ártemis, então ele nos leva à área VIP, no segundo andar. É um espaço mais reservado, e embora dê para escutar a música da pista, não é necessário gritar para conversar. Além disso, as bebidas são servidas na mesa.

Víctor está tentando impressionar Gin e dá para ver que está conseguindo, a julgar pelas bochechas coradas de minha amiga. Com a desculpa de que vou ao banheiro, me levanto para dar um pouco de privacidade a eles e passo pelas mesas até chegar a uma porta coberta apenas por cortinas.

O que é isso?

Curiosa, passo por elas e me dou conta de que é um lugar em que as pessoas vêm fazer sei lá o quê à luz de velas. Posso jurar que ouço gemidos, então me viro para voltar, mas na minha frente está ele: Olhos Pretos.

— Perdida?

De perto, ele é ainda mais atraente.

— Não.

Os olhos dele me encaram de cima a baixo descaradamente antes de pousarem em meu rosto.

— Você tem um dom.

Franzo as sobrancelhas.

— Oi?

— Como consegue ficar tão bem numa roupa tão simples?

Hã? Isso é um elogio?

— Obrigada, acho?

— Desculpe, não quis insultar sua roupa, só... queria dizer que você é muito bonita.

Você é mais do que lindo, pode vestir o que quiser.

Por isso não gosto de bebida alcoólica... Ela traz à tona meu lado hormonal-sexual-desinibido com apenas três drinques. Olhos Pretos lança um sorriso insinuante e sexy. Aposto que conquista muitas garotas assim.

— Posso te pagar uma bebida?

O rosto de Ártemis surge na minha mente, e odeio isso. Não estou interessada nele e sei que ele também não se importa comigo; além de tudo, ele é comprometido. Agora mesmo deve estar curtindo a namorada, então por que devo permitir que isso afete minha vida pessoal? Temos apenas uma relação profissional, como ele mesmo disse.

— Lógico — digo, e o sigo para fora da sala cheia de gente fazendo coisas íntimas.

Ao voltar para a mesa, Gin está ocupada demais para perceber nossa presença, já que a língua de Víctor está em sua garganta. Olhos Pretos me olha achando graça, e eu apenas dou de ombros. Ele me oferece a mão.

— Ficaremos bem em outra mesa por enquanto. Vamos.

Taças vêm e vão, uma após a outra, e, embora Olhos Pretos tenha me aconselhado a ir devagar e beber com calma, não dou ouvidos, porque depois de tanto tempo sem beber, os drinques parecem ótimos. Contudo, quanto mais bebo, mais penso no idiota do dono da boate.

Qual é o seu jogo, afinal?

Um dia quase me beija e no outro me diz que quer uma relação estritamente profissional?

Quem você pensa que é, Ártemis? Quem disse que eu queria algo mais? Que arrogância.

Chega, Claudia. Tem um cara que poderia ser modelo bem na sua frente, pare de pensar no iceberg. É que ele é... tão... Aff!

Estou prestes a tomar outro shot de tequila, mas Olhos Pretos segura minha mão.

— Ei, espere, espere. Calma.

Baixo o copo.

— Eu estou bem — rebato.

— Não sei, não. Você parece ansiosa. Não tenho nada contra beber de um jeito tempestuoso, mas acho que você deveria ir com mais calma.

— Beber de um jeito tempestuoso...?

— É, sabe, beber por raiva. Um amigo meu faz isso o tempo todo.

— Queria conhecer seu amigo. Temos muito em comum.

— Duvido, ele não tem um temperamento muito bom. — O homem segura minha mão com gentileza e se aproxima de mim no sofá de canto em que estamos sentados. — Se quiser distrair a cabeça, há outras formas.

Ele consegue captar toda a minha atenção. Mordo o lábio e sorrio.

— Tipo quais?

Ele acaricia minha bochecha, o rosto tão perto do meu que consigo sentir sua respiração em minha boca. Ele é muito gostoso!

— Acho que você sabe quais.

Estou prestes a beijá-lo, mas escuto a voz de Gin me chamando.

— Claudia!

Olhos Pretos e eu viramos e damos de cara com a minha amiga, as mãos na cintura.

— Posso falar com você rapidinho?

Olhos Pretos me faz voltar a olhá-lo.

— Seu nome é Claudia?

Gin bufa.

— Vocês nem se apresentaram. Claudia, esse é o Alex. Alex, essa é a Claudia.

Ele olha para mim horrorizado, me soltando como se eu fosse intocável.

— Merda...

— O que foi?

Alex coloca as mãos na cabeça.

— Não me diga que você trabalha na casa dos Hidalgo. É essa Claudia?

— A gente se conhece?

— Merda! — Ele se levanta. — Preciso ir ao banheiro. Já volto.

Ele sai sem dar explicações. Gin aproveita para se sentar ao meu lado.

— Não queria interromper, mas o Víctor quer me levar para o apartamento dele. E eu não quero te largar aqui sozinha, então podemos deixar você em casa ou te dar o dinheiro do táxi.

— Vou ficar bem, pode ir tranquila — asseguro.
Já sabia que corria esse risco vindo para cá.
Gin coloca o dinheiro na minha mão e a aperta.
— Não exagera na bebida e me avise quando chegar em casa.
— Ela dá um beijo na minha cabeça e vai embora.
Fico sozinha no sofá em frente à uma mesinha com várias taças e uma garrafa de tequila pela metade. Estou sozinha... como sempre.
Não é isso o que eu sempre quis?
Lutei tanto para manter essa solidão, esse isolamento... É muito mais seguro assim. A vulnerabilidade é um estado que nunca encarei muito bem; talvez por tudo o que passei na infância ou porque apenas não quero me sentir desse jeito. Não sou uma pessoa que culpa os pais por ser como é. Lógico, os eventos da infância afetam muito a personalidade de cada um, mas, no fim das contas, somos todos seres humanos e podemos decidir o que fazer. Talvez eu seja assim sem motivo algum mesmo.
Admiro as pessoas que são abertas em relação aos próprios sentimentos, tão dispostas a colocá-los em risco que expõem suas fragilidades sem pensar duas vezes.
Minha mente viaja até Raquel, a vizinha dos Hidalgo, a garota que está se envolvendo com Ares. As emoções dela estão sempre estampadas em seu rosto e em suas atitudes. Aquele dia, algum tempo atrás, em que Ares me pediu para tirá-la de seu quarto depois de passar a noite com ela ainda me atormenta. Quando fui para o segundo andar, ela estava lá parada no último degrau, com lágrimas escorrendo pelo rosto. Eu nem precisei dizer nada, a garota só assentiu como se tivesse escutado o que Ares tinha dito, e a dor em seu olhar me deu um nó no estômago.
Como podia ser ferida e se reerguer?
Para mim, ela é muito mais corajosa do que eu. Não se esconde atrás de uma muralha emocional e vive cada emoção à flor da pele. Mas acaba se magoando...
A mágoa faz parte da vida, não faz? Sinto que falta algo nessa vida que levo, nessa vida que me traz segurança. Será que quero

me machucar? Ou só quero algo diferente? Talvez eu esteja cansada da monotonia do dia a dia e do vazio de minhas interações, que são meramente físicas.

Sirvo mais uma dose de tequila e viro o pequeno copo de uma vez. Aonde Alex foi? Acho que preciso de um pouco de algo sem compromisso, sem promessas de futuro ou drama, somente química entre duas pessoas que se entendem na cama.

Nossa, pareço tão vazia. Às vezes meus pensamentos surpreendem até a mim mesma.

Já estou no terceiro copo quando começo a me questionar se Alex voltará. Achei que estávamos nos dando bem. O que aconteceu? Como ele sabia que eu trabalhava na casa dos Hidalgo?

Jogo a cabeça para trás para virar outro shot, o álcool queimando minha garganta e meu estômago. Quando baixo o rosto, vejo apenas o vulto de alguém se sentando no sofá em frente ao meu. Coloco o copo na mesa, pronta para enfrentar Alex. No entanto, quando levanto o olhar, não é Alex quem está diante de mim — é Ártemis Hidalgo. Quase engasgo com a minha própria saliva.

Ártemis está sentado confortavelmente com os dois braços esticados no encosto do sofá, de um jeito que seu terno preto se abre, deixando à mostra a camisa azul-escura e a gravata preta que estão por baixo. O cabelo dele parece preto sob a iluminação apesar de ser castanho, igual aos seus olhos. Como sempre, esse rosto desenhado pelos deuses está impassível. A barba por fazer fica tão sexy nele que chega a ser injusto.

O que está fazendo aqui?

Sinto vontade de perguntar, mas não quero fazer papel de boba. A boate é dele, ele não precisa de motivo para estar aqui. Vejo um garçom se aproximar.

— Senhor, já esvaziamos o lugar. O que gostaria de beber?

A voz de Ártemis soa rouca, fazendo meu coração acelerar:

— O de sempre. E mais uma dessa. — Ele aponta para a garrafa de tequila vazia à minha frente.

— É pra já.

Esvaziar o lugar? Neste momento, me dou ao trabalho de olhar ao redor e vejo que está vazio. A música continua tocando, o DJ está na cabine, mas não tem mais ninguém. Quando...? Estava tão focada em beber de um jeito tempestuoso, como diria Alex, que nem percebi. Sem escrúpulos, Ártemis olha direto para mim, seus lindos olhos sempre com um aspecto dócil apesar da expressão fria.

O garçom volta e entrega para Ártemis o que foi solicitado.

— Ninguém pode subir aqui a menos que eu chame — ordena ele.

Engulo em seco.

— Sim, senhor — diz o garçom, retirando-se depressa.

Ártemis se inclina para colocar a garrafa na minha frente.

— Pronto. Pode continuar bebendo.

— O que você está fazendo?

Ártemis toma um gole de uísque e estica os braços no encosto do sofá de novo.

— Criando um espaço seguro — responde ele.

Suas palavras me tiram o fôlego. Minha mente viaja por minhas lembranças.

— *Me deixe em paz!* — *grito, sacudindo a mão de Ártemis enquanto ele me segue pelos corredores da escola.*

Ártemis me puxa para uma sala de aula vazia e fecha a porta. Me viro para ele, furiosa.

— *Já disse que é pra você me...* — *Tento dizer, mas ele me puxa para um abraço, abafando meu protesto em seu peito.*

— *Está tudo bem* — *sussurra ele, acariciando minha cabeça.* — *Não liga para esses idiotas, eles não merecem sua raiva.*

Ele se afasta de mim, puxa duas cadeiras e posiciona uma na frente da outra. Depois de se sentar em uma delas, me oferece a outra.

— *Qual é, vai! Senta.*

— *Não somos mais crianças, Ártemis.* — *Minha raiva ainda fala por mim.* — *Isso...*

Ele apenas sorri, e está tão fofo que tudo que posso fazer é me sentar à sua frente.

— *Estou criando um espaço seguro.*

Não é a primeira vez que ele faz isso. Sempre que estou num momento ruim, ele age assim. Se senta na minha frente e me escuta falar, reclamar, lamentar e xingar tudo o que me der vontade.
— Sou todo ouvidos, Claudia. Esse é o seu espaço seguro.
Olho para o homem sentado na minha frente agora, embora aquele sorriso doce tenha desaparecido, vejo em seu rosto a vontade de me escutar.
— Achei que quisesse uma relação estritamente profissional — digo, servindo outro copo.
— Quero muitas coisas. Mas nem sempre querer é poder.
Os olhos dele não desgrudam dos meus nem por um segundo. Fico em silêncio e viro outra dose.
— Não preciso disso. A gente não é mais adolescente.
Isso o faz sorrir um pouco.
— Nós dois sabemos que é sempre bom desabafar.
— E por que você estaria no meu espaço seguro? Logo você, que muda de ideia de um dia para o outro?
— Uma reclamação muito justa — admite ele —, mas sei que você precisa. A boate está vazia, você tem o drinque que quiser à disposição. Do que mais precisa? Finge que sou apenas um estranho que acabou de aparecer aqui e que amanhã não se lembrará de nada que você disser esta noite.
Como se eu pudesse fazer isso...
Ártemis parece entender meu silêncio e ergue a sobrancelha.
— A menos que você queira desabafar sobre mim. Nesse caso, entendo se não quiser falar comigo.
Bingo.
— Pare com isso — digo.
Ártemis baixa os braços do encosto do sofá, apoiando os cotovelos nos joelhos e entrelaçando as mãos.
— Parar com o quê?
— Com isso... — Faço um gesto para nós dois. — Não banque o bonzinho comigo.
— Por quê? — Não consigo suportar a intensidade de seu olhar. — Está com medo de derrubar essa muralha que construiu

em volta de você? Eu já a derrubei antes, Claudia, e se eu me dedicar, posso fazer isso de novo.

— Nós sabemos como isso acabou da última vez — lembro, pensando naquele 4 de julho.

Ártemis não parece incomodado.

— Não sou mais um adolescente inseguro que vai desistir na primeira rejeição. Sou um homem que sabe o que quer e que não vai descansar até conseguir.

O que ele quer dizer com isso?

Aperto as mãos, que estão sobre meu colo.

— Você é um homem comprometido — retruco, sentindo as batidas de meu coração quase na boca.

O clima entre nós está pesado de um jeito que não consigo decifrar. Tensão sexual? Porque, com o terno aberto assim, minha vontade é transar com ele aqui mesmo. Balanço a cabeça; não posso enxergá-lo dessa maneira, é apenas o álcool. Me levanto, decidida a sair desse lugar. Não estou em meu melhor momento para ficar sozinha com ele, não depois de ter sido enfraquecida pela lembrança das vezes em que ele me ouviu.

Me viro para sair do sofá, mas Ártemis diz:

— Meu namoro é a única coisa que impede você de ser minha?

Meu coração ameaça saltar para fora do peito. Não me atrevo a olhar para ele. Sinto um calor em todo o meu rosto, devo estar vermelha. Que pergunta é essa?

Encaro Ártemis, que continua sentado com toda a tranquilidade do mundo após dizer uma coisa dessas.

— Não sou um objeto para ser sua nem de ninguém.

Ele se levanta e contorna a mesinha para ficar de frente para mim.

— Não quis ofender, deixa eu reformular. — Ele faz uma pausa, e eu me afasto. — Você não deixa eu me aproximar, não deixa... — Ele estende a mão para acariciar meu rosto, mas eu recuo. — Não me deixa te tocar ou mostrar como eu posso te comer gostoso só porque sou comprometido?

A grosseria de suas palavras me irrita.
— Talvez eu só não esteja interessada em você.
— Está mentindo.
Fico em silêncio. Ártemis me agarra pela cintura e puxa meu corpo junto ao dele, seus olhos nos meus.
— Estou solteiro, Claudia.

10

"O QUE VOCÊ QUER, ÁRTEMIS?"

CLAUDIA

Isso é arriscado.
    Sinto o calor do corpo de Ártemis contra o meu, o braço dele ao redor de minha cintura aquecendo minha pele, despertando sensações que não deveria. Ele está tão perto que consigo admirar todos os traços viris e observar o quanto a barba por fazer está impecável. Parte de mim não consegue deixar de imaginar como seria sentir essa barba na minha pele nua.
    Contudo, não são meus pensamentos que tornam a situação arriscada, e sim a determinação nos olhos de Ártemis. Ele está no controle da situação pela primeira vez, e consigo ver em seu rosto como está decidido. Se eu não tomar as rédeas, a noite pode terminar muito mal. Tento em vão empurrá-lo, mas isso só faz com que ele aperte ainda mais minha cintura, me pressionando contra seu corpo.
    — Por que você sempre foge de mim?
    Engulo com dificuldade, sentindo a intensidade de seu olhar.
    — Não estou fugindo de você — respondo.
    Os cantos de seus lábios se movem, formando um sorriso malicioso que nunca vi. Ele está muito sensual e seguro de si.

Afaste-se dele, Claudia.
  Minha consciência tenta me alertar, mas não consigo negar a sensação gostosa de estar em seus braços. O corpo definido e forte faz com que eu me sinta segura. Preciso assumir o controle da situação. Não gosto de ceder desse jeito, me faz sentir vulnerável, o que não me agrada nem um pouco. Ártemis pode controlar as pessoas ao seu redor com facilidade, mas não a mim, nunca.
  Sendo assim, relaxo em seus braços. Ele nota, incapaz de esconder a surpresa no olhar. Coloco as mãos ao redor de seu pescoço e pergunto:
  — Acha que aguenta?
  Ártemis se surpreende.
  — Do que você está falando?
  Dou um sorriso confiante.
  — Se você me possuir, acha que vai aguentar?
  Ártemis ergue a sobrancelha.
  — Ah, pode apostar.
  Mordo o lábio, aproximando nossos rostos.
  — Tem certeza?
  Observo-o engolir em seco, mas Ártemis não se afasta. O nariz dele roça no meu.
  — Me deixe tentar.
  A distância entre nossos lábios é insignificante, um leve movimento meu ou dele poderia acabar com ela. Ele é só um pouco mais alto do que eu, então fico na ponta dos pés para me aproximar ainda mais, até que nossas respirações se misturam. Nossos olhares estão conectados, carregados de várias sensações que se espalham entre a gente.
  Quero beijá-lo.
  A súbita vontade me surpreende, porque meu objetivo era assumir o controle da situação, não começar alguma coisa. Mas tê-lo tão perto, o cheiro, a respiração, o calor, o desejo nos olhos... tudo isso embaralha meu raciocínio.
  — Vai me provocar a noite toda? — sussurra ele contra minha boca.

— Talvez.
Ele umedece os lábios.
— Claudia.
Por alguns segundos, fico perdida em seu olhar.
— Ártemis.
Antes que eu ceda aos meus desejos, aproveito a confiança dele para pegá-lo desprevenido e empurrá-lo, conseguindo me libertar.
— Preciso ir.
Ele passa a mão pela barba, sem transparecer surpresa por minha atitude.
— Não importa que você sempre fuja. Tem coisas que são inevitáveis, Claudia.
Cruzo os braços.
— Tipo o quê? — pergunto.
— Você e eu.
Ignoro suas palavras.
— Está tarde. Sério, preciso ir.
— Eu levo você — oferece ele.
Não sei por que isso me faz sorrir. A teimosia é impressionante.
— Não, obrigada.
— Não aceito "não" como resposta. Afinal, vamos para a mesma casa.
Não consigo responder, e ele segura minha mão e me puxa. Descemos da área VIP e passamos pelo lado do bar onde todos os funcionários estão reunidos, conversando. Quando nos veem, se dispersam rapidamente. Sei que estão falando da gente, está na cara.
Ártemis olha para o rapaz que parece ser o chefe da equipe e diz:
— Estou indo agora. Pode abrir a boate de novo ou fechá-la, pergunte para o Víctor, ele decide.
— Sim, senhor. Tenham uma boa noite.
Abro um sorriso para o funcionário e sigo Ártemis de mãos dadas. Na saída, vamos para o carro azul-escuro — ele não tem

carros esportivos ou de luxo, prefere os clássicos e elegantes. Solta minha mão para abrir a porta para mim. A volta para casa é tensa e silenciosa. Discretamente, olho o homem ao meu lado, uma das mãos no volante e a outra na marcha. Vê-lo dirigindo é muito sensual, não sei por qual motivo.

— Como vão as coisas na universidade?

Não esperava escutar uma pergunta desse tipo, mas fico grata por ele quebrar o silêncio.

— Ah... Só falta um ano para terminar.

— Continua sendo ruim nas leituras?

Aperto os lábios, envergonhada.

— Faço o que posso.

Ele sorri, e percebo que estou sem fôlego.

— Ainda tem a habilidade de cair no sono depois de ler um pouco?

Sim.

— Óbvio que não.

Ele não diz nada, então paro de observá-lo feito uma idiota e desvio a atenção para a janela: casas, prédios e árvores passam depressa ao nosso lado, revivendo o álcool em meu corpo e me deixando tonta.

Melhor voltar a olhar para Ártemis mesmo.

O relógio no pulso que está ao volante brilha cada vez que reflete a luz dos postes da rua. Tudo nele é organizado, limpo e bem-cuidado. Qualquer pessoa facilmente se sente intimidada ao conhecê-lo. À primeira vista, Ártemis parece inacessível e frio. Não dá para ver seu lado doce, que vem à tona em certos momentos, como quando defendia seus irmãos do bullying na escola depois do que aconteceu com sua mãe, ou quando se colocou na frente de seu pai para impedir que ele agredisse Ares. Ártemis fez muitas coisas que apenas eu sei.

Por que é tão fácil para mim enxergar através dele, como ele é por dentro?

Será que é por isso que Ártemis ainda quer algo comigo? Não sou burra, é visível que, mesmo que ele não seja mais o adolescente que se declarou para mim sob os fogos de artifícios, ainda tem aquelas chamas nos olhos quando me olha.

O que você quer, Ártemis? Sexo? Ou algo mais? Ser rejeitado foi o que impediu você de seguir em frente?

Parte de mim morre de medo de que ele vá embora no instante em que conseguir o que quer; de que tudo isso seja só a adrenalina de conquistar o inalcançável. Essa é uma das razões pelas quais eu o mantenho distante, mas não a principal.

Ártemis lança um olhar rápido e pergunta:

— No que está pensando?

Apenas encaro a estrada à nossa frente.

— Achava que eu era a pessoa de poucas palavras — diz ele —, mas você sempre me venceu nisso.

Quando chegamos em casa, saio do carro e me apresso até meu quarto para ver como minha mãe está. Eu a encontro dormindo tranquila. Solto um suspiro de alívio e, massageando o ombro, vou até a cozinha. Para minha surpresa, Ártemis está no cômodo, em pé, as mãos apoiadas na mesa atrás dele. Ele não está mais de terno, apenas com a camisa e a gravata frouxa.

— Como sua mãe está?

Passo ao lado dele para pegar uma garrafa de água na geladeira.

— Bem.

Não sei por que estou tão nervosa nem por que meu coração está batendo tão rápido mais uma vez.

Hormônios, Claudia, só isso.

Ele é um homem muito atraente e você o deseja, é normal.

A tensão entre nós aumentou muito, como se viesse crescendo de minuto a minuto durante a noite inteira, de um jeito silencioso. Vê-lo ali, com aquelas roupas elegantes cobrindo o corpo definido e aquele olhar que promete várias coisas indecentes...

— Do que você tem tanto medo, Claudia?

De sentir algo mais... De baixar a guarda... De não ser o suficiente para alguém como você... De ser usada e deixada de lado como minha mãe. De perder a independência emocional que demorei tanto para construir. De me distrair dos meus objetivos. Tenho medo de muitas coisas, Ártemis Hidalgo.

Gostaria que ele fosse como qualquer outro cara com quem eu pudesse ter um encontro casual sem complicações, mas nós dois temos muita história juntos, muitas memórias.

Depois de tomar um gole de água, eu o encaro. Preciso acabar com essa tensão entre nós, então relaxo a voz.

— Dia difícil no trabalho?

Ártemis cruza os braços.

— Todos os dias são.

— Deve ser complicado ser o diretor de uma empresa.

Ele suspira e diz:

— Já me acostumei.

Não sei por que quero puxar conversa com ele. Acho que é o álcool. Eu deveria ter ido dormir.

— Você ainda desenha? — indago.

Um sorriso triste surge nos lábios dele.

— Sim.

— Já passou da fase de desenhar Pokémon? — implico, lembrando a época em que ele ficou obcecado com esse desenho, quando era mais novo.

Ele lança um olhar de poucos amigos.

— Isso foi há muito tempo.

Não consigo evitar sorrir. Irritá-lo é revigorante.

— Sei bem.

— Posso mostrar meus desenhos quando quiser, melhorei muito — oferece ele, confiante.

— Aposto que sim. Você sempre aprendeu as coisas rápido.

Ele ergue a sobrancelha.

— É um elogio?

— Por que a surpresa? Sempre gostei dos seus desenhos. Aliás, você…

Fico quieta. Não sei se deveria dizer isso.

— Eu o quê?

— Acho que você poderia ter sido um grande artista.

A expressão divertida é substituída por uma sombra de tristeza que é dolorosa de ver.

— Nem sempre podemos ser o que queremos.

— Desculpe, eu...

— Não precisa se desculpar — diz ele confiante, forçando um sorriso, mas a tristeza continua no olhar. — Estou bem sendo quem sou e fazendo o que faço agora.

Apesar do tom de voz determinado, sei que não é verdade. Ser diretor da empresa Hidalgo nunca foi um sonho dele. Isso me faz enxergá-lo por outra perspectiva; ele parece tão sozinho, tão... infeliz. Nunca passou pela minha cabeça que um cargo de chefia tão alto assim fosse nada mais que uma obrigação para ele. Lembro os sorrisos e a empolgação com que falava sobre os desenhos enquanto crescia. Agora, Ártemis parece tão vulnerável, tão necessitado de afeto. Antes que possa me arrepender, coloco a água na mesa e vou até ele, que me olha surpreso e descruza os braços.

Eu o abraço, encostando o rosto em seu peito.

— Você fez um bom trabalho.

Ele leva alguns segundos para reagir, mas por fim me envolve em seus braços. O cheiro suave do perfume é tranquilizante. Consigo ouvir as batidas aceleradas de seu coração. Sinto que é a coisa certa a fazer, ao mesmo tempo que talvez não seja.

Não sei quanto tempo se passa, mas o abraço é maravilhoso e aproveito cada segundo. Quando a gente se separa, continuo com as mãos em volta dele. Estamos muito próximos, e as emoções transbordam de nossos olhos.

Ártemis se inclina em minha direção, os lábios quase alcançando os meus, e viro o rosto tão depressa quanto consigo. Dou um passo para trás a fim de me afastar, mas em um movimento rápido ele agarra meu pulso e me puxa de volta. Com a outra mão, segura meu rosto e pressiona os lábios nos meus.

Uma inesperada explosão de sentimentos me invade, confundindo minha mente, e correspondo ao beijo com uma intensidade que me surpreende. Não é um beijo gentil. É agressivo, carregado com anos de anseio. Nossos lábios se movem em uma sincronia apaixonada. Enterro os dedos no cabelo dele para trazê-lo mais para perto de mim, e Ártemis me agarra pela cintura. Nossas respirações ficam pesadas e nossos movimentos, desajeitados, enquanto tentamos conter a satisfação que sentimos. Nunca me beijaram dessa maneira, nunca senti nada assim. A barba dele roça em meu rosto de vez em quando, e me sinto ótima.

Ártemis pressiona meu corpo, meus seios encostando nele, e, embora estejamos vestidos, consigo sentir o corpo dele com uma intensidade avassaladora. Os lábios, suaves e úmidos, com gosto de uísque, pressionam os meus. A língua encosta de leve na minha boca de um jeito provocante antes de me beijar outra vez com muito mais vontade.

Não consigo parar.

Quando ele desce as mãos da minha cintura até minha bunda e a aperta com desejo, solto um gemido. Dá para sentir como ele está duro contra minha barriga, e eu o quero tanto que fico assustada. Ele me pega no colo e me coloca na mesa, sem tirar os lábios dos meus, se posicionando entre minhas pernas. Estou completamente entorpecida de tantas sensações, cada parte de meu corpo está eletrificada. Ártemis enfia as mãos dentro do meu suéter, acariciando minhas costas e minha cintura, os dedos quentes traçando meu corpo de um jeito delicioso.

A gente se afasta um pouco. Tento recuperar o fôlego, e logo voltamos a nos beijar com intensidade e desejo. Ele sobe as mãos até meus seios, massageando-os com suavidade. Os polegares deslizam para dentro de meu sutiã e tocam meus mamilos, me fazendo gemer outra vez.

Sem perceber, começo a esfregar a virilha em sua ereção. Sei que estou brincando com fogo, mas como posso parar agora? Ártemis desabotoa minha calça e enfia a mão antes que eu consiga protestar, e no momento que desliza os dedos em minha intimidade, solto um gemido.

— Você está molhada pra cacete — grunhe ele, rente aos meus lábios. — Puta merda, como você é sexy!

Estou tão excitada; sei que não vou demorar muito para chegar ao orgasmo com os movimentos ágeis dos dedos dele. A língua de Ártemis invade minha boca ao mesmo tempo que um dedo me penetra, e o prazer me enlouquece.

Agarro seus ombros, e ele interrompe nosso beijo, acelerando as estocadas em minha intimidade.

— Abra os olhos, Claudia.

Nem percebi que os tinha fechado. Obedeço, encontrando os olhos dele.

— Quero que você olhe para mim quando gozar. Quero seus gemidos na minha boca, que você trema nos meus braços. Quero tudo de você.

Suas palavras são o empurrão que faltava para atingir o ápice. Tento conter meus gemidos mordendo os lábios, mas não consigo; os olhos cor de café me observam com tanta intensidade que potencializam o orgasmo de uma maneira muito gostosa. Murmuro vulgaridades quando ondas de prazer invadem meu corpo, uma atrás da outra, me deixando extasiada. Depois que acabo, não hesito em tirar a gravata dele e desabotoar a camisa depressa, revelando o peitoral em que não parei de pensar desde que o vi saindo da academia.

No entanto, o barulho de uma porta e o som de passos nos fazem congelar. Empurro Ártemis para longe, mas sequer tenho tempo de abotoar minhas calças, ou ele, de abotoar a camisa. Então Ártemis fica de costas para a porta para tentar se recompor. Minha respiração está caótica. Quem pode ser a essa hora? Já passou da meia-noite.

Ares entra na cozinha passando a mão pelo cabelo, cambaleando de leve.

Será que está bêbado?

Quando nos vê, o rosto se contrai. Confuso, ele pergunta:

— Ei, o que vocês estão fazendo acordados?

Engulo em seco, meu peito ainda subindo e descendo rapidamente.

— Só... conversando — respondo.

A camisa de Ártemis está abotoada, mas a gravata ficou torta. Ele se vira para o irmão.

— Você andou bebendo de novo. — A voz dele recuperou o tom frio habitual.

Ares dá um sorriso bobo.

— Um pouco — confirma, e em seguida olha para mim. — Você está vermelha. Está com calor?

Me viro para Ártemis, que esconde um sorriso.

— Sim, o aquecedor está forte.

Ares se senta à mesa desajeitadamente.

— Devo estar muito bêbado, porque não estou sentindo calor nem frio.

Desço da mesa e aproveito para abotoar a calça.

— Acho que é hora de dormir — comento.

Ares cobre o rosto com a mão, deixando escapar um longo suspiro.

Viro para Ártemis, o que é um erro grave, porque ele lambe os dedos e sussurra para mim:

— Amo seu gosto.

Em pânico, olho para Ares, mas ele ainda está com o rosto coberto.

— Ares, vamos. Vou levar você para a cama.

Ares baixa as mãos e faz um beicinho.

— Não sou criança.

Ignorando as queixas, vou até o garoto e o levo para fora da cozinha. Antes de cruzar a porta, olho para Ártemis, que, satisfeito de um jeito que chega a ser arrogante, acena para mim.

— Boa noite, Sexy.

Com um sorriso malicioso nos lábios, eu saio.

11

"E SE EU ESTIVER ENGANADA?"

CLAUDIA

Ares não é uma pessoa de muitas palavras. Mas quando bebe... nossa, nada consegue fazer com que ele fique quieto.

— Está escutando, Clauuu? — uiva ele, apontando para mim.

— Aham. Você repetiu a mesma coisa quatro vezes.

Ele bufa, como se estivesse esvaziando um balão de gás.

— Não sei o que está acontecendo comigo — reclama ele —, estou ficando louco.

Ai, Ares.

— Já são quatro horas da manhã — digo —, será que você pode dormir?

Ele balança a cabeça.

— Tenho que encontrá-la.

— São quatro horas da manhã — repito. — Ela deve estar dormindo, então vá dormir também.

Não pude ir para o meu quarto e deixá-lo sozinho, já que ele está determinado a ir até a casa da Raquel. E se ele for até lá a uma hora dessas... não faço ideia do que vai acabar arrumando.

— Só quero vê-la por um segundo, Clau. Por favor.

— Espere amanhecer. Prometo que eu mesma vou até lá com você. Mas agora, por favor, vá dormir.

Ares se joga na cama e cobre os olhos com o antebraço.

— Não sei lidar com tudo o que estou sentindo, Clau.

— Você está apaixonado, idiota — murmuro para mim mesma.

Alguns minutos se passam em silêncio, e, já adormecido, Ares afasta o antebraço do rosto para se acomodar na cama. Começo a tirar os sapatos e desabotoar a camisa para que ele durma melhor. Depois de cobri-lo, observo-o por um momento. Ele parece tão vulnerável e inocente com o cabelo preto bagunçado. Fico feliz por finalmente ter encontrado alguém que despertou seus sentimentos e que pode tirá-lo desse círculo vicioso de relacionamentos vazios.

Saio do quarto na ponta dos pés. Não quero pensar no que aconteceu com Ártemis, minha mente ainda está processando tudo. Vou dormir com a lembrança de seus lábios nos meus, suas mãos em meus seios e em minha... Mordo o lábio, me lembrando daquele orgasmo delicioso.

Estou nervosa.

Embora não queira admitir e lute contra o sentimento, não consigo evitar. Estou muito nervosa em ver Ártemis depois do que aconteceu ontem à noite. Por algum motivo, não me arrependo de termos nos beijado nem de ele ter me tocado e me feito chegar aos céus com os dedos. Só não sei como agir. Decidi me deixar levar; independentemente do que esteja acontecendo entre nós dois, deixarei fluir. Estou cansada de lutar a cada segundo para evitar o inevitável. Talvez a gente só precise de uma noite juntos para virar a página e deixar para trás a atração que sentimos.

Mas e se a gente tiver essa noite, e eu desenvolver ainda mais sentimentos por ele?

Esse é um território desconhecido e perigoso. Não ousaria tentar se fosse com outra pessoa, mas é Ártemis. Ele sempre

transmitiu muita segurança e paz, então quero acreditar que não vou me magoar.
E se eu estiver enganada?
Bem, vou ter que superar. Não posso viver na zona de conforto para o resto da vida. Ah, nem sei mais em que estou pensando; os últimos eventos estão mexendo com minha cabeça. Prendo o cabelo em um coque frouxo enquanto vou à cozinha preparar o café da manhã e quase infarto ao encontrar Ares sentado na mesa. Parece que ele não dormiu nem por um segundo. O garoto está com as mesmas roupas de ontem e suas olheiras estão enormes.
— Bom dia...? — digo.
Parece que ele está dormindo de olhos abertos.
Ares se limita a me lançar um olhar rápido e logo volta a encarar o nada.
— Preciso comer alguma coisa para conseguir dormir.
— Ficou acordado até agora? Pensei que você estivesse dormindo.
— Acordei quando estava amanhecendo — confessa ele. — Fui vê-la.
Ah...
Dá para ver que não deu muito certo.
— Você está bem?
Ele suspira.
— Não a entendo. De verdade, Clau. Ela... eu simplesmente não consigo entender.
— Você se declarou?
Ares assente.
— Aham.
— E...?
Me sinto mal por interrogá-lo, mas quero saber o que aconteceu. A curiosidade está me matando.
Ares abre um breve sorriso para mim.
— Ela caiu na gargalhada.
Aiii.

Não pergunto mais nada porque duvido que ele queira conversar sobre isso. Conheço-o muito bem e sei que, quando quer falar, ele se manifesta por vontade própria.

Sirvo o café da manhã para ele e o observo comer como se não estivesse aqui, como se sua mente estivesse em outro lugar. Antes de voltar para a cama, ele me envolve em um abraço e me dá um beijo na cabeça.

— Obrigado por cuidar de mim, Clau.
— Imagina — digo e abro um sorriso. — Descanse, Ares.

Após levar o café da manhã para minha mãe, continuo o trabalho na cozinha. Não há muito o que fazer, apenas deixo a mesa do café arrumada, caso meus patrões queiram comer em casa. Meus olhos vão para a porta de vez em quando, esperando Ártemis. Ele é um dos primeiros a descer nos finais de semana, e quero vê-lo de uma vez por todas para acabar com essa ansiedade idiota.

Ligo a cafeteira para fazer um expresso e, quando menos espero, Ártemis Hidalgo entra na cozinha. Está sem camisa, de short e um pouco suado; acabou de malhar. Congelo, observando-o com o canto do olho.

Ártemis se senta à mesa, olhando para mim.
— Bom dia, Sexy.

Um sorriso ameaça escapar, mas me contenho e viro para ele.
— Bom dia, senhor.

Digo o pronome de tratamento para irritá-lo, e Ártemis dá um sorriso encantador que faz meu coração acelerar. Os olhos dele têm um brilho brincalhão que eu não tinha visto antes.

— O que deseja de café da manhã? — pergunto com carinho.

Ele ergue a sobrancelha.
— Você está no cardápio?

A pergunta me tira o fôlego, e a tensão sexual entre nós se intensifica.

— Creio que não.

Ele suspira e diz:
— Que pena.

Ártemis se levanta e dá a volta na mesa. Apenas observo os movimentos — ele vem como um predador, pronto para caçar sua presa. De frente para mim, vejo muito bem cada músculo definido de seus braços, peito e abdômen.

Meu Deus, que homem gostoso!

— Ontem você me deixou muito mal, Claudia.

— Ah, é mesmo? — pergunto, cínica.

Ártemis umedece os lábios.

— Você ficou na minha cabeça a droga da noite inteira.

Ele dá mais um passo em minha direção e passa os braços ao redor da minha cintura para apoiar as mãos na mesa, me prendendo. Apesar de eu ter cogitado me deixar levar pela situação, estar na frente dele assim me deixa um pouco nervosa e luto contra a urgência de fugir.

— Posso perdoar você por me deixar assim... com uma condição. — Ele passa o dedo pelo meu lábio inferior. — Me beije.

Hesito por um instante, mas os olhos castanhos fitam os meus de um jeito tão intenso que é o bastante para acabar com qualquer dúvida.

Agarro seu pescoço e o puxo em minha direção para beijá-lo. Nossos lábios se encontram, e a deliciosa explosão de sensações se propaga entre a gente outra vez. Começa com um beijo lento, nossos lábios se tocando de leve, até se tornar um beijo apaixonado, com vigor e sincronia. Eu poderia facilmente me perder nesses beijos; ele sabe muito bem o que faz, sem dúvida tem muita experiência. Nenhum dos homens com quem fiquei beijava tão gostoso assim. Ártemis sabe como movimentar os lábios, a língua, até quando morder minha boca de um jeito suave para me deixar louca.

Tiro as mãos do pescoço dele para deslizá-las por seu peito e sinto os músculos na ponta dos dedos.

Preciso me afastar dele antes que isso saia de controle. Uma coisa é fazer isso no meio da noite, mas estamos em plena luz do dia. Se alguém nos visse, seria um grande problema.

Nossas respirações estão aceleradas, mas consigo sair de seus braços.

— Preciso de ar — digo.

Ele sorri de uma maneira arrogante e segura meu pulso.

— Quer subir para o meu quarto?

A proposta é tão clara quanto as manhãs e não me ofende nem um pouco. Somos adultos e é óbvio que sentimos atração um pelo outro.

Puxo meu braço.

— Alguém está impaciente.

Ele ri e joga as mãos para cima. Parece um modelo posando para uma propaganda.

— A oferta continuará de pé até que aceite — informa ele.

— Hummm, Ártemis Hidalgo tornando as coisas fáceis... Isso é ruim para sua reputação de iceberg inalcançável.

Ele levanta a sobrancelha.

— Iceberg?

— Sim, você é tão frio quanto um iceberg.

— À noite você me deixou tão duro quanto um iceberg.

Sinto um calor nas bochechas e viro as costas para Ártemis, fingindo que estou procurando algo na geladeira.

— O que deseja de café da manhã?

— Já que você não está no cardápio, quero o de sempre. Frutas.

Pego algumas frutas e vou para a mesa cortá-las. Ártemis fica atrás de mim, a respiração roçando minha nuca. Ele passa as mãos por minha cintura até chegar às minhas mãos.

— Como você consegue ficar tão sexy fazendo algo tão simples?

Sinto o corpo inteiro dele contra minhas costas, e o short que está usando permite que eu perceba... tudo.

Os lábios de Ártemis vão para o lóbulo de minha orelha.

— Venha para o meu quarto, Sexy.

Suas mãos largam as minhas e vão até meus seios, massageando-os sem pressa por cima do uniforme. Meu peito sobe e desce porque Ártemis sabe onde tocar e lamber para fazer com que uma mulher se derreta.

— Você sabe que não vai se arrepender. Ontem foi só uma amostra de como eu posso fazer você se sentir.

Pigarreio.

— Para. Alguém pode aparecer — digo, mas a voz sai mais rouca do que o normal.

Ele se abaixa para passar a língua no meu pescoço, e minhas pernas tremem. Ártemis alcança meu ouvido e sussurra:

— Aposto que você já está molhada.

Esse homem vai me matar com seus toques, sua língua e suas palavras. Não quero perder o controle, mas estou a um passo de correr para o quarto dele e deixá-lo fazer o que quiser comigo. Tiro suas mãos dos meus seios e me viro para afastá-lo um pouco.

— Já chega — peço, sem fôlego.

Ártemis abre um sorriso malicioso, levantando as mãos em sinal de rendição, rindo.

— Tudo bem — diz, e logo em seguida vai para o outro lado da mesa.

Minha respiração normaliza enquanto termino de preparar o café da manhã. Entrego para ele.

— Você odiava frutas — comento.

Ele come um pedaço de banana.

— São saudáveis. Na faculdade, eu não tinha muito tempo de cozinhar.

— Não acho que você cozinharia mesmo se tivesse tempo.

Ártemis ergue as sobrancelhas.

— O que quer dizer com isso?

— Que você não saberia cozinhar nem se sua vida dependesse disso.

Ele ri.

— É isso o que você acha?

Cruzo os braços.

— Não acho. Eu sei — afirmo, convencida.

— Para sua informação, fiz aula de culinária nas optativas da faculdade e tirei nota máxima. Não há nada que esse meu cérebro não possa fazer.

A arrogância não me incomoda; é uma característica dos Hidalgo com a qual já me acostumei.

— Ah, é? Mas você nunca conseguiu ganhar de mim nos jogos de videogame — argumento.
O sorriso petulante desaparece do rosto dele.
— Videogames são triviais, têm pouca importância.
— Aham, sei — brinco. — Você não conseguia ganhar de mim em jogos de tabuleiro também.
Ártemis revira os olhos.
— De novo, jogos, coisas triviais.
— Precisei te ajudar em biologia no ensino médio porque você odiava as Leis de Mendel — lembro, e vejo que ele abre a boca para falar. — Ah, herança genética também é algo trivial, né?
Ártemis mastiga outro pedaço de fruta sem dizer nada, e eu sorrio em vitória. Mas meu sorriso se desfaz num instante quando vejo a sra. Hidalgo entrar na cozinha.
— Bom dia, filho. — Ela vai para o lado de Ártemis, que continua comendo em silêncio.
Depressa, sirvo o café da manhã como ela gosta e entrego-lhe o jornal.
A sra. Sofía agradece. Em seguida olha para Ártemis e diz:
— Já falei que não gosto que você ande sem camisa pela casa. É inapropriado.
— Só fico assim nos finais de semana, depois de malhar.
— Sei que vocês veem Claudia como uma irmã, mas ela é uma mulher. Não deviam andar assim perto dela, pode incomodá-la.
Aperto os lábios para segurar o riso.
Ah, se a senhora soubesse...
— Tudo bem, vou ser mais cuidadoso, mãe — concorda Ártemis, terminando a refeição. — Vou tomar banho.
Antes de sair da cozinha, ele me lança um olhar brincalhão.

12

"OLÁ, ICEBERG"

CLAUDIA

Passo dias sem ver Ártemis, o que não é estranho; às vezes, ele fica tão ocupado com o trabalho que mal para em casa. Ouvi o sr. Hidalgo dizer que tem sido uma semana agitada na empresa, e até a sra. Sofía está preocupada com a alimentação do filho.

A sra. Hidalgo entra na cozinha na sexta-feira de manhã.

— Preciso que você faça um almoço saudável e leve para Ártemis. O André pode te levar até a empresa.

Ártemis está sobrecarregado a ponto de a mãe, que nunca se preocupa com ninguém, decidir ajudá-lo. Parte de mim está animada para vê-lo outra vez. A verdade é que nesses últimos anos senti saudade dele, e tê-lo de volta em casa fez com que eu me acostumasse com sua presença. Isso despertou em mim uma nostalgia que nunca tinha sentido até então. Ele era meu melhor amigo, sempre contei com ele para tudo. Acho que senti falta da sensação de ter uma ligação incondicional com alguém.

Com muita dedicação, preparo a comida favorita dele e uma salada de frutas para a sobremesa.

André, o motorista de Sofía, me leva até a empresa Hidalgo em silêncio. Ainda bem que decidi trocar de roupa — a última coisa que quero é entrar na empresa com aquele uniforme com cara de Halloween. Creio que deveria parar de usá-lo, já que foi pura invenção de Ártemis.

Passo pelas portas de vidro e fico maravilhada com o brilho do piso e a elegância das pessoas. Quando chego à recepção, uma mulher de cabelo escuro e ótima aparência me cumprimenta com um sorriso.

— Em que posso ajudar? — pergunta ela.

— Vim trazer o almoço do... — Quase digo o nome dele com confiança. — Do sr. Hidalgo.

A mulher olha desconfiada.

— Do diretor?

— Sim.

— E você é...?

— Claudia, funcionária da família Hidalgo.

A recepcionista me olha dos pés à cabeça. A calça jeans que comprei em um bazar na semana passada não parece agradar a mulher, embora eu tenha achado a calça mais linda do mundo quando decidi levar. Talvez beleza para mim signifique lixo para outras pessoas.

— Ele sabe que você vem, Claudia?

Ela analisa minha camisa azul de botões, que também pareceu muito linda quando comprei na promoção.

— Acho que não. A mãe dele pediu para trazer.

A funcionária hesita, os olhos ainda me avaliando de um jeito que me deixa desconfortável.

Bem... eu tentei ser pacífica.

— Escute. — Leio o crachá na jaqueta da mulher. — Amanda. Chame quem quiser se tiver alguma dúvida sobre quem eu sou. O almoço do sr. Hidalgo está esfriando enquanto você perde tempo julgando minha aparência em vez de fazer seu trabalho direito.

Ela fica de queixo caído, então continuo:

— Seu trabalho, no caso, seria ligar para ele, confirmar minha identificação e me deixar subir. Fácil. Então pare de perder tempo.

Amanda faz o que eu digo. Pelo visto, telefona para a assistente de Ártemis, depois me entrega um crachá de visitante e autoriza a entrada.

Subo até o último andar, o que não me surpreende, já que Ártemis sempre gostou de altura. Aposto que o escritório dele tem janelas grandes e compridas para que ele consiga olhar para o nada de vez em quando.

Uma assistente alta e gorda me cumprimenta com um sorriso doce. Ela é muito mais amigável do que Amanda.

— Claudia?

Assinto.

— Sim, olá.

— Por ali. — Ela aponta para a porta dupla à esquerda.

Bato na porta e escuto Ártemis permitir minha entrada.

Abro a porta um pouco nervosa, e a luz do sol que penetra pelas grandes janelas do escritório me cegam por um instante. Janelas grandes. Sabia, o conheço tão bem. Ártemis está atrás da escrivaninha, enterrado em um monte de papéis, sem gravata, a camisa amarrotada, o cabelo bagunçado. As olheiras são notáveis.

Quando seu olhar encontra o meu, uma expressão de alívio invade seu rosto.

— Olá, Sexy.

— Olá, Iceberg.

Ele sorri, se levantando.

— Bem na hora. Estou morto de fome.

Desempacoto tudo e começo a arrumar numa mesinha, que fica em frente a um grande sofá no canto do escritório. Ártemis se senta ao meu lado. Mal terminei de servir direito quando ele começa a comer.

Fico com pena.

Quero dizer que senti saudade, mas não ouso. Em vez disso, pergunto:

— Semana difícil?

— Você não faz ideia.

Quando ele termina de almoçar, encosta no sofá e fecha os olhos. Está exausto. Coloco a mão sobre a dele, que abre os olhos e me encara.

— Eu... — Minha voz falha, não consigo dizer uma palavra sequer.

Com um sorriso doce, Ártemis entrelaça nossas mãos.

— Também senti saudade, Sexy.

O barulho da porta faz com que eu solte a mão dele o mais rápido que consigo e me vire para ver quem está entrando. É a ruiva da noite da festa surpresa: a namorada ou, melhor, ex-namorada de Ártemis, de acordo com o que ele me contou na boate. A mulher está com uma saia preta muito chique, uma blusa branca e sapatos vermelhos combinando com a bolsa. O cabelo está impecável, amarrado em um rabo de cavalo alto, e a maquiagem está incrível. Além da bolsa, ela traz uma sacola de restaurante.

— Ah, bem, parece que cheguei tarde. Já almoçou?

Meu coração começa a acelerar, e sinto um aperto na barriga, como se tudo estivesse revirando. Ela sorri para mim ao passar do meu lado e se inclina para dar um selinho rápido em Ártemis.

Aiii.

Meu estômago embrulha, e consigo sentir meu coração se partir. Ártemis não me olha, só tem olhos para ela. A mulher se vira para mim.

— Você deve ser a Claudia. Muito prazer. Sou Cristina, a noiva.

Noiva...

Não namorada ou ex-namorada.

Então... o que foi tudo o que aconteceu entre mim e Ártemis? Ele disse que estava solteiro... Eu fui... *a outra?*

Tento controlar a respiração, sem sucesso.

— Você está bem? — pergunta Cristina, amigável.

Sinto vontade de vomitar. Eu me levanto, porque sei que, em alguns segundos, lágrimas se formarão em meus olhos.

— Eu... tenho que ir.

Meus olhos procuram os de Ártemis uma última vez, mas ele continua sem olhar para mim.

— Tenham uma ótima tarde.

Saio correndo do escritório, me sentindo burra e tola por ter acreditado que algo bom poderia acontecer comigo e por deixá-lo entrar em minha vida, em meu coração, mesmo sabendo que a gente pertence a lugares diferentes neste mundo. Provavelmente ele só me quer na cama enquanto dá amor e atenção à noiva. Para um homem como ele, eu sou apenas a outra, nunca serei nada mais.

Caramba, como dói!

Nunca senti nada parecido, é a primeira vez que me permito ser vulnerável. E o canalha disse que estava solteiro porque sabia que nunca me envolveria com ele enquanto estivesse namorando.

Como Ártemis pôde mentir desse jeito para mim?

Como ele pôde manter um semblante frio e impassível quando a noiva chegou?

Ele não se importou nem um pouco comigo?

Mantenho a calma e seguro as lágrimas até chegar em casa. Corro para o banheiro e encaro meu reflexo no espelho. Observo como meus olhos estão vermelhos, e duas lágrimas grossas escorrem por minhas bochechas.

Você é uma idiota, Claudia.

Acreditei mesmo que ele deixaria uma mulher como ela por minha causa? O que mais dói é que eles estão noivos. Vão se casar? Como Ártemis pôde me beijar e me tocar daquele jeito tendo compromisso com alguém? Como pôde ser infiel e me fazer participar disso depois de me enganar?

A lembrança do sorriso dele e das palavras obscenas na cozinha à noite vem à tona. Como ele pôde fazer tudo isso sem o menor remorso, estando noivo?

Cubro o rosto para cair no choro. Não sei o que mais me magoa nessa situação de merda, só sei que a imensidão dessa dor significa que meus sentimentos por ele estavam começando a se tornar muito mais que atração física.

Muito, muito mais que isso.

13

"OLÁ, SEXY"

Cinco horas antes

ÁRTEMIS

Dados gerais, números, gráficos e um monte de propostas são apresentados a mim por diferentes funcionários na sala de reunião. Todos os chefes de departamento da empresa estão aqui, sentados em volta da grande mesa em formato de U, e estou na ponta. Brinco com a caneta na mão enquanto os escuto, mas minha mente está focada em outro assunto.

Olhos escuros, cabelo ruivo.
Claudia.
Ainda não consigo acreditar que a beijei depois de tantos anos de espera e desejo. As altas expectativas não foram frustradas. Os lábios macios se moldaram aos meus tão facilmente... Fico assustado com o tanto de sentimentos que ela despertou em mim apenas com o beijo. Não consigo tirar da cabeça seu lindo rosto corado, a luxúria em seus olhos, os gemidos baixos e o desespero com que ela desabotoou minha camisa.

Claudia é tão maravilhosa.

Aperto os lábios, lembrando como estava molhada; ela queria tanto quanto eu, e isso me deixou louco. Se não fosse por aquele inconveniente do Ares, teria comido ela ali mesmo, na cozinha. Afasto esses pensamentos porque a última coisa que preciso agora é de uma ereção no meio da reunião.

— O que você acha, senhor? — pergunta Ryan, o gerente de projetos.

Olho para o funcionário pela primeira vez nos dez minutos que durou a apresentação. Por sorte, consigo me lembrar sem dificuldade de coisas que ouvi apenas uma vez, mesmo sem prestar muita atenção. Talvez por isso a faculdade tenha sido uma brincadeira para mim.

— Inteligente. Mas por que você quer empreiteiros de outro estado?

— Para reduzir custos, senhor — explica Ryan.

— Alex. — Viro para meu melhor amigo, que agora está no papel de gerente de finanças. — Quanto economizaríamos contratando empreiteiros de fora do estado?

Ele dá uma olhada em suas anotações; sempre sabe o que quero sem que eu precise dizer.

— Não muito. Estamos falando de empreiteiros cujos funcionários terão que viajar e se hospedar durante a obra. Há também a questão da motivação, já que é provável que, durante esse período, eles se alimentem mal e sofram constante saudade de casa.

— Exato. — Baixo a caneta. — Temos empreiteiros locais muito eficientes. Se podemos gerar emprego para nossa própria comunidade, acredito que vamos criar um bom clima organizacional e proporcionar uma sensação de pertencimento aos funcionários, já que estarão construindo prédios e casas para a própria comunidade.

Ryan abaixa a cabeça.

— Entendo, senhor. Estava apenas querendo reduzir os custos.

— Sei disso. Mas como Alex disse, não vai ser uma grande economia, e acredito que teremos resultados mais eficientes com funcionários locais.

Sasha, a gerente de recursos humanos, anuncia:
— Já trabalhamos com empreiteiras municipais, e posso dizer que são excelentes.
— Bem, está decidido, então — concluo.
A porta da sala se abre, revelando meu pai. Quando ele entra, todos se levantam, menos eu. Os funcionários têm grande respeito por Juan Hidalgo. Para muitos, ele é um exemplo a ser seguido, o homem que criou esta empresa gigantesca do zero e formou um império de seis filiais pelo país, com projetos em diferentes estados. Também o admiro, mas talvez não pelos mesmos motivos. Sei o quanto meu pai teve que sacrificar, sei como foi difícil no começo dos negócios — o suor, as lágrimas, tudo o que ele precisou passar.
— Bom dia. Sentem-se, por favor — pede ele, com um sorriso. — Já disse que não precisam fazer isso — brinca, dando um tapinha no ombro de um dos gerentes de departamento. — Lamento interromper.
Alex responde:
— Já terminamos por aqui.
— Ah. — Seus olhos param em mim, por fim. — Nesse caso, posso tomar uns minutinhos do diretor de vocês, então?
Todos se apressam em sair da sala, e meu pai se senta perto de mim.
— Achei que você passaria algumas semanas viajando — comento, relaxando na cadeira.
— Viajo esta tarde — responde ele, movendo os dedos na mesa, impaciente.
Sei por que está aqui.
— Vou direto ao ponto, porque o tempo é valioso para nós dois. — Ele faz uma pausa. — Recebi um telefonema do Jaysen esta manhã. Ele contou que está reconsiderando nossa renovação de contrato.
— Imaginei — digo.
— Não gosto de surpresas, Ártemis, ainda mais quando afetam a empresa. Tínhamos um acordo. Deixei você escolher a garota, mas agora descubro que você terminou com ela.

Solto um longo suspiro.

— Não acho que seja apropriado misturar vida pessoal com negócios.

— Não foi o que você disse quando conversamos sobre isso mais de um ano atrás. Você aceitou e saiu com ela esse tempo todo. Mas agora muda de ideia do nada? Essa impulsividade é ruim para os negócios.

Vejo a veia saltando em sua testa. Ele está com raiva, então escolho minhas palavras com cuidado.

— Podemos nos fundir com outra empresa para nossos projetos, po...

— Basta! — interrompe ele, levantando a voz. — Mudar agora, no meio dos projetos, é um absurdo. Sabe quanto isso vai custar? Não estamos falando de centenas, mas de milhões. A empresa de móveis de Jaysen é a melhor do país, o custo-benefício é inigualável e tem muita procura, todos estão prontos para se associar. Você não entende que nós precisamos deles, e não eles de nós?

Passo as mãos pelo rosto.

— Pai...

— Não, não estou falando como seu pai agora, você sabe muito bem. Estou falando como o presidente da empresa Hidalgo. Você fez um acordo, Ártemis. Portanto, mantenha sua palavra e não traga problemas. Você é o diretor, a empresa deveria ser prioridade.

Dou um sorriso sarcástico.

— Você nem perguntou o motivo.

Ele franze a testa.

— Do que está falando?

— Você nem perguntou por que mudei de ideia. Isso é irrelevante para você, né?

A indiferença que adorna sua voz é inacreditável.

— É completamente irrelevante. A empresa é tudo o que importa.

Lógico.

Parte de mim quer se rebelar, enfrentar meu pai, fazê-lo cair em contradição, mas ele tem razão. Dei minha palavra naquela época, gostei muito de Cristina e não encarei a situação como um mau negócio ou algo difícil, interpretei como uma coisa natural.

Meu pai se levanta.

— Cristina virá mais tarde. Dê um jeito nisso.

Apenas assinto e, assim que ele sai da sala, soco a mesa em frustração e desamarro um pouco a gravata.

O que você está fazendo, Ártemis?

Esfrego o rosto sem saber a resposta. Claudia continua vindo à mente; finalmente me deixou beijá-la e tocá-la, mas agora preciso afastá-la de novo. Talvez nós dois estejamos destinados a encontrar milhares de obstáculos. Lógico, gosto muito dela, mas a prioridade é manter a empresa funcionando a todo custo. Nada pode ficar no meu caminho para o sucesso, nem mesmo Claudia.

Então por que me sinto assim? Estou mal, não quero que ela pense que brinquei com seus sentimentos. Mas como vou explicar isso sem parecer um idiota? *Fiquei com você, mas vou voltar com a minha ex.* Também não posso pedir que ela espere por mim ou que seja minha amante, Claudia não merece isso. Quando volto ao meu escritório, não fico surpreso ao encontrar Cristina, usando uma saia preta justa e uma blusa branca com um corte atraente e sapato e bolsa vermelhos. O longo cabelo ruivo está preso em um rabo de cavalo alto.

Ela sorri para mim e diz:

— Sinto muito por tudo isso.

Sei que ela está sendo honesta a respeito da situação, ainda mais porque isso também a afeta.

— Tudo bem, é assim que as coisas funcionam — digo, por fim.

— Quero que saiba que tentei argumentar com meu pai de várias formas, eu a…

— Pare — interrompo com um sorriso. — Não precisa explicar, eu conheço você, sei que tentou de tudo. Nossos pais são muito fechados a mudanças.

Ela suspira.

— Nem me fala. Isso é tão arcaico. Por acaso estamos na Era Vitoriana para os pais escolherem os parceiros dos filhos?
— Nós não somos filhos.
Sei que posso ser cem por cento honesto com ela, a gente se entende. Eu me encosto na mesa com os braços cruzados e continuo:
— Somos apenas bens que podem ser usados por conveniência. Neste momento, somos um negócio, uma bela campanha publicitária para as empresas.
Ela se aproxima de mim e coloca as mãos ao redor do meu pescoço. O perfume de rosas domina o ambiente.
— Fico feliz por ser você — diz Cristina, os olhos fixos nos meus. — Acho que não suportaria se fosse outra pessoa.
Acaricio a bochecha dela.
— Nem eu.
Olho os lábios rosados e passo o dedo por eles.
— Senti saudade — sussurro, colocando um braço ao redor da cintura dela.
Cristina abre um sorriso enorme.
— Uau, Ártemis Hidalgo sendo doce... Acho que deveríamos terminar mais vezes.
Dou um sorriso malicioso.
— De um a dez, quanta saudade você sente do nosso sexo?
Ela morde o lábio.
— Onze.
Rendido, eu a beijo. Acho que subestimei o quanto gosto de Cristina; passamos mais de um ano juntos e conhecemos a realidade um do outro, já que tivemos uma criação parecida. Estaria mentindo se dissesse que a única razão para eu ter saído com ela é meu pai. Gosto dela, me sinto confortável ao seu lado e o sexo é fantástico. Ela era virgem quando a conheci, e ensiná-la tornou mais fácil moldá-la ao que eu gosto e descobrir do que ela gosta.
Quando ela se afasta, me lembro de Claudia e um pouco de culpa toma conta de mim, mas me contenho. Este é o meu mundo, é assim que as coisas devem ser, não há espaço para algo

tão instável quanto sentimentos. O que tenho com Cristina é o bastante. Nosso relacionamento é conveniente, e ela me atrai. Isso é tudo de que preciso — uma situação da qual tenho total controle, sem surpresas ou riscos.

— Está com fome? — pergunta ela, dando um passo para trás. — Quantas olheiras! Há quanto tempo você não dorme?

— Estou bem — respondo, indo me sentar na cadeira.

— Você não tem que fazer tudo sozinho — repreende ela. — Sabe que pode pedir ajuda, né?

— Já te incomodo demais com os desenhos que você revisa toda semana. Aliás, obrigada pelos relatórios, estão ótimos. — Sinto que ela vai protestar, mas continuo falando. — Você não trabalha para mim, é minha namorada.

Acesso o sistema da empresa para revisar alguns relatórios.

— Queria trabalhar para você — diz ela com um suspiro.

Cristina se senta ao meu lado, em cima da escrivaninha, e cruza as pernas.

Me viro para ela e digo:

— É difícil pensar em oferecer um emprego para a diretora de uma empresa tão grande quanto a minha.

Ela revira os olhos.

— Pois é. Você, melhor do que ninguém, sabe a responsabilidade disso. Se cometo um simples erro, centenas de pessoas podem perder o emprego. Pessoas que têm uma família para sustentar. — Ela faz uma pausa e olha para a janela. — Queria só ter um trabalho comum e ser boa nele, sabe? Ser responsável apenas por mim mesma.

— Tenho certeza de que se um funcionário te escutar dizendo isso vai achar você mal-agradecida.

— Ainda bem que você não é um funcionário. — Cristina segura minha mão. — Você, sim, me entende.

Assinto, porque ela está certa. Cristina e eu nos entendemos tão bem que fico confortável ao lado dela. Conforto e compreensão — isso é tudo de que preciso.

— Vou buscar comida.

— Como você tem tanto tempo livre?

Ela dá uma piscadinha e sai do escritório. Estou afogado em relatórios, sinto meus olhos pesados. Esse projeto é muito importante, então reviso cada detalhe diversas vezes. Se der tudo certo, os ganhos serão enormes.

Minha assistente liga e coloco no viva-voz.

— Pois não?

— Senhor, tem uma mulher na recepção que deseja subir para vê-lo. O nome dela é Claudia, disse que veio trazer seu almoço por ordens da sra. Hidalgo.

Fico surpreso, e meu coração começa a bater um pouco mais rápido do que o normal. Passei dias sem vê-la, evitando-a de propósito.

— Deixe-a subir — respondo.

Não consigo me concentrar. Meus olhos vão para a porta a cada segundo, esperando, antecipando a chegada de Claudia. Giro a lapiseira entre os dedos até escutar batidas rápidas na porta.

— Pode entrar.

Vejo Claudia, com jeans que se ajustam muito bem na cintura e uma camisa azul de botões que destaca o tom de sua pele. Ela fica bem em qualquer coisa que veste. Os olhos escuros encontram os meus, e eu não consigo evitar a sensação de alívio que me invade.

— Olá, Sexy.

— Olá, Iceberg.

Abro um sorriso e me levanto.

— Bem na hora. Estou morto de fome.

Claudia tira o almoço da sacola e serve na mesinha em frente ao grande sofá no canto do escritório. Antes que ela termine de servir, me sento e começo a devorar a comida.

Os olhos dela estão em mim.

— Semana difícil?

— Você não faz ideia.

Me encosto no sofá quando termino. A sensação de comer comida caseira é incrível. Fecho os olhos, aproveitando o momento tranquilo, porque sei que talvez seja o último que passarei com ela.

Claudia coloca a mão sobre a minha, e o calor de sua pele faz com que eu fique bem. Abro os olhos para observá-la.

— Eu... — começa ela, mas a voz desaparece.

Vejo tudo estampado em sua expressão.

Pela primeira vez, consigo entender o que ela sente só de olhar seu rosto, e isso tira o meu fôlego. Sorrio e viro a mão para entrelaçar com a dela.

— Também senti saudade, Sexy.

O barulho da porta faz com que ela solte minha mão como se estivesse queimando. Meu peito se aperta, tomando consciência de que o momento mágico chegou ao fim. Claudia se vira para ver quem é. Cristina entra com a elegância de sempre, segurando uma sacola de restaurante.

Não esqueci nem por um segundo que Cristina voltaria a qualquer momento; mas não quero ter que explicar nada para Claudia, prefiro que ela interprete a situação sozinha.

Me odeie, Claudia.

Se afaste de mim.

Se feche outra vez.

Eu sei, sou um covarde. E ao mesmo tempo sou muito ruim com as palavras, não acho que conseguiria dizer que voltei com Cristina na cara dela.

Cristina dá um sorriso amigável para Claudia e diz:

— Ah, bem, parece que cheguei tarde. Já almoçou?

Observo a expressão de Claudia mudar, a dor toma seu lindo rosto. Não estou pronto para ver a mágoa que causei, não consigo mais olhar para ela. Cristina se inclina para me dar um selinho, e, quando se afasta, mantenho meus olhos nela, porque não consigo encarar o que estou causando à minha amiga de infância.

Cristina se vira para ela.

— Você deve ser a Claudia. Muito prazer. Sou Cristina, a noiva.

Cristina sabe quem ela é, minha mãe a mencionou várias vezes quando falou dos funcionários da casa.

— Você está bem? — pergunta Cristina.

Isso me faz lançar um olhar para Claudia, mas me arrependo no mesmo instante. A dor no rosto dela faz meu estômago revirar, e consigo vê-la lutando para se manter calma.

Eu sou um merda.

Nessa hora, percebo que lidei com a situação da pior forma possível.

Claudia se levanta e diz:

— Eu... tenho que ir.

Consigo sentir seu olhar sobre mim, mas não posso retribuir. *Não posso olhar para você desse jeito, Claudia. Dói em mim.*

— Tenham uma ótima tarde.

Ela sai do escritório, deixando um silêncio ensurdecedor para trás. *É melhor assim, Ártemis*, repito algumas vezes, tentando tirar a expressão de Claudia da cabeça. Preciso que ela me odeie e se afaste, porque sou incapaz de me afastar dela.

Cristina me observa e pergunta:

— O que foi isso?

Vou até a escrivaninha.

— Nada — respondo.

Ela cruza os braços.

— Não parece. — Não há reprovação na voz dela, apenas curiosidade. — Achei que seríamos honestos se nos envolvêssemos com mais alguém.

— Não há nada entre nós dois. Não mais.

Cristina entende minhas palavras.

— Foi por causa dela que terminou comigo?

A pergunta não me surpreende. Ela é muito perspicaz e sabe ler as pessoas, então não preciso mentir.

— Sim.

Cristina dá um risinho.

— Você tem um tipo, hein?

Não respondo.

Ela se deita no sofá e anuncia:
— Ela é muito bonita.
Claudia é mais que bonita, penso.
— Sem crise de ciúme? — pergunto, observando-a com cuidado.
— Ciúme não combina com o tipo de relacionamento que nós temos.
— Vejamos, que tipo de relacionamento é esse?
Cristina dá de ombros.
— Sexo e conveniência.
— Desde quando você é tão fria e calculista?
— Desde que você também é — explica ela, se sentando. — É a única maneira de sobreviver no nosso mundo, Ártemis.
— E eu achando que você estava loucamente apaixonada por mim.
Ela bufa.
— Vai sonhando.
Ficamos em silêncio por alguns minutos, e continuo lutando contra o desejo de ir atrás de Claudia para explicar que não a usei, que tinha terminado com Cristina quando a beijei, que não sou idiota a ponto de envolvê-la em uma mentira apenas para ter o que quero.
Infelizmente, não posso fazer isso. Tenho um papel a desempenhar na minha família e nesta empresa, um mundo a que ela não pertence.

14

"ELES JÁ SÃO GRANDINHOS"

CLAUDIA

Minha vida voltou à rotina.

Sim, aquela de sempre, a qual eu estava mais que acostumada, a que não me incomodava em nada até... até Ártemis voltar, virar minha vida de cabeça para baixo e sair dela da pior forma possível. Agora, pelo jeito, a rotina não é o bastante. Não estou feliz e em primeiro lugar culpo Ártemis por estragar tudo. Não consigo pensar nele sem ficar com raiva, sem sentir um aperto no peito.

Ele me magoou muito, decidi admitir. Deixei que ele ganhasse espaço nos meus dias, baixei a guarda, e ele me feriu. Talvez, em sua cabeça maluca, ele tenha dado o troco por quando éramos adolescentes. Ainda assim, não parece justo. Eu não brinquei com ele de forma alguma — fui direta e o rejeitei de primeira. Não o deixei ficar comigo para depois esfregar outra pessoa na cara dele. Ártemis parece estar me evitando também, e fico grata por isso, apesar de ser quase inevitável encontrá-lo, já que moramos na mesma casa.

Por exemplo, bem agora.

Estou saindo da lavanderia quando Ártemis entra pela porta da frente. O terno impecável se ajusta ao corpo definido que está sob as roupas. Eu me lembro de meus dedos traçando os gominhos de seu peitoral e me amaldiçoo por lembrar de tudo com tanta precisão.

O olhar dele encontra o meu, e quero dizer que ele parece cabisbaixo, mas não dou a mínima, estou muito brava. Parte de mim quer tirar satisfação, mas não vou me rebaixar desta forma, não vou dar a ele a oportunidade de jogar na minha cara que nunca disse que queria algo sério e todo aquele discurso que já vi Ares fazer diversas vezes para as garotas.

Pego as bandejas de aperitivos e as taças que a sra. Hidalgo deixou na sala de estar. Ártemis vai até as escadas, mas para na frente dela, como se não tivesse certeza de que deveria subir.

Levo as coisas para a cozinha e, quando volto para a sala para buscar mais louças, fico com vontade de me socar pela desilusão que sinto ao vê-lo subir as escadas, quase chegando ao topo.

Nem mesmo um pedido de desculpas? Nada, Ártemis?

Mas, afinal, o que você esperava, Claudia?

Esta noite, sonhei que chutava Ártemis bem onde o sol não brilha... e como foi bom!

Deixo o ar sair com um longo suspiro e desço do ônibus, de frente para uma grande casa de repouso. É domingo, dia de visitar uma pessoa muito especial em minha vida.

A enfermeira do turno me recebe com um sorriso e me leva até os jardins, um caminho que conheço há alguns anos. Esta não é uma casa de repouso comum — é muito chique e cara. Tudo ali é limpíssimo, e a equipe é muito gentil. Os quartos são espaçosos, com uma cara de hotel luxuoso. É exatamente o que se propõe: uma casa de repouso para idosos com muito dinheiro e pouco tempo sobrando.

Caminho entre lindas flores que já estão murchando com a chegada do inverno. Ao longe, posso vê-lo sentado em um banco ao lado de uma árvore alta e exuberante em frente ao lago. Abro um sorriso inevitável quando me aproximo.

— Bom dia, senhor!

Faço uma reverência brincalhona, e o rosto dele se ilumina ao me ver, evidenciando suas rugas.

Vovô Hidalgo.

Anthony Hidalgo é um homem robusto, alto, de olhos cor de café que se parecem muito com os de Ártemis e Apolo. Embora esteja perto dos setenta anos, parece muito bem, mesmo com as rugas espalhadas pelo rosto — marcas de estresse do tanto que trabalhou desde o início da vida para conseguir tudo o que tem. Ele mora na casa de repouso desde que isso foi decidido pela família em uma reunião.

— Achei que você não viria — comenta ele.

— E perder nosso maravilhoso encontro de domingo? — Bufo. — Jamais!

Sempre pude ser espontânea com ele. Admiro muito o vovô Hidalgo; ele tem um lindo coração e é muito diferente do filho, o sr. Juan. Apolo foi criado pelo avô e se parece muito com ele. Fico feliz que Anthony tenha passado ensinamentos para o neto.

Ele pega uma das limonadas que estão em uma mesinha ao seu lado e me oferece.

— Estão bem doces, como você gosta — diz ele.

Meu coração se derrete em ternura. A alegria dele com a minha presença me faz pensar no quão solitário ele deve se sentir neste lugar, por mais luxuoso que seja. Dinheiro não é tudo, de fato.

Experimento a limonada e me sento ao lado dele.

— Hummm, está uma delícia.

— Quer um lanche? Posso pedir seu favorito.

Dou um tapinha no ombro dele.

— Estou satisfeita. Como você está?

— Estou com uma dor de cabeça que vai e vem, mas nada que eu não aguente.

Isso me preocupa um pouco.

— Contou isso para o médico? — pergunto.

Ele balança a cabeça.

— Vou ficar bem. Como estão os meninos? Apolo não conta nada.

Apolo o visita aos sábados, e eu, aos domingos, assim ele tem companhia nos finais de semana.

— Estão bem — respondo, mesmo sabendo que isso não será o bastante para ele.

— Apolo disse que Ártemis voltou e está incomodando você. Apolo não consegue ficar quieto, hein?

— Ah, vou ficar bem. — Faço das palavras dele as minhas. — Consigo lidar com essa situação melhor do que ninguém.

O vovô suspira, olhando para a frente. Um lindo lago azul-escuro resplandece com o sol da manhã.

— E Ares?

Embora neguem, avós e pais às vezes têm um favorito, e embora Apolo seja quase um filho para ele, sei que seu ponto fraco sempre foi Ares. Os dois têm personalidade forte e semelhante, mas de algum jeito isso fez com que eles tivessem um relacionamento complicado, como um cabo de guerra emocional.

— Acho que finalmente vai sossegar — comento, pensando em Raquel.

O vovô suspira de novo, a tristeza evidente na voz.

— Ele perguntou por mim?

Gostaria de mentir e dizer que sim.

— Você sabe como ele é.

Ares só veio na casa de repouso uma vez e foi embora à beira das lágrimas. Não suporta ver o avô aqui, e a impotência por não ter impedido que o trouxessem é algo que o corrói. Por isso, acho que prefere evitar, agir como se a situação não existisse para não ter que lidar com ela. Ares não sabe lidar com as emoções. É alto e imponente, mas muito instável por dentro.

— Queria vê-lo — comenta o vovô. — Ele deve estar mais alto, não para de crescer desde os doze anos.

Pego o celular e abro a galeria de fotos.

— Não seja por isso.

Mostro a ele fotos aleatórias que tirei de Ares: com a boca cheia de comida e mostrando o dedo do meio, o flash refletindo em seus olhos; dormindo no sofá depois de ver um filme; com uma cara assustada e, ao redor dele, cachorros que Apolo resgatou; com a camiseta do time de futebol ao lado do amigo e colega de time, Daniel.

Ah, Daniel... essa foto é de quando cometi o erro de transar com ele.

Guardo o celular, pigarreando. O vovô segura minha mão.

— Ares e Ártemis podem parecer frios, mas é só fachada. Eles têm um bom coração.

Ártemis não. Quase deixo a raiva falar mais alto, mas seria mentira. Ártemis foi muito bom comigo quando éramos crianças. Não acho que eu consiga esquecer todo o bem que ele me fez, por mais doloroso que seja. Só preciso ficar afastada dele agora, só isso.

O vovô Hidalgo aperta minha mão.

— Então cuide deles, querida. Fico mais tranquilo sabendo que você está por perto. Eles não tiveram uma boa figura feminina.

Sei que ele está se referindo à sra. Hidalgo, que foi infiel ao marido diversas vezes e não se importava com os filhos.

— Eles já são grandinhos — digo, meus olhos fixos na água do lago que parece brilhar mais a cada segundo.

— Os meninos podem ter crescido, mas ainda são muito carentes de amor, Claudia. Os pais deles não os amaram na infância, não deram nada para eles... Quando percebi, já era tarde demais. Só consegui dar todo o meu coração para Apolo.

Eu o encaro.

— Por que está dizendo isso?

O olhar dele encontra o meu e se suaviza.

— Porque quero que se lembre disso quando tiver vontade de jogar a toalha. Apolo contou que Ártemis está irritando você. Lembre-se do quanto eles te amam. Não desista, está bem?

Belisco suas bochechas de leve, provocando-o.

— Olhe só para você, todo fofinho, se preocupando com esses ingratos que não visitam você.

— Eles virão algum dia. — A confiança em sua voz me faz revirar os olhos de um jeito dramático. Ele me dá um peteleco na testa. — Garota mal-educada, tirando sarro de um velho!

— Um velho? — Olho para os lados. — Onde?

Ele começa a rir e eu o observo com ternura.

Sou grata pela presença do vovô em minha vida, ele é maravilhoso. Passamos o restante do dia conversando. Como sempre, ele pergunta sobre os estudos, se preciso de algo etc. E, como sempre, nego. Ele já fez muito por mim pagando minhas despesas na faculdade. Não quero que pense que me aproveito do carinho que ele tem por mim para conseguir dinheiro.

Com um sorriso no rosto, me despeço dele e volto para casa.

São quatro da manhã quando o barulho do telefone da casa me acorda. Sempre trago o sem fio para o meu quarto para não ter que ir até a cozinha toda vez que alguém liga para a casa dos Hidalgo.

Estico a mão para atender; espero que não seja trote.

— Alô? — Minha voz está rouca e fraca.

— Boa noite. — A formalidade na voz da mulher me põe em estado de alerta. — Estamos ligando do Hospital Geral.

Eu me levanto de uma só vez, a respiração acelerando e a mente criando um milhão de cenários. Escuto a voz continuar:

— É para informar que o sr. Anthony Hidalgo deu entrada no pronto-socorro há alguns minutos. Esse é o número que temos para contato.

Perco o ar.

— O quê? O que aconteceu? — Não sei nem o que perguntar.

— Ele sofreu um AVC, está sendo estabilizado agora mesmo. Quando vierem, poderemos dar mais informações.

— Já estamos indo — falo.

A pessoa diz mais algumas coisas antes de desligar, mas não presto atenção.

Coloco uma roupa tão depressa que nem reparo qual é. Consigo ouvir as batidas de meu coração.

Ele está bem, precisa estar bem.

"Estou com uma dor de cabeça que vai e vem, mas nada que eu não aguente."

Velho teimoso! Se estava passando mal, por que não avisou? Por quê? O receio correndo em minhas veias me faz sair do quarto em disparada. Minha mãe nem sequer repara, ela é o tipo de pessoa que não acorda nem com um furacão.

Quando chego à sala, fico surpresa ao encontrar o sr. Juan de pijama falando ao celular. Pelo jeito, a casa de repouso entrou em contato com ele enquanto o hospital ligava para o telefone fixo. Dá para ver o medo e o desespero em meus olhos.

— Vamos para o hospital juntos? — pergunta ele.

Olho para as escadas, e o sr. Juan parece ler meus pensamentos.

— Não quero acordá-los agora — explica ele. — Quando amanhecer, vou...

Passo por Juan e subo correndo.

— Claudia! — grita ele. — Claudia!

Não vou permitir que os filhos fiquem de fora outra vez. Passo pelas portas dos quartos e bato bem forte. Paro na frente da porta de Apolo e vejo Ares com o cabelo para o alto, um olho fechado enquanto ele luta para manter o outro aberto.

— O que aconteceu?

Ártemis também aparece, sem camisa.

— Que merda é essa?

Tento ficar calma e soar tranquila.

— O vovô...

Apolo abre a porta na minha frente.

— Claudia, o que foi?

— O vovô está no hospital — anuncio.

Quando as palavras saem de minha boca, consigo ver compreensão e medo se espalharem pelo rosto dos irmãos.

Eles fazem muitas perguntas enquanto trocam de roupa e descem comigo. O sr. Juan está esperando no andar de baixo com um olhar de desaprovação, mas não ligo.

O caminho até o hospital é silencioso, mas carregado de uma preocupação sufocante. Fico no banco de trás do carro, entre Ares e Apolo. O sr. Juan está dirigindo com Ártemis no banco do passageiro. Apolo deixa lágrimas silenciosas escorrerem por suas bochechas, o nariz está um pouco vermelho. Meu coração se aperta, porque não quero nem pensar nas possibilidades.

O vovô é forte, ele vai ficar bem, repito para mim mesma.

Seguro a mão de Apolo e a aperto de um jeito reconfortante; ele descansa a cabeça em meu ombro, as lágrimas molhando minha camisa.

Ares está com o cotovelo para fora da janela, a boca apoiada no punho. Ele está apertando a mão com tanta força que os nós dos dedos estão brancos. A tensão de seus ombros é evidente. Ele está irritado — não, furioso. Sei que está odiando a si mesmo neste momento por não ter visitado o avô. Talvez por vê-lo sempre tão forte, todos nós pensávamos que o vovô era imortal. Puxo a mão dele e a seguro, entrelaçando com a minha no meu colo. Quando Ares vira para mim, vejo a dor em seus olhos.

— Ele vai ficar bem — digo.

Ares volta a olhar pela janela e aperta minha mão com força.

Ártemis se vira ligeiramente para olhar para mim. Ele tenta esconder a preocupação, mas está estampada no rosto.

Sorrio para ele e sussurro:

— O vovô vai ficar bem.

Ele apenas assente e ajusta a postura.

"Os meninos podem ter crescido, mas ainda são muito carentes de amor, Claudia. Os pais deles não os amaram na infância, não deram nada para eles..."

As palavras do vovô ressoam em minha mente quando entro no hospital com os Hidalgo. Mas eu só consigo pensar: *Você tem que ficar bem, velho teimoso. Não se atreva a morrer, porque se isso acontecer, vou te reviver para eu mesma matar você.*

A forma como as rugas dele se tornaram mais aparentes ao sorrir me vem à mente. Ele é o mais próximo de uma figura paterna que eu já tive.

Te amo tanto, velho teimoso. Por favor, você tem que ficar bem.

15

"MEU DEUS, DESCULPE!"

CLAUDIA

O vovô está estável.

E, de acordo com os resultados da ressonância magnética, as lesões foram mínimas, o que é um alívio. Mas ele continua sedado, descansando para dar tempo ao cérebro de desinflamar ou algo assim, segundo o médico.

Nos liberaram depois de passarmos dias no hospital e prometeram entrar em contato assim que ele acordasse. Sinto que posso enfim respirar. Sei que não ficarei tranquila até falar com o vovô, mas pelo menos sei que ele ficará bem.

As coisas voltaram ao normal no trabalho, pelo menos um pouco.

Depois de atender os convidados de Ares, dentre eles Raquel, um garoto com sorriso contagiante e uma garota que se parece muito com Daniel, levo o jantar para minha mãe. Porém, quando vou à sala de jogos entregar as coisas que Ares pediu, eu a encontro vazia.

Eles foram embora?

Vou ao quarto de Ares e bato na porta.

— Pode entrar — diz ele.

Entro e observo que ele está com Apolo. Consigo ler a expressão deles sem dificuldade: algo está acontecendo e não é nada bom. E dá para ver que não querem falar sobre isso.

— Levei as bebidas como você pediu, mas os convidados se foram.

A decepção no rosto de Ares é evidente.

— Todos se foram?

Sei que ele quer saber se Raquel foi embora.

— Aham — confirmo com um suspiro.

Um lampejo de tristeza cruza os olhos de Ares, e, embora ele se esforce para disfarçar, Apolo e eu percebemos. Dou um sorriso e saio do quarto. Massageando meus ombros tensos, lembro que tenho só mais uma coisa para fazer antes de descansar — colocar as toalhas da academia para lavar. Agora que Ártemis está em casa, preciso fazer isso com mais frequência, porque ele se exercita todos os dias.

Abro a porta de correr da academia e passo pelos aparelhos de musculação para chegar à entrada do banheiro, no final do corredor. Bocejo, pegando as toalhas usadas que estão no cesto, ao lado de fora. Em seguida, decido conferir se não há nenhuma toalha lá dentro.

O banheiro é imenso, comprido, com um chuveiro no final. Imagino Ártemis ali, nu, tomando banho, e sinto calor no mesmo instante. Não quero nem pensar nesse idiota.

Saio de lá e vou à lavanderia. Coloco parte das toalhas na máquina de lavar e deixo o restante no chão. Exausta, sento na pilha de roupa suja e, sem perceber, adormeço.

Infelizmente, acordo e percebo que tive um sonho muito quente. Não consegui ver o rosto do homem, mas ele estava proporcionando a melhor transa da minha vida. A frustração cresce quando percebo que estou molhada.

Ah, benditos sonhos eróticos!

Parando para pensar, quando foi a última vez que transei? Nem lembro. Não é à toa que meus hormônios estão à flor da pele, não lembro nem a última vez que me toquei para aliviar um pouco o tesão. Abro as pernas e levo uma mão inquieta para dentro da meia-calça. Não deveria fazer isso aqui, mas não posso me tocar no meu quarto com minha mãe por lá.

Estou tão molhada que meus dedos deslizam sem dificuldade para minha intimidade. Um gemido escapa de meus lábios; tinha esquecido como isso é gostoso. Abaixo a meia-calça para ter mais acesso. Meus dedos sabem do que eu gosto e se movem de um jeito divino. Fecho os olhos, me entregando às sensações. Mordo o lábio e solto gemidos baixos que ficam cada vez mais altos à medida que meus dedos aceleram.

Quando abro os olhos, em vez de encontrar a porta fechada, vejo Apolo em pé.

Dou um pulo e baixo a saia, apesar das pernas trêmulas.

— Meu Deus, desculpe!

Olho para o chão, a vergonha invadindo todo o meu ser. Torço para que ele vá embora, mas o escuto entrar no pequeno espaço e fechar a porta. Olho para cima, mas não consigo dizer mais nada, minha respiração está caótica.

Nunca vi essa expressão de Apolo em todo o tempo que o conheço. Não é inocente nem infantil — é pura luxúria. Em seus olhos brilha a determinação de um homem. Ele se aproxima de mim devagar, como se soubesse que um movimento brusco poderia me assustar. Em frente a mim, ele levanta a mão e segura meu rosto, passando o polegar por meus lábios.

Abro a boca, trêmula.

— O que você... O que está fazendo? — sussurro, a voz quase inaudível.

Apolo não responde. Sem tirar os olhos dos meus, ele abaixa a mão e a enfia sob a saia.

Seguro o pulso dele, impedindo que avance, e digo:

— Não.

— Só quero te ajudar a terminar — diz ele, rouco.

Apolo está excitado, a respiração tão acelerada quanto a minha.

Minha mente está tão enevoada com essa tensão entre nós dois...

Apolo umedece os lábios e me beija, movendo-os nos meus em um ritmo lento, mas delicioso e cheio de desejo. O beijo se intensifica, e eu solto o pulso dele, sentindo sua mão deslizar entre minhas pernas para acariciar minha intimidade por cima da calcinha. Afasto nossas bocas para soltar um gemido.

Não consigo deixar de me agarrar a ele, seguro sua camisa com força enquanto minhas pernas tremem. Ele move a calcinha para o lado para me tocar diretamente, e fecho os olhos de puro prazer. Não fico envergonhada com a maneira como os dedos dele deslizam em mim, estou muito molhada.

Enterro o rosto em seu peito.

— Mais rápido, por favor — peço.

Apolo geme e obedece, acelerando os dedos, movendo-os em círculo. Solto uma das mãos da camisa dele e começo a acariciá-lo por cima de sua calça, e não fico surpresa por ele estar tão duro.

Sinto um dos dedos de Apolo me penetrar e jogo a cabeça para trás, gemendo, desesperada. O prazer se apodera de mim, os movimentos ficam mais rápidos, então acompanho o ritmo com a mão que está sobre a calça dele. Nós chegamos ao orgasmo ao mesmo tempo, nossas respirações aceleradas e ofegantes ecoando por todo o cômodo.

Quanto mais tempo passa, a ficha vai caindo e vou percebendo o que fiz. Hesito por um momento, depois saio dali depressa.

Para meu azar, quando chego na sala, dou de cara com Ártemis.

— Ah, merda! — resmungo.

Ele está de terno, acabou de chegar do trabalho. Ártemis me observa com atenção sem dizer uma palavra; devo estar vermelha como um tomate. Peço licença e me afasto dele antes que consiga ler em meu rosto o que acabou de acontecer.

Quero dizer que sinto culpa ou algo assim, mas não é o caso. Ártemis e eu não temos absolutamente nada, e depois de como ele mentiu para conseguir ficar comigo, não tenho um pingo de respeito por ele, ainda mais agora que sei que ele está noivo — não namorando, *noivo*!

Entretanto, fico preocupada com Apolo; a última coisa que quero é estragar nossa amizade ou criar um clima estranho. Nem mesmo sei o que está acontecendo conosco. Em que ponto passamos de afeição fraternal para atração sexual?
Eu nunca o tinha visto como mais que um irmão até hoje. Eu me lembro dos gemidos, de como as veias do antebraço ficaram mais visíveis quando ele me tocou, o desejo vibrando nos olhos... Balanço a cabeça.
Você não pode desejá-lo, Claudia, não pode complicar as coisas assim. Volte a enxergá-lo apenas como quem ele é, como um irmão mais novo para você; não o veja como um homem.
Não me dou conta de que estou na frente do quarto de Ares até ele abrir a porta e me encontrar parada.
— Claudia?
Não sei o que estou fazendo aqui... Acho que estou fugindo, apesar de não saber exatamente de quem. Apolo era meu refúgio, mas não posso vê-lo agora, não depois do que acabou de acontecer. Ele deve estar tão confuso quanto eu.
— Posso entrar? — pergunto.
Ares chega para o lado para abrir caminho. O quarto está escuro, a única luz vem dos abajures, um de cada lado da cama.
Um relâmpago ilumina a janela, seguido por um estrondoso trovão. E, então, começa a chover.
— Aconteceu alguma coisa com o vovô? — questiona Ares, a preocupação tomando conta de sua voz.
Balanço a cabeça.
Fico surpresa por encontrá-lo de camisa branca e calça jeans em vez de pijama. Já está tarde, será que ele vai sair?
Ares se senta na poltrona reclinável em um canto do quarto e pergunta:
— O que foi?
Hesito. Não posso contar para ele, estou morrendo de vergonha. Como posso dizer isso? *Então, Ares, há algumas semanas, fiquei com Ártemis, mas ele se revelou um babaca e está noivo, então hoje eu fiquei com Apolo. O que você acha disso?*

— Só preciso de distração. Posso ficar aqui um tempinho?

Ele assente, suspirando e passando a mão pelo rosto. Não está com uma cara boa, acho que tem algo acontecendo. Focar no problema dos outros sempre me ajuda a esquecer dos meus.

— Você está bem?

— Aham.

Faço uma careta e digo:

— Não parece.

Reparo que está de sapatos.

— Vai a algum lugar? — Ele balança a cabeça, mas vejo algo em seu rosto. — Quer ir a algum lugar?

Ele não responde. Lembro que Raquel e os outros amigos saíram rápido nesta tarde e como Ares ficou triste depois disso. Sei que está bastante triste por causa do avô, que precisa desabafar e ter apoio, e eu poderia fazer isso. Mas não sou a pessoa indicada, porque ele já tem alguém que o ama.

— Você deveria procurá-la.

Ares levanta o olhar, sabendo que me refiro a Raquel.

— Não posso.

— Por que não?

— Ela está brava comigo.

Suspiro.

— Contou para ela tudo o que aconteceu com o vovô?

Outra vez, Ares balança a cabeça.

— Não quero que ela me veja assim — explica ele.

— Assim como? Como um ser humano? Que tem sentimentos e está triste por causa do avô?

— Não quero parecer fraco.

Fico irritada.

— Pelo amor de Deus. Por que você acha que amar alguém, buscar apoio nessa pessoa, é uma fraqueza?

— Porque é.

— Não, não é, Ares — respondo, comprimindo os lábios. — Como você pode achar que é uma fraqueza abrir o coração para alguém? Esse é o gesto mais corajoso de todos.

— Não venha me dar lições como o Apolo.
— Quero que você entenda que estar apaixonado não é fraqueza, idiota.
Ares aumenta um pouco o tom de voz e diz:
— Sim, é, a gente sabe disso melhor do que ninguém.
Sei que ele está se referindo a minha mãe.
— Você não pode ficar a vida inteira se escondendo — argumento.
— Mas não quero ser como ele!
— E você não é! — respondo, ficando de pé. — Você não é como seu pai e tenho certeza absoluta de que a Raquel não é como a sua mãe.
Ele bufa.
— Como pode saber disso?
— Porque eu te conheço, e você jamais teria colocado os olhos em uma garota que se parece com a sua mãe em qualquer nível. Além disso, já vi a Raquel. A transparência daquela garota é inacreditável, aposto que essa foi a primeira coisa que te atraiu nela.
Ares fica ainda mais irritado. Ele reage assim quando não tem mais argumentos.
— Você defende tudo isso, você... — Sei que está procurando uma forma de me magoar. É uma tática para quando se sente encurralado. — Você, que até hoje cuida da sua mãe, a pessoa que fez da sua infância um inferno, vem me dizer que o amor não é uma fraqueza?
— O que a minha mãe fez — começo —, todos os erros que ela cometeu e as decisões que tomou, tudo de ruim que ela me fez passar é culpa dela, fardo dela. — Faço uma pausa. — Se eu deixar isso definir ou afetar minha personalidade, aí sim tenho culpa. Aí sim estarei pegando o fardo dela para mim.
Ares fica sem palavras.
— Vá atrás dela, Ares — digo mais uma vez. — Você precisa dela, e isso não o torna fraco. Pelo contrário, admitir que precisa de alguém é a maior atitude de coragem. Então vá.

Ele hesita até que por fim se levanta e sai do quarto.
Bom garoto.

16

"E NOSSO CÓDIGO DE IRMÃOS?"

ÁRTEMIS

Não consigo tirar a imagem de Claudia corada da cabeça. Ela não estava apenas vermelha, a respiração também estava ofegante. É impossível não pensar no dia em que a beijei e a toquei. Observo-a correr escada acima como se estivesse fugindo de alguém, mas não acho que seja de mim. Fico intrigado ao ver Apolo saindo do mesmo corredor que ela, igualmente vermelho.

O que está acontecendo?

Apolo passa direto, sem olhar para mim. A camisa dele está toda amassada no peito, como se alguém tivesse o agarrado com força. Estreito os olhos.

O que esses dois estão fazendo?

E por que você se importa, Ártemis? Você se afastou de Claudia.

Mas isso não quer dizer que eu aceite que ela pertença a outra pessoa, muito menos a meu irmão. Se a deixei ir, por que ainda ajo de uma maneira tão possessiva? Por que ainda sinto que ela é minha?

Porque você é um egoísta idiota.

Tive outro dia difícil no trabalho. Depois de ficar dias no hospital, voltei para o escritório apenas para encontrar um monte de demandas atrasadas; mal consegui vir em casa para dormir esta noite. Quando chego, subo para meu quarto para tomar um banho demorado. A água cai quente sobre mim, o vapor preenchendo o cômodo. Meu cabelo molhado gruda no rosto e pressiono o punho na parede. A expressão magoada de Claudia me assombra toda vez que fecho os olhos.

Claudia não merecia isso — justo ela, que foi tão legal ao confortar Ares e Apolo a caminho do hospital. É uma boa pessoa e a magoei sem necessidade, só porque não expliquei o que aconteceu. Mas para que eu explicaria? Apenas para deixá-la ainda mais confusa? Nem mesmo sei explicar. Além do mais, nada muda o fato de que não podemos ficar juntos, pelo menos não por enquanto. Passo as mãos pelo rosto e desligo o chuveiro. Depois de colocar uma roupa confortável, ponho a toalha ao redor do pescoço e olho para a porta.

Não vá atrás dela, Ártemis.

Trinco os dentes, jogo a toalha para o lado e saio do quarto. Encontro Claudia na cozinha passando pano na mesa. Quando ela levanta o olhar e me vê, a expressão endurece. Joga o pano na pia e se encaminha para a porta da cozinha.

Chamo por Claudia, mas ela não se vira. Quando tenta passar ao meu lado, seguro seu braço, virando-a para mim.

— Estou falando com você — digo.

Ela puxa o braço e se solta.

— E eu estou ignorando você. — A raiva em sua voz me causa desconforto.

— É isso que você pretende fazer? Me ignorar para sempre?

Ela assente, sem hesitar por um segundo sequer.

— Que madura, hein? — debocho. — Achei que podíamos ter uma relação mais civilizada.

Os olhos de Claudia brilham e reconheço raiva pura neles. Ela dá um passo para trás para cruzar os braços e pergunta:

— E você achava isso antes ou depois de mentir para se aproximar de mim?

— Não menti para você.

Ela bufa.

— Você não presta — diz ela.

— Claudia — chamo.

Não sei o que me faz levar a mão até seu rosto para tocá-la, mas ela se afasta.

— Não encoste em mim.

Baixo a mão.

— Claudia, eu...

— Tudo bem com vocês? — pergunta Apolo.

A voz do meu irmão atrás de Claudia me assusta, porque não o ouvi chegar. Ela dá meia-volta para ir embora.

— Aham, tudo sim. Vou dormir — responde ela.

Entretanto, quando ela passa ao lado de Apolo, ele segura seu braço.

— Precisamos conversar — diz ele. — Vem até meu quarto?

Uma corrente elétrica passa por minhas veias e se instala em meu estômago. *Não encoste nela*, quero exigir, mas fico quieto.

Claudia parece desconfortável.

— Não acho que seja um bom momento.

— É, sim. Vamos. — Apolo começa a andar segurando Claudia.

— Apolo, não. Amanhã...

Antes de pensar no que estou fazendo, vou até eles, seguro o outro braço de Claudia e a puxo para o meu lado, soltando-a de Apolo.

— Ela disse que não — reitero.

Apolo se vira e lança um olhar desafiador que nunca vi em seus olhos antes. Dos meus irmãos, Apolo sempre foi o que mais me temia, mas, pelo jeito, não desta vez.

— O que eu tenho que falar com ela não é da sua conta — diz ele. Sua voz está séria.

Não estou gostando disso.

A raiva invade cada parte de meu corpo, meu maxilar aperta e meus ombros tensionam.

Claudia se solta, mas meus olhos permanecem em Apolo quando digo:

— Qualquer coisa que tenha a ver com ela é da minha conta.
Apolo não hesita.
— Por que deveria ser?
Sinto a necessidade de marcar território.
— Porque a gente está ficando — revelo.
Claudia me olha horrorizada, e a expressão desafiadora de Apolo se transforma em confusão.
— Do que você está falando? — pergunta ele.
Fique quieto, Ártemis, não diga mais nada. Um sorriso vitorioso brota em meus lábios.
— Ela é minha, Apolo.
Apolo se vira para ela.
— Claudia?
Em seguida, ela balança a cabeça e tenta explicar:
— Não, a gente não está ficando, ele...
— Não foi isso que pareceu quando você rebolou nos meus dedos, Claudia — digo, triunfante.
Claudia lança um olhar assassino. Se me odiava antes, tenho certeza de que agora odeia em dobro.
— Você... com ele? — Apolo fica sem palavras.
Claudia dá um passo na direção dele, mas eu seguro o braço dela, impedindo-a. Ela se solta mais uma vez e grita:
— Para de me segurar e de me tratar como se eu fosse um maldito objeto! Eu não sou sua! — Ela segura a mão de Apolo. — Venha, vou explicar.
Observo que ele fica vermelho.
Sinto que ela o está escolhendo bem na minha frente, então vou até eles e os separo, cerrando os punhos.
— Por que você deve explicações a ele, hein? — pergunto.
— Chega — diz Apolo, ficando entre mim e ela.
Olho para Claudia por cima do ombro de meu irmão.
— Claudia — chamo entredentes.
Ela olha para mim e, sem hesitar, diz:
— Apolo e eu nos beijamos hoje.
O quê?

Meu mundo para, a raiva se multiplica por dez e meu peito sobe e desce. Nunca senti tanto ódio. Agarro a gola da camisa de Apolo.

— O que você fez?

Ele segura meus pulsos, tentando se soltar.

— Ela disse com todas as letras que não está ficando com você — responde ele.

— E nosso código de irmãos? — Lembro o combinado que fizemos anos atrás de nunca ficarmos com uma garota que fosse de interesse do outro.

Apolo parece se sentir culpado por um segundo.

— Não sabia de vocês dois, eu não...

— Que droga! — esbravejo e aperto sua camisa com mais força.

Claudia vem para o meu lado.

— Ártemis, solta ele — pede ela, mas ignoro.

Olho meu irmão nos olhos.

— Ares e você sempre souberam que eu tinha interesse nela — argumento.

Claudia segura meu braço.

— Solta ele! — diz ela.

Não consigo me controlar. Imaginá-la beijando meu irmão faz meu sangue ferver.

— Ela disse que não está ficando com você. Não é minha culpa se a sua obsessão não é correspondida. — A frieza na voz de Apolo me surpreende.

As palavras dele queimam e alimentam a fúria. Dou um soco tão forte na cara dele que meus dedos fazem um barulho de algo quebrando. Claudia solta um grito, e Apolo cambaleia para trás.

Ela se põe entre nós dois.

— Já chega! — Ela coloca a mão em meu peito. — Para, Ártemis! Sai daqui!

Agarro o pulso dela.

— Só se você vier comigo. Não vou sair daqui sem você.

Observo-a vacilar. Tenho certeza de que Claudia quer protestar, mas não o faz porque sabe que, se der um pio ou Apolo tentar me impedir de levá-la, a situação vai piorar. Ele cai sentado no chão, com a mão no rosto e uma careta de dor, mas nem mesmo vê-lo assim faz com que eu me arrependa. Ele quebrou nosso pacto de irmãos, mereceu esse soco, e tanto sabe disso que não tentou revidar.

Seguro Claudia pelo pulso e a levo escada acima.

— Já volto — sussurra ela para Apolo.

Quando entramos em meu quarto, ela cruza os braços, furiosa.

— Você ficou louco? Dar um soco no seu irmão? No que…?

— O que aconteceu entre vocês? — pergunto, e percebo que ela não esperava ouvir isso. — Conte tudo, quero saber cada detalhe. Quantas vezes ele te beijou, se tocou você… tudo.

Ela bufa, indignada.

— Você não tem o direito de perguntar isso.

— Tenho direito, sim! Tenho direito porque você me deixou te tocar há poucas semanas. E agora faz isso com meu próprio irmão?

— Você está escutando o que diz? — Ela levanta a voz. — Você me enganou, Ártemis, mentiu pra mim. Você está noivo. Eu permiti que se aproximasse, mas na primeira oportunidade você me magoou. Que moral tem pra fazer essa cena? Ficou doido?

Passo a mão pela barba e depois pela cabeça.

— Fique longe dele — aviso.

Ela solta uma risada sarcástica.

— Você nem está ouvindo.

— Faça o que estou dizendo. Você sabe do que sou capaz, Claudia.

— Não tenho medo de você, Ártemis. — Ela se aproxima de mim só para me deixar ver o desprezo em seus olhos. — Ouça bem, seu babaca. Você e eu não temos nada. Eu não sou sua nem de homem nenhum, porque sou um ser humano, não um objeto. O que eu faço da vida não é da droga da sua conta, então faça um favor para nós dois e se concentre na sua realidade, no seu noivado, e me deixe em paz.

Ela se vira para ir até a porta. Antes que possa sair, digo entredentes:
— Ele não, Claudia. — Ela para de costas para mim. — O meu irmão, não. O meu irmão, não, cacete.
Ela olha por cima do ombro.
— Quero que saiba que não foi algo que planejei para magoar você — explica ela.
— Nunca é.
Ela suspira, cabisbaixa, como se estivesse abrindo mão de algo.
— Não desconte no Apolo. Ele é seu irmão e ama você. — Faz uma pausa, escolhendo cada palavra com cuidado. — Você e eu sempre terminamos antes de começar, né? As coisas são assim mesmo. Pare de tentar o impossível, Ártemis.
Passo a mão pelo rosto e caminho até parar bem atrás dela.
— Como posso fazer isso quando se trata de você? — Ela não diz nada. Coloco minhas mãos sobre seus ombros e descanso a testa em sua cabeça. — Não consigo, Claudia.
Eu a sinto tremer um pouco com minhas palavras. Ela segura minhas mãos e as tira dos ombros, então suspiro de dor ao sentir seu toque. Meus dedos estão sangrando, mas nem tinha reparado. Claudia se vira para mim, segurando minha mão machucada.
— Ah, olha o que você fez... — A preocupação expulsa rapidamente a frieza do olhar. — Senta, vou pegar o kit de primeiros socorros.
Obedeço e me sento na cama. Ela volta, deixando a porta aberta, e se senta ao meu lado. Observo-a em silêncio enquanto limpa os nós dos meus dedos com cuidado. Não é a primeira vez que faz isso — brigar fez parte da minha adolescência, e Claudia sempre estava por perto para limpar as feridas e conversar comigo. Ela comprime os lábios, sempre faz esse gesto quando está concentrada.
Me lembro daquele dia...
— *Ártemis! Ártemis! — A voz urgente de Ares me preocupa.*
Pauso o videogame e o observo entrar no quarto com os olhos vermelhos e lágrimas escorrendo.

— O que aconteceu? — Minha mente fica a mil, imaginando uma variedade de cenários trágicos.

Ares chora de um jeito tão inconsolável que nem consegue falar. Seguro seu rosto.

— O que aconteceu, Ares? Pode contar.

— Eu... tirei... uma nota boa. — Ele limpa as lágrimas. — E fui mostrar para a mamãe... — O rosto dele se contrai de dor. — Ela... Tem um homem lá dentro... Ela e esse homem... Não é o papai.

Franzo as sobrancelhas, confuso.

— O que você está falando?

— A mamãe... está fazendo coisas na cama com um homem que não é o papai.

Um calafrio sobe por minha espinha no instante em que entendo o que está acontecendo. E como se a vida quisesse explicar de uma forma ainda mais objetiva, minha mãe abre a porta do meu quarto segurando um lençol branco que cobre o corpo desnudo.

— Ares! Venha aqui! Agora! — A voz dela é exigente, mas consigo perceber certo medo em seu tom.

Seus olhos indagam meu rosto, provavelmente tentando descobrir se Ares já tinha contado.

A raiva nubla meus pensamentos.

Eu me levanto e empurro Ares para o lado, andando até ela. Minha mãe se surpreende com minha explosão e dá um passo para trás, mas meu foco não era ela. Passo direto, indo ao corredor.

— Onde está...?

Minha mãe balança a cabeça.

— Ártemis... — Ela tenta segurar meu braço, mas me liberto com um tapa.

Corro para o quarto dela e abro a porta com um chute — preciso destruir tudo no caminho. Avisto um homem desconhecido terminando de abotoar a camisa.

Não demoro muito para ir parar em cima dele, e soco o rosto do homem algumas vezes, a raiva tensiona meus músculos. Apesar de ser adolescente, sou mais alto do que o cara, e o ódio faz com que eu fique extremamente forte, sem limites. Minha mãe entra no quarto, gritando para eu parar. Sinto mãos tentando me agarrar, mas não consigo me conter.

— Ártemis! Chega! — A voz de minha mãe soa tão distante quanto as lembranças dela sorrindo ao lado de meu pai, dizendo que estaríamos juntos para sempre, como uma família unida.

Mentirosa.

Hipócrita.

As palavras que vêm à mente são insultos que jamais me atreveria a dizer para minha mãe, mas circulam livres em minha cabeça. Sons quase inaudíveis saem de minha boca ao mesmo tempo que soco o homem embaixo de mim, sangue espirrando para todo lado. Meus dedos doem e queimam, mas eu não consigo parar.

Nem quero parar.

Uma mão quente pousa em minha bochecha. Ignoro até que ouço a voz dela.

— Ártemis.

Paro com o punho no ar e olho para cima. Claudia está ajoelhada em minha frente, o cabelo ruivo bagunçado caído no rosto. A mão dela larga meu rosto e segura meu pulso. Eu estou respirando tão rápido que meus ombros sobem e descem de uma maneira descompassada.

— Pode parar. Chega.

Não posso.

Ela entrelaça os dedos nos meus.

— Está tudo bem, vai ficar tudo bem. Vamos. — Balanço a cabeça, e ela abre um sorriso triste. — Por favor.

Solto sua mão e me levanto, relutante. Quase bato no cara de novo assim que minha mãe corre para ajudá-lo, ajoelhando-se ao lado dele, que só geme de dor. Saio do cômodo antes que eu vire um assassino. Claudia me segue em silêncio. No corredor, meus olhos vão para meu quarto, onde deixei Ares. Claudia parece entender a preocupação.

— Minha mãe está cuidando dele. Ela preparou um chá calmante para distraí-lo... É melhor você se acalmar antes de vê-lo. E também... precisa limpar esses machucados.

Sem entender de quais machucados ela está falando, sigo seu olhar até meus dedos, que estão sangrando sem parar. Não estava doendo até eu perceber.
Adrenalina, né? Ou pura raiva?
Sem dizer uma palavra, me afasto de toda a cena e desço com Claudia atrás de mim.
Embora eu nunca tenha dito em voz alta, fiquei muito grato por ela ter ficado ao meu lado naquele dia. Grato pra caramba. Quando volto à realidade, Claudia está enfaixando minha mão com cuidado.
Como posso parar de tentar, Claudia? Como não tentar quando você esteve comigo em todos os momentos em que precisei, quando temos tantas lembranças juntos?
Sinto olhos em mim e, ao levantar o rosto, encontro Apolo na porta. Está com uma bolsa de gelo na bochecha. Agora que estou de cabeça fria, fico mal por tê-lo machucado, nunca havia encostado um dedo em meu irmão mais novo. Abro a boca para dizer algo, mas percebo que ele não está olhando para mim.
Está olhando para Claudia e parece... magoado? Ligo os pontos. Talvez o incomode que ela esteja aqui cuidando de mim, e não dele. Apolo baixa a cabeça e vai embora.
Volto a olhar para Claudia, que está guardando os objetos que usou para limpar meus dedos e enfaixar minha mão.
— Tente não mexer muito a mão e troque o curativo amanhã — diz ela, ficando de pé.
— Obrigado.
Ela assente e sorri antes de ir.
— Boa noite, Ártemis.
— Boa noite, Claudia.
Observo-a ir embora e, mesmo que eu a tenha deixado sair do meu quarto esta noite, sei que não poderei deixá-la sair de minha vida.
Como poderia, quando se trata dela?

17

"EU ESTAVA TE ESPERANDO"

CLAUDIA

O vovô acordou.

Sou a última a chegar ao hospital porque estava na faculdade quando me avisaram e o ônibus demorou um tempo para me deixar aqui. Um alívio enorme me invade ao saber que o vovô está acordado. No entanto, não ficarei tranquila até ver com meus próprios olhos que ele está bem.

Ao me aproximar do quarto do vovô, fico surpresa ao ver que Raquel está sentada do lado de fora. As coisas com essa garota estão mesmo sérias se Ares a trouxe até aqui. Fico feliz por isso, mas cadê a família Hidalgo?

Paro em frente a ela e abro um sorriso.

— Oi.

— Oi.

Nem tento esconder a preocupação em minha voz.

— Como ele está?

— Parece que está bem.

Solto um longo suspiro de alívio.

— Ah, que bom. Corri para cá assim que fiquei sabendo...

O rosto dela se contorce de curiosidade.

— Você conhece o avô?

Assinto.

— Morei com ele a vida toda na casa dos Hidalgo. Minha mãe chegou a cuidar dele várias vezes antes de ele ser... internado na casa de repouso. Ele é muito especial para mim.

— Imagino. Como é morar com os Hidalgo desde criança?

Isso me faz rir um pouco.

Ah, se você soubesse, Raquel...

— Muito interessante — resumo.

— Nem consigo imaginar. Aposto que seu primeiro amor platônico foi um deles.

Sinto minhas bochechas esquentarem e baixo a cabeça.

— Jura? Qual deles? — pergunta Raquel. — Desde que não tenha sido o Ares, não tem problema.

Abro a boca para responder, mas sou interrompida por um barulho de saltos vindo em nossa direção. Viro para olhar quem é: a sra. Hidalgo.

Até ela teve a decência de vir.

Minha patroa se aproxima, com sapatos vermelhos de bico fino, uma saia branca na altura dos joelhos e uma camisa decotada. A maquiagem é exagerada e o cabelo está preso em um rabo de cavalo alto. Ela bota os olhos em Raquel.

— Quem é você? — pergunta a sra. Sofía com um olhar de desprezo. Isso é só o que ela sabe fazer. Raquel não responde. — Eu te fiz uma pergunta.

A garota pigarreia.

— Meu nome é Ra-Raquel — responde ela, estendendo a mão de um jeito simpático.

Ai, Raquel, você não faz ideia do tipo de mulher que ela é.

Sofía Hidalgo dá uma olhada na mão estendida e, depois, na garota.

— Bem, Ra... Raquel — zomba ela. — O que você está fazendo aqui?

Fico ao lado de Raquel de maneira protetora e respondo:

— Ela veio com Ares.

A sra. Sofía ergue as sobrancelhas quando menciono o filho.

— Você está brincando? Por que Ares traria uma garota como ela?

Reviro os olhos.

— Por que você não pergunta para ele? Ah, é mesmo, a comunicação com os filhos não é seu ponto forte.

A mulher aperta os lábios.

— Não usa esse tonzinho comigo, Claudia. Você não quer me provocar.

— Então para de olhar pra ela desse jeito, você nem a conhece.

— Não tenho que perder meu tempo com vocês. Cadê meu marido?

Aponto para a porta, doida para que ela dê o fora daqui. Por fim, a sra. Hidalgo desaparece, levando o clima pesado com ela.

Raquel está pálida.

— Que mulher desagradável — comenta ela.

Ofereço um sorriso.

— Você nem imagina.

— Mas você não parece se sentir intimidada.

— Cresci naquela casa. Acho que desenvolvi a habilidade de lidar muito bem com pessoas intimidadoras.

— Imagino, só achei que, como ela é sua chefe, você...

— Eu permitiria que ela me intimidasse e me tratasse mal? — Termino a frase por ela. — Não sou mais uma adolescente assustada. Acho que falei demais de mim, me fala de você.

Nós nos sentamos.

— Não tem muito para contar, só que fui enfeitiçada pelos Hidalgo.

— Dá para ver, mas parece que você já conseguiu fazer aquele idiota admitir o que sente por você.

— Como você sabe?

— Porque você está aqui — respondo, sincera. — O avô Hidalgo é uma das pessoas mais importantes para eles, e o fato de você estar aqui diz muito.

— Ouvi tanto sobre ele que queria conhecer.

— Espero que você o conheça logo, é uma pessoa maravilhosa.
Ficamos conversando por um tempo, e entendo por que Ares se apaixonou por essa garota. Ela é muito simpática e, nossa, tão transparente que dá para saber o que ela está pensando apenas reparando em seus gestos. Fico maravilhada. Por fim, depois de eu conversar um pouco com ela, Ares sai do quarto seguido por Ártemis e Apolo. No momento em que os olhos de Ártemis encontram os meus, o clima fica estranho. Ele comprime os lábios antes de se virar e seguir pelo corredor.
Olho para Apolo, mas ele evita meu olhar a todo custo, limitando-se a cumprimentar Raquel com um sorriso.
— Vamos tomar um café. O vovô perguntou por você, Claudia, deveria entrar no quarto quando meus pais saírem — diz ele, ainda sem olhar para mim, e vai atrás de Ártemis.
Me dando um gelo, hein?
Bem, Hidalgo, eu aguento.
Ares também não olha para mim, só pega a mão de Raquel.
— Vamos, bruxa.
Não sei por que sinto a necessidade de pedir desculpa. Talvez eu tenha causado uma situação desconfortável sem querer e não lidei com ela da melhor forma possível.
— Desculpe — sussurro.
Ares olha para mim.
— Não foi sua culpa. — Sei que ele está sendo sincero, Ares nunca mente. — A impulsividade dele nunca vai ser sua culpa, Claudia.
Sei que ele está falando de Ártemis, que sempre foi o mais instável e impulsivo dos Hidalgo. Vejo-os se afastar, e o sr. Hidalgo sai do quarto com a sra. Sofía, que não tem expressão alguma no rosto esticado. Gostaria de dizer que a ousadia da minha patroa me surpreende, mas, depois de todos esses anos, não sei o que esperar dela. O sr. Juan aponta para a porta.
— Ele está perguntando por você desde que acordou.
Tem um pouco de ciúme em sua voz. *Sério mesmo?* Não acho que ele tenha o direito de sentir ciúme do carinho do pai sen-

do que deixou que ele fosse internado naquela casa de repouso. Juan mostra um sorriso agradável e se afasta com a esposa. Entro e, ao ver o vovô Hidalgo na maca, meu coração se aperta e corro para abraçá-lo.

— Velho teimoso! — As lágrimas escorrem por meu rosto.

O vovô Hidalgo dá tapinhas gentis nas minhas costas.

— Estou bem, estou bem...

Com os lábios trêmulos pelo choro, seguro o rosto dele e beijo sua testa.

— Eu te amo muito, velho teimoso.

Ele coloca a mão sobre as minhas.

Quando me afasto e nos encaramos, fico surpresa ao ver como seus olhos também estão cheios de lágrimas. Ele nunca foi de chorar com facilidade.

— Também te amo muito, filha.

Filha...

Ele parece ler a surpresa em meu rosto.

— O que foi? Você é muito mais importante para mim do que todos aqueles abutres que se dizem meus filhos. Se não fosse por você e por Apolo, eu não sobreviveria à solidão daquele asilo. — Suas mãos acariciam meu rosto. — Obrigado, filha.

— Velhinho... — Minha voz falha.

— Que tal você me chamar de "vovô"? Já que "papai" seria estranho, não seria? Ou isso seria ainda mais estranho? Sei que pode te incomodar, você já é adulta e...

Coloco a mão no peito.

— É uma honra te chamar de "vovô".

Ele sorri para mim, as rugas se tornando mais visíveis. Fico conversando com ele até a hora do último ônibus. O vovô vai voltar para a casa dos Hidalgo enquanto se recupera, e eu não poderia ficar mais feliz. Assim, posso cuidar dele sem me preocupar com a solidão na casa de repouso. Eu me despeço com um abraço forte e saio do quarto.

Sofía Hidalgo está no corredor, sozinha. O sr. Juan não voltou? Ela me encara por um tempo, da cabeça aos pés.

— Você cresceu muito bem, Claudia — comenta ela, a malícia de sua voz não escapa nem por um segundo. — Você deveria usar suas qualidades para alcançar o que deseja e seguir em frente. Quer ser empregada a vida toda?
Um sorriso falso brota em meus lábios.
— Nunca serei uma cobra igual a você, não mesmo, obrigada.
Ela ri.
— Jura? Pensei que você estivesse se jogando no velho Hidalgo faz tempo, pegando o peixe grande e tudo o mais.
Cerro os punhos.
— Você está se projetando em mim, não é? Nem todas são como você.
— Como eu? Ou como sua mãe? — Ela dá um passo em minha direção. — Ou você esqueceu como ela era barata e vendia o corpo em troca de drogas? Sempre me perguntei se ela chegou a vender você também, sabe...?
O tapa que dou na cara dela ecoa no corredor silencioso.
Digo entredentes:
— Você pode dizer o que quiser de mim, mas jamais volte a falar da minha mãe.
— Quem você pensa que é para colocar a mão em mim? — resmunga ela, levantando o braço para revidar, mas agarro o pulso no alto. Solto-a, batendo em sua mão.
— Estou de saída, *patroa*.
Antes de dar meia-volta e sair, registro o olhar de ódio dela. Pego o último ônibus e, durante todo o caminho, fico olhando pela janela. Ainda bem que já cheguei ao ponto de não temer mais aquela mulher. Não sou a mesma garota de cinco anos atrás.

Quando chego à casa dos Hidalgo depois da aula extra de literatura, a lareira está acesa, o que é incomum em pleno verão. Faço o caminho até meu quarto, mas vejo a sra. Hidalgo sentada em frente ao fogo.
— *Ah, boa noite. Não tinha visto a senhora.* — Tento manter *o menor contato possível com ela.*

— Eu estava te esperando — diz ela com um sorriso artificial. — Sente-se. — Ela gesticula para o móvel à sua frente.

Obedeço. Ia perguntar do que ela precisava, mas então reparo no pequeno caderno no colo dela: o meu diário.

— Sabe, não esperava encontrar isso no seu quarto. Só passei lá por curiosidade, mas estava bem em cima da mesa de cabeceira, tão exposto... — Ela balança a cabeça. — Para uma menina de quinze anos, você ainda é bem burrinha.

Engulo com dificuldade.

— Você não deveria pegar os objetos pessoais dos outros.

— Esta casa é minha, posso pegar o que eu quiser. — Abro a boca para responder, mas ela continua: — E você parece se esquecer disso, Claudia. Esta casa é minha. Acolhemos você e sua mãe, apesar de tudo... — Ela faz cara de nojo. — Apesar do que sua mãe fez nas ruas.

— E minha mãe e eu somos muito gratas, senhora.

— É mesmo? Quão grata, Claudia?

A pergunta me dá calafrios.

— Muito.

— Ótimo. Isso quer dizer que está disposta a fazer o que eu disser sem ficar questionando, certo? — pergunta ela, abrindo uma página do meu diário para ler. — "Ártemis pegou na minha mão hoje de novo e achei que meu coração ia explodir. Ele a segurou por um tempão e eu fiquei muito nervosa... pensei que ele fosse perceber o quanto eu estava suando." Ah, Claudia, que fofo.

Baixo a cabeça, envergonhada. Mas ela ainda não terminou. A sra. Sofía vira a página e continua:

— "Ártemis me convidou para ver os fogos de artifício. Disse que tem algo importante para contar. Espero que me peça em namoro. Embora ele seja mais velho que eu, e a mamãe vai ficar brava por isso... não ligo. O que sinto por ele vale a pena. Sei que somos jovens, mas o que sentimos é amor de verdade, como nos filmes."

— Senhora, por favor — imploro.

— Concordo, acho que já foi o bastante. Recebemos você nesta casa e você tem a coragem de colocar os olhos em nosso filho? — A *frieza da voz dela é aterrorizante.* — Escute aqui, Claudia, você vai se afastar de Ártemis, ele vai para a faculdade quando o verão acabar e seguirá os planos que o pai dele e eu temos para ele, e você não vai interferir. Entendido?

— Senhora, o que sinto por ele é verdadeiro, eu...

— Silêncio. — *Ela levanta a mão.* — Se o que sente é verdadeiro, vai querer o melhor para ele, não?

Assinto.

— Sendo assim — *continua ela* —, estamos de acordo. Você não é o melhor para ele, Claudia, e sabe disso. A filha de uma prostituta viciada não está no nível de alguém como Ártemis.

— Acho que isso é algo que ele que deve decidir, não a senhora.

A expressão dela endurece.

— Cuidado com esse tom. Esperava que você fosse fazer isso do jeito mais fácil. — *Ela suspira de um jeito dramático.* — Bem, vamos pelo jeito difícil, então. Já conversei com o meu marido e, se você não cooperar, infelizmente você e sua mãe terão que sair desta casa hoje à noite.

O medo congela o sangue em minhas veias. Não, ir para as ruas com todos aqueles homens procurando minha mãe outra vez, não. Ela está limpa há anos, não posso deixar que volte para esse mundo. E não temos nada lá fora, nem mesmo dinheiro para passar uma noite em um hotel.

A sra. Sofía cruza as pernas.

— Ah, coloquei você numa situação difícil? Você só precisa escolher entre sua mãe e esse amor infantil sobre o qual tanto escreve.

Lógico, escolho minha mãe, um milhão de vezes, e ela sabe disso.

— Está bem, senhora. Eu me afastarei dele como quer. — *Fico de pé, porque conseguia sentir as lágrimas embaçando a visão.* — Vou para o meu quarto.

Choro em silêncio a noite toda, até que as lágrimas se esgotem, até meu peito doer ao respirar fundo.

No dia 4 de julho, tive a melhor noite da minha vida ao lado de Ártemis. Ele me deu algodão-doce, sorvete e um porquinho de pelúcia — que ele comprou, já que a gente não conseguiu ganhá-lo naquelas barracas de jogos.

Na hora dos fogos de artifício, a gente se senta na grama para assistir ao show em silêncio. Olho para Ártemis, o rosto lindo todo iluminado... e não é a beleza dele que faz com que eu o ame tanto, mas quem ele é comigo. Sempre foi tão bom, tão compreensivo, esteve ao meu lado em cada um dos meus pesadelos e dos meus momentos de fraqueza, bateu de frente com as pessoas da escola que me intimidavam por eu ser pobre ou porque descobriram o passado da minha mãe... Ele sempre está comigo, com os olhos calorosos e a paz de seu lindo sorriso. Quero ficar assim por muito tempo, porque sei que, depois dessa noite, tudo acaba.

Volto a olhar o céu, absorta nas cores, quando sinto a mão de Ártemis sobre a minha. Meu coração acelera, mas não as afasto.

Não diga nada, Ártemis, por favor, vamos só ficar assim mais um pouco.

Me viro para ele, mas ele se move tão rápido que mal tenho tempo de entender. Ártemis segura meu rosto e me beija, os lábios suaves pressionando os meus, e juro que estou derretendo aqui mesmo.

Meu primeiro beijo...

Estou tão feliz por ser com ele.

"Você só precisa escolher entre sua mãe e esse amor infantil sobre o qual tanto escreve."

Contra todos os meus instintos e com o coração apertado, empurro Ártemis para longe de mim. Finjo a melhor expressão de indiferença que consigo. Abro a boca para dizer algo, mas não consigo — começaria a chorar se o fizesse. A expressão de dor no rosto dele me magoa muito. Fico olhando quando ele se levanta e dá as costas para mim.

— Ártemis — chamo, a voz falhando, mas ele já está andando para longe.

Sinto muito, Ártemis, muito mesmo.

Quando chego em casa, subo até meu quarto. Minha mãe está dormindo e me sento ao seu lado, observando-a. Ela errou algumas vezes, mas é minha mãe, eu sempre a escolheria.

Olho a mesa de cabeceira e vejo o porquinho de pelúcia que ganhei de Ártemis naquele dia. Pego-o com as duas mãos, o peito apertado de nostalgia e dor.

— Sim, eu *queria* ser sua namorada, Ártemis — digo. — Sim, eu *queria* ficar com você.

18
"É POR CAUSA DELE, NÃO É?"

CLAUDIA

Os dias passam, e mal posso esperar para que o vovô volte para casa. Tê-lo por perto me deixa muito feliz. Posso cuidar dele e também quero que ele tenha mais contato com os netos — embora ele não diga, sei que sente muita falta disso.

O sol do fim da tarde entra pela janela da cozinha, dando um tom alaranjado ao cômodo. Dou uma olhada no quintal, onde os cachorrinhos de Apolo brincam. Eles são tão fofos!

Não voltei a ver Ártemis, acho que ele está chegando tarde e saindo de casa bem cedo. Ele é muito bom em me evitar, ainda bem.

Depois do que aconteceu com Apolo, todos nós precisamos de distância.

Passo a mão pela mesa. Preciso admitir que às vezes minha mente volta àquela noite com Ártemis, neste mesmo lugar. Eu me lembro com muito detalhe dos olhos dele nos meus, a respiração em meus lábios, e do quanto foi bom beijá-lo, sentir a barba por fazer me arranhando, as mãos habilidosas por todo o meu corpo...

Por que você tinha que ferrar com tudo, Ártemis?

O que me deixa mais triste é a traição, isso não é do feitio dele. Com o histórico de sua mãe, nunca achei que ele seria infiel. Fiquei muito decepcionada.

Meu namoro é a única coisa que impede você de ser minha?
Estou solteiro, Claudia.

Quanta mentira!

Escuto alguém pigarrear, interrompendo meus pensamentos. Apolo está apoiado com o ombro no batente da porta, de calça jeans, jaqueta, tênis vermelhos e o cabelo despenteado, como se alguém o tivesse bagunçado de propósito.

— Oi — sussurra ele, os olhos sobre mim.

— Oi — cumprimento, me apoiando na mesa.

Ele desencosta do batente e coloca as mãos nos bolsos.

— Uma hora ou outra vamos precisar falar sobre o que aconteceu, Claudia.

— Apolo...

Ele dá um passo para dentro da cozinha.

— Claudia, eu...

Levanto a mão.

— Não, para.

Apolo ergue as sobrancelhas.

— Não vai me deixar falar? — pergunta ele.

Balanço a cabeça.

— Sei o que você vai dizer e não quero ouvir, porque, quando disser, não vai ter volta, e eu não quero isso.

Ele suspira, como se estivesse se rendendo.

— E então, de quem você gosta?

— Gosto do Apolo, o garoto doce que é como um irmão para mim. — O rosto dele se contorce, confuso. — Você é uma das pessoas mais importantes da minha vida. Não vamos colocar isso em risco, por favor.

— É por causa dele, não é?

Ártemis.

Umedeço os lábios, desconfortável.

— Não.

— Não minta pra mim, Claudia.
Passo os dedos pelo cabelo, sem saber o que dizer. Ele se aproxima rapidamente, me pega pela cintura e segura meu rosto.
— Não sou seu irmão, Claudia.
Ele está tão perto que consigo ver a claridade em seus olhos castanhos e como seus lábios são carnudos. Queria dizer que ele não lembra Ártemis quando tinha a mesma idade, mas estaria mentindo.
Pigarreio.
— Eu sei, mas...
Ele me abraça, e sinto o cheiro que conheço tão bem.
— Mas tudo bem, respeito sua decisão. — Ele beija minha cabeça. — Não vou me impor nem pressionar você. Não sou esse tipo de cara.
Sei disso. Quando ele se afasta, olha em meus olhos.
— Sempre vou estar aqui para o que precisar. — Então beija minha testa e dá um passo para trás.
Dou um sorriso sincero.
— E eu, para você.
Ele se afasta, um passo de cada vez, sem tirar os olhos dos meus, até se virar e ir embora.
Apesar de não parecer agora, sei que ele vai ficar bem. Conheço Apolo, sei que ele acha que tem sentimentos por mim, mas só está confundindo com o carinho que desenvolvemos ao longo dos anos. Como sua mãe nunca ligou para ele, eu sou a primeira figura feminina positiva que ele teve na vida — então talvez acredite que essa sensação de segurança e bem-estar que sente comigo é amor, mas não é. Eu não deveria ter deixado aquele episódio na lavanderia acontecer, mas o que passou, passou e agora preciso fazer escolhas melhores: deixá-lo livre para encontrar alguém que mostre a ele o que é amor de verdade.
Boa sorte, Apolo.
Suspiro e vou para o meu quarto. Minha mãe está sentada perto da janela, segurando uma xícara de chá. O cabelo dela está uma mistura de ruivo e grisalho. Ofereci para pintá-lo, mas ela não quer, disse que vai assumir os fios brancos com orgulho.

— Não vai se arrumar para a faculdade? — pergunta ela.
Não respondo, apenas deito na cama e cubro o rosto com o braço. Minha mãe fica em silêncio por alguns segundos, então pergunta:
— Está cansada, filha?
Sim.
Porém, forço um sorriso e me sento, fingindo estar com energia.
— Nada, só queria fazer drama, mãe.
Ela retribui o sorriso.
— Como foi a apresentação ontem?
Levanto o polegar para ela.
— Espetacular, sua filha é muito inteligente.
Isso parece alegrá-la. Ver minha mãe sorrir me preenche de uma forma muito especial. Sim, por causa dela tive uma infância muito difícil, mas jamais viraria as costas para ela. É muito fácil focar apenas na parte ruim.

Quando olho para ela, não vejo os defeitos, mas sim uma mulher que engravidou de um homem ruim, que a agredia e que a deixou na rua com um bebê nos braços; vejo uma mulher que muitas vezes deixou de comer para me alimentar, que vendeu o corpo para colocar um teto sobre nossa cabeça e que recorreu às drogas para não enfrentar a realidade de ter que se submeter a essa vida todas as noites. Vejo a mulher que na primeira oportunidade mudou de trabalho, que tremeu, chorou e sofreu com a abstinência, mas que não teve uma recaída. E assim que pôde, deu tudo de si para colocar a vida de volta nos eixos e, por isso, sempre terá meu respeito.

É preciso muito mais força de vontade para mudar de vida quando nunca se teve nada de bandeja. Sendo assim, não tenho problema nenhum em ser forte por ela agora.

Me inclino e dou um beijo na testa da minha mãe.
— Vou me arrumar — digo.
— Se cuide, filha. Deus te abençoe.
— Amém, mãe.

***

— Odeio minha vida.

Gin está com a cabeça apoiada na mesa ao mesmo tempo que eu tomo um gole de água. Ela se ajeita na cadeira e me lança um olhar triste.

— Nunca mais vou me apaixonar.

As coisas não deram certo entre Gin e o cara bonito que nos convidou para ir à boate de Ártemis. Pelo jeito, depois de saírem várias vezes, ele começou a se afastar, e dois dias atrás eles tiveram uma conversa e o cara disse que não queria nada sério no momento.

Ela faz um biquinho.

— Fala a verdade, você acha que eu fui muito fácil? Fui para a cama com ele cedo demais?

— Gin.

— Eu sabia, tinha que ter me feito de difícil.

— Gin — repito, séria. — Por que você faz isso? Por que sempre tem que procurar uma forma de colocar a culpa em si mesma? Esse cara é um babaca, você é perfeita. Ele que está perdendo, fim da história.

— É que eu achei que tinha encontrado o homem da minha vida.

— Você disse isso do último cara também.

— Eu sei, eu sei. Mas, Clau... — Ela baixa a voz até virar um sussurro. — Ele é um deus na cama. Foi a melhor transa da minha triste vida.

Reviro os olhos.

— E isso automaticamente faz dele o amor da sua vida?

— É óbvio!

— Amor é mais que sexo, besta.

— Olha quem está falando: Claudia, a especialista em amor. Você é a versão feminina desses caras, usa e joga fora.

— Sou sincera com quem fico. Além disso, não vejo ninguém reclamando.

Ela ergue as sobrancelhas.

— E o Daniel?

— Ele é a exceção. — Não consigo acreditar que Daniel ainda me liga.

— Quero ser como você. Não consigo transar sem ficar emocionalmente envolvida. Eu me apaixono, Clau, me apaixono pra valer.

Encolho os ombros.

— Você não está apaixonada, Gin. Não passou tempo o bastante com o cara pra saber se era amor ou só atração física.

— Podia ser amor à primeira vista.

— No seu caso, foda à primeira vista.

— Muito engraçado. — Ela suspira. — Enfim, acho que vou aceitar dormir com ele de vez em quando.

— Sério, Gin?

— Clau, ele é incrível, juro. Faz um movimento com a cintura enquanto estamos transando que... Nossa, chega bem no meu ponto G.

Faço uma careta.

— Sem detalhes.

O olhar de Gin vai para trás de mim, e ela faz uma cara de surpresa.

— Esse aí não morre tão cedo.

Viro para ver de quem ela está falando, e Daniel vem em nossa direção.

— Ah, não...

— Fico tão curiosa, Clau. O que você fez pra esse cara ficar tão obcecado?

Vislumbres de Daniel, de nossos corpos suados e da variedade de posições naquele quarto de hotel me vêm à mente. *A pergunta, Gin, é o que não fizemos.*

— Tenho que ir.

— Clau, não.

Levanto e corro como se minha vida dependesse disso, deixando Gin sozinha no refeitório da universidade. Ouço Daniel chamar por mim, mas fujo pelos corredores que conheço como a palma da mão.

O que ele está fazendo aqui? Ainda está no ensino médio, não na faculdade. Esse garoto é tão intenso, nossa.

Subo no ônibus de sempre e bocejo. O dia foi longo. Pela janela, observo as lojas, as árvores, e a mente inquieta viaja até o idiota de terno elegante que não vejo há dias. Ele cresceu tanto, amadureceu muito fisicamente. Já não sobrou nada daquele menino com cara de criança que eu conhecia. Fecho os olhos e imagino o rosto de Ártemis perto do meu. Preciso parar de pensar nele, não vale a pena. Acabo dormindo um pouco para sonhar com ele: beijos apaixonados e palavras doces adornam meus sonhos, mas não passam disso — sonhos.

Porque, entre mim e Ártemis, tudo acabou antes de começar.

19

"BOBO É VOCÊ"

CLAUDIA

Na volta da faculdade, dormi no ônibus. Acho que subestimei o cansaço. A culpa é da sra. Hidalgo, que me fez ter retrabalho com umas partes da casa que já estavam brilhando. Deve ser vingança pela forma como a tratei no hospital.
    O motorista me acorda quando chega ao ponto final, na garagem dos ônibus.
    Estou muito ferrada.
    Este é o último ônibus, e estou bem longe de casa. Desço do veículo e o motorista se despede, me deixando sozinha. Penso em dizer que não tenho como voltar para casa, mas ele sai andando; deve morar tão perto daqui que consegue ir a pé.
    Puxo a mochila das costas para pegar a carteira, mas não tenho muito dinheiro — o salário que recebo na casa dos Hidalgo sempre vai para os remédios de minha mãe, os livros da faculdade e as passagens de ônibus. Embora eu seja muito organizada, todas essas despesas não me permitem economizar.
    Mordo o lábio, contando as notas na carteira. Se eu pegar um táxi, vou gastar o dinheiro de passagem da semana. Volto a guardar a carteira na mochila, ao lado dos livros. Parece que vou

ter que me aventurar pelas ruas. Preciso admitir que fico com um pouco de medo, mas tenho um spray de pimenta e aprendi algumas técnicas na aula optativa de defesa pessoal na faculdade.

Coloco um pé para fora da garagem de ônibus e dou uma olhada para os dois lados da rua. Como está deserta! Respiro fundo e começo a caminhar. As luzes laranja dos postes, a escuridão e o vazio da rua lembram aquela noite...

— Olha o cabelo dela! Que nojo!

Alguns adolescentes estão zombando de mim. O que para muitos era um parque, para mim era uma casa. Encostada na cerca, aperto o urso de pelúcia nas mãos.

— Mas ela tem um rosto bonito — comenta um deles. — Pelo menos, debaixo de toda essa sujeira.

Um garoto, com tranças no cabelo, coloca as mãos nos joelhos para se inclinar em minha direção.

— Cadê sua mãe, pirralha?

Mesmo sendo criança, fui criada em um ambiente que me forçou a aprender a me defender.

— Se não me deixarem em paz, eu vou gritar.

O garoto de tranças ri.

— Vai gritar? Grita, então, pirralha fedida. — *Ele estica os braços, apontando para o parque vazio à noite.* — Duvido que alguém vai ouvir.

Meus dedinhos tremem, segurando o ursinho.

— Vem cá, cadê sua mãe? Ela está devendo uma mercadoria e se não tiver dinheiro para pagar... há outras formas de quitarmos a dívida, e ela sabe disso.

Embora eu não entenda o que estão fazendo com minha mãe, sei que não é algo bom, ela sempre chora depois. Não respondo, e um deles agarra meu rosto com tanta força que as unhas cravam na minha pele. Faço uma careta de dor.

— Não tenho a noite toda.

Com toda a força que consigo juntar, fecho o punho e dou um soco entre as pernas dele, como minha mãe havia ensinado. Não foi difícil porque eu sou baixa e o garoto não estava me espe-

rando. Ele geme e cai no chão, e eu saio correndo. Corro o mais rápido que consigo, passo pelos balanços e escorregadores, e sigo por entre as pequenas árvores que cercam o parque. Sem perceber, já estou na rua, e, quando olho para trás, não há ninguém me seguindo. Desacelero o passo, o peito sobe e desce por causa da adrenalina.

O cheiro de comida fresquinha invade meu nariz, e fecho os olhos para respirar fundo.

Ah, não! Eu estou na rua dos restaurantes. Minha mãe sempre diz para eu não vir aqui, ver comida é uma tortura. Mas às vezes venho escondida, achando que o cheiro é o suficiente. Paro em frente a um restaurante com um letreiro esquisito e consigo ver tudo pelas janelas. Quase dá para sentir o gosto da comida: sopas, carne, pães, sucos... Passo a língua nos lábios, com água na boca.

Um senhor muito elegante de terno está na ponta de uma mesa, sorrindo para as pessoas ao redor. Percebo que se trata de uma família: uma senhora está ao lado, com um bebê sentado no colo e um garoto que parece ter minha idade ao outro lado. Em frente a eles, há outro garoto, este um pouco mais velho.

Uma família feliz. Eu me pergunto qual é a sensação de ter um pai.

Sem pensar, pouso a mão no vidro. O garoto que parece ter a mesma idade que eu — mas que, quando se levanta, reparo que é mais baixo — vem em minha direção, sem que a mãe veja, e coloca a mão sobre a minha, através do vidro. Ele tem cabelo preto e lindos olhos azuis.

Dou um sorriso para ele, que retribui.

É difícil resistir à vontade de perguntar se ele dividiria um pouco da comida comigo, só um pouquinho, mas sei que ele não vai conseguir escutar. Então, faço um gesto de comer e passo a mão na barriga. Ele parece entender, mas, antes que pudesse dizer algo, alguém segura a mão dele e o puxa para longe da janela: é a mulher, que lança um olhar frio e tira o filho de perto de mim. Minhas esperanças de fazer uma refeição se vão com ele. De cabeça baixa, suspiro e dou meia-volta para seguir meu caminho.

— Ei! — chama alguém.

Eu olho, com medo de ser aqueles caras que estavam me incomodando.

Mas é o senhor elegante. A família está atrás dele, e, quando um carro preto estaciona, a senhora começa a colocar as crianças para dentro. O garoto de olhos azuis dá um tchauzinho. O filho mais velho fica parado, olhando para mim, provavelmente esperando o pai.

— Ei, oi! — cumprimenta o senhor de um jeito amigável, dando um sorriso caloroso, e se ajoelha diante de mim. — Está com fome?

Olho para ele com cautela; ninguém nunca é tão gentil sem pedir algo em troca — isso é o que minha mãe sempre diz. Mas eu estou com tanta fome... Assinto.

— Está sozinha? — pergunta ele.

Confirmo outra vez com a cabeça.

— Cadê sua mãe?

Desmaiada atrás da área de balanços; alguns arbustos rodeiam a esquina no gramado que virou nossa casa.

— Não vou te fazer mal. — Ele estende a mão para mim. — Meu nome é Juan. E o seu?

Olho a mão dele, mas não a aperto.

— Claudia.

Seu sorriso fica mais largo.

— Que nome lindo. Bem, Claudia, só quero ajudar, está bem? Pode me levar até sua mãe?

Alerta vermelho. Por acaso é um dos homens que procuram minha mãe para deixá-la chorando? Não pode ser, ele não se parece com aqueles caras.

Insegura, olho para o garoto mais velho, parado ali, esperando o pai. Eles pareciam pessoas boas quando estavam jantando, e se o senhor fosse mau, o garoto não o esperaria — pelo menos eu não esperaria. Seguro a mão do senhor para guiá-lo até minha mãe. Quando passamos ao lado do filho mais velho, o senhor diz para ele:

— Ártemis, entre no carro e diga para sua mãe que podem ir para casa. Albert pode ficar comigo, vou pegar um táxi mais tarde.

— Papai...

Eu e o senhor o deixamos para trás sem esperar o carro partir, e percebo que um homem alto, vestido de preto, sai do veículo e vem a alguns passos atrás de nós. Fico tensa, então o senhor aperta minha mão.

— Calma, ele só está aqui para nos proteger, está bem?

Balanço a cabeça. Quando chegamos ao parque, mamãe está acordada e nos olha com cautela.

O senhor diz:

— Vou falar com ela um segundo. Pode fazer companhia para o Albert?

Mamãe assente, então obedeço. Não sei o que eles estão falando ou o que está acontecendo, mas a gente sai de lá e pega um táxi enquanto o homem e Albert vão em outro carro.

— Mamãe, aonde a gente vai?

Ela está com os olhos vermelhos, não consegue parar de chorar desde que conversou com o senhor.

— A gente vai... As coisas vão mudar, filha. — Ela segura meu rosto com ambas as mãos. — Vou mudar por você. Esse senhor vai dar um trabalho decente para a mamãe.

— Vamos ter comida?

Ela assente, sorrindo em meio às lágrimas.

— Muita comida.

— E uma cama?

— Sim, e vamos poder tomar um banho demorado.

Não dá para acreditar. Quando chegamos à casa, fico de boca aberta, admirando. É muito bonita, lembra as casas das revistas que às vezes mamãe e eu usamos como cobertor. Ao entrar, o sr. Juan nos apresenta à família: Sofía, Ártemis, Ares e Apolo. Minha mãe está com a cabeça baixa, grata. Depois de nos mostrarem nosso quarto e se despedirem, minha mãe e eu corremos para o banheiro — não queremos sujar a cama, a primeira que temos em muito tempo.

O sr. Juan nos traz roupas da esposa para mamãe e do filho mais velho, que agora sei que se chama Ártemis, para mim. O short e a camiseta ficam grandes, mas não ligo, estão limpos. Minha mãe está exausta e, sem perceber, adormece. Não a culpo, a gente finalmente tem uma cama, parece um sonho!

Mas eu estou com muita fome e lembro que o sr. Juan disse que podíamos comer o que quiséssemos. Vou para a cozinha, abro a geladeira e mal consigo acreditar em tudo que vejo. Sem pensar, começo a pegar um pouco de tudo: pão, queijo, presunto, marmelada...

— Vai ficar com dor de barriga.

Congelo quando ouço uma voz. Segurando um pão, viro e dou de cara com Ártemis.

— Coma devagar — aconselha ele.

Engulo o pedaço que estava na boca.

— Desculpe, eu...

Ele abre um sorriso amigável.

— Não estou brigando com você, boba, mas precisa ir com mais calma. Se comer tudo de uma vez, vai ficar com dor de barriga.

— Não me chame de boba. — Ele parece surpreso com a resposta, mas continuo: — Bobo é você.

Me arrependo na mesma hora. Mamãe mandou que eu me comportasse, ou eles nos expulsariam.

— Desculpe — digo.

— Tudo bem. — Ele não parece incomodado. — Vou fazer algo para você comer.

Nessa noite, janto de verdade pela primeira vez em muito tempo e durmo em uma cama que não é grama nem jornal, com a barriga cheia de comida, não de ar.

Aquela foi a melhor noite de minha infância.

Quando chego em casa, estou exausta; a caminhada foi mais longa do que eu esperava. E ainda estou nostálgica com a lembrança de quando eu era criança. Abro a porta da frente e me encosto nela. A sala está escura, exceto pela claridade da lareira, e o barulho da madeira queimando e crepitando quebra o silêncio.

Antes mesmo de vê-lo, sei que está aqui.

Meu olhar encontra o de Ártemis. O fogo da lareira reflete em seus olhos. Está de terno, como sempre, porém o paletó repousa no braço do sofá, e a camisa branca está um pouco aberta, revelando parte do peito. A gravata está desamarrada... Será que ele chegou do trabalho há pouco tempo? Mas é quase meia-noite.

Ártemis fica em silêncio, apenas olhando, e não sei por que nunca consigo ver a frieza de que Ares e Apolo tanto reclamam. Só eu consigo vê-lo dessa forma?

Por acaso sou a única que consegue enxergar quem você é por dentro, através de você, Ártemis?

A sensação de que o conheço como a palma da minha mão me invade. Sinto que ele não seria infiel como sua mãe, que há mais por trás da traição à sua noiva. Estou sendo tola por considerar isso? Será que estou em negação? Cinco anos se passaram desde que éramos adolescentes, talvez ele tenha mudado por completo e não seja mais aquele garoto doce por quem me apaixonei anos atrás. Mas então por que tenho a sensação de que ele continua sendo o mesmo comigo?

Ártemis baixa a cabeça e fica de pé. Pega o terno do sofá e me dá as costas, se dirigindo à escada.

— Ártemis. — Sou pega de surpresa pela minha própria voz. O que estou fazendo?

Ele se vira para mim, mas não se aproxima, apenas fica parado. Vou até ele, que analisa cada passo que dou com cuidado, e paro a uma distância segura.

— Diz a verdade, Ártemis. — Observo que ele franze a sobrancelha. — Vou te dar essa chance de ser sincero comigo.

A voz dele está impassível:

— Do que você está falando?

— Você sabe do que estou falando.

Ártemis fica em silêncio, então jogo os braços para cima, exasperada.

— Esquece — digo —, não sei o que eu estava pensando.

Saio andando me achando uma completa idiota por ver coisa onde não tem. Estou prestes a ir para o corredor que leva ao meu quarto quando ele me abraça por trás, me impedindo. Ártemis me aperta contra si, o peito contra minhas costas.

Ele descansa a testa em meu ombro e murmura:

— Não menti nem brinquei com você, Claudia. Nunca brincaria com você.

Fico quieta, porque sei que ele vai explicar tudo por conta própria, só não consegue fazer isso olhando nos meus olhos.

— Sim — continua ele —, eu tinha terminado com Cristina naquela noite da boate. Quando beijei você, não estava comprometido. Você nunca foi minha amante, jamais colocaria você nesta situação.

— Então você voltou com ela?

Ártemis não responde.

— Por que ficou comigo se queria voltar com ela? — pergunto.

— Porque eu não queria voltar com ela. Queria…

Viro de frente para ele, ainda em seus braços, e seguro seu rosto com as duas mãos para obrigá-lo a olhar para mim, o que é uma péssima ideia. Tê-lo assim tão perto é uma tentação.

— O que você queria? — pressiono.

A sinceridade no olhar dele é impressionante.

— Queria ficar com você.

— Não te entendo, Ártemis.

Ele pressiona a testa na minha, a respiração roçando em meus lábios.

— Só quero que saiba que não brinquei com você, essa nunca foi a intenção.

Olho fixamente nos olhos dele e pergunto:

— E agora, o que você quer?

Ele fecha os olhos e morde os lábios, como se estivesse em dúvida. Solto seu rosto e dou um passo para trás.

— Quer ficar com ela — concluo.

Ártemis fica em silêncio e, para mim, quem cala consente. Forço um sorriso.

— Tudo bem, eu entendo — digo, por fim. — Obrigada por me explicar o que aconteceu, assim podemos voltar a ter uma relação civilizada sem que eu queira matar você toda vez que te vejo. — Me despeço com as mãos. — Boa noite, Ártemis.

Deixo-o sozinho na sala, os ombros caídos como se tivesse sido derrotado antes mesmo de a batalha começar.

20

"MÁ IDEIA"

ÁRTEMIS

Não consigo tirar meus olhos dela.

Tentei me distrair, conversar sobre negócios com meu pai e sobre relações públicas com minha mãe, até tentei puxar assunto com Ares, mas é só Claudia chegar para roubar minha atenção completamente. E não gosto disso, essa sensação de fraqueza me incomoda.

Estamos passando o Natal na Grécia, o destino favorito e tradicional de minha família. Claudia e Martha vieram conosco, como sempre, mas agora principalmente porque Claudia está encarregada de cuidar do vovô. Ela fica tão confortável com ele, eles devem ter se aproximado ainda mais nos últimos anos. Nunca conseguimos ter esse tipo de relação; tenho muito respeito por ele, é um exemplo para mim, mas nunca estreitamos os laços.

Todos nós estamos no terraço do hotel, sentados em uma mesa grande. O sol do entardecer ilumina o céu com um tom alaranjado. Minha mãe toma seu vinho favorito; meu pai está ocupado, desenhando gráficos no tablet; Ares e Apolo mexem no celular, estão acompanhando a repercussão de uma foto que tiramos mais cedo e que, pelo jeito, viralizou.

O vovô foi descansar, e Claudia está sentada ao outro lado da mesa, em frente a mim. Ela está com um biquíni vermelho que combina com o cabelo e uma saída de praia quase transparente, que não deixa a desejar. Consigo ver o decote perfeitamente e observo a pele de aspecto tão macio, fantasiando sobre como seria passar a língua do pescoço dela até os seios. Balanço a cabeça e desvio o olhar.
Segura a onda, Ártemis.
Essa mulher ainda vai me matar. Fiquei ainda mais louco por ela depois dos beijos na cozinha, de ter provado o gosto dela, de sentir tudo aquilo... Escutar seus gemidos me fizeram querer mais e mais.
Mas não devia desejar o que não pode ter, Ártemis.
Claudia pega um pedaço de melancia com a mão, leva até a boca e dá uma mordida. Os lábios ficam ligeiramente vermelhos enquanto come a fruta. Quero me levantar, agarrar o pescoço dela e beijá-la aqui mesmo, chupar a boca adoçada pela melancia. Como mencionei, estou tendo problemas sérios de concentração quando ela está por perto.
Claudia parece perceber meu olhar e, quando nossos olhos se encontram, franze a sobrancelha e sussurra para mim:
— O que foi?
Só estou fantasiando mil formas como quero te comer.
— Nada.
Ela está um pouco bronzeada, e as sardas das maçãs do rosto e do nariz ficam em destaque. Claudia lança um olhar desconfiado antes de voltar a comer, então me levanto. Preciso de um pouco de ar fresco antes que minha imaginação me faça ter uma ereção na frente da minha família.
Pego o elevador até o andar em que estamos hospedados, as mãos nos bolsos do short. Algumas funcionárias do resort entram e ficam cochichando e dando risadinhas enquanto lançam alguns olhares para mim. Estou acostumado a chamar a atenção das mulheres, mas não sou o tipo de cara que tem o ego inflado, afinal, ser atraente não me faz melhor nem pior que ninguém.

E embora isso facilite as coisas com as mulheres, não serve de nada se não posso lutar pela atenção da garota que realmente me interessa.

Saio do elevador e vejo meu avô no sofá com um balde de pipoca entre as pernas, vendo um filme. Cumprimento-o com um sorriso antes de ir para o meu quarto. O andar é imenso.

— Ártemis. — A voz do vovô faz com que eu pare e vire.

— Sim? Precisa de algo?

Sem olhar para mim, ele diz:

— Covardia não é um traço que combine com os Hidalgo.

A confusão invade meu rosto.

— Do que o senhor está falando?

Vovô suspira.

— Cada coisa tem seu tempo, mas espero que não seja tarde demais quando você puder fazer isso.

— Fazer o quê?

Ele lança um olhar para mim e sorri.

— Lutar pelo que quer. — Faz uma pausa. — Ou por quem quer.

Abro a boca para falar alguma coisa, mas vovô levanta a mão e diz:

— Shhh, essa é a melhor parte do filme! Depois conversamos.

Vou para o quarto e caio de costas na cama, fechando os olhos. Em minha mente passam imagens de Claudia com aquele biquíni lindo, o corpo curvilíneo, o sorriso para as piadas de Ares, a falsa irritação no rosto quando vovô não presta atenção no que ela diz, a forma como comprime os lábios quando quer dizer algo que não deve, o hábito de passar a mão na boca antes de contar uma mentira ou quando está nervosa...

Como posso tirar você da cabeça quando está em todo lugar, Claudia?

Quero muito deixá-la em paz, não quero complicar a vida dela nem magoá-la de novo, mas como fazer isso se todo o meu ser está atraído por ela com uma força que não consigo controlar?

A verdade é que a pressão para não decepcionar meu pai tem raízes profundas. Ele nem sempre foi frio e calculista como hoje em dia; era um ótimo pai até ser traído. Meu pai ergueu a empresa com muito trabalho, e embora eu quase não o visse na infância, ele sempre fazia de tudo para ficar com a gente. Ainda me lembro muito bem da noite seguinte em que ele descobriu a traição — o estrago que minha mãe causou nele ficou estampado nos olhos vermelhos e na pilha de copos de uísque quebrados no chão do escritório.

— Pai — *chamo, pisando com cuidado para não cortar os pés nos cacos de vidro.*

Meu pai está sentado atrás da mesa.

— Saia daqui, Ártemis.

Eu sou um adolescente cheio de raiva e dor. Nesse momento, preciso de meu pai.

— *Não vou deixar você sozinho* — digo.

Ele se coloca de pé e levanta uma das mãos.

— *Seu pai é um desastre, um fracasso como marido!*

— *Não é verdade.*

Ele começa a rir como se a única outra opção fosse chorar.

— *Criei um império milionário, mas pelo jeito não consigo manter um casamento.*

— *Não é culpa sua, pai, é dela! Ela é uma...*

— *Olha a boca! Ela continua sendo sua mãe, Ártemis. O que quer que aconteça entre mim e ela não vai mudar isso.*

— *Você não precisa ficar com a mamãe. A gente entende se não quiser ficar com ela.*

Meu pai contrai os lábios, os olhos ficam mais vermelhos.

— *Eu a amo, filho.* — *Duas lágrimas escorrem, e ele limpa com rapidez.* — *Não quero ficar sozinho.*

— *Você tem a nós.*

— *Vocês vão crescer, seguir a própria vida e me deixar para trás. Vou acabar em um asilo.*

— *Eu não vou deixar isso acontecer.* — *Dou um passo à frente.* — *Nunca vou te deixar sozinho, pai. Prometo.*

— Você é só um adolescente, não sabe o que está dizendo.
— Sei muito bem. Sempre ficarei ao seu lado para o que precisar. Em casa ou na empresa. Prometo, tá bem?
Ele dá um sorriso triste.
— Tá bem.
Adormeço com a lembrança da promessa na cabeça. Quando acordo, já são mais de dez horas da noite.
Tomo um banho e ligo para Alex, que telefonou a tarde toda. Quer me contar alguma coisa que aconteceu com sua família paterna. Alex continua falando sem parar, e me limito a dar respostas curtas. Sei que ele precisa desabafar e lhe dou essa escuta.
Vou para o térreo e passo pelas portas de correr até a área da piscina. À primeira vista, o lugar parece vazio, até que percebo uma pessoa sentada na borda com os pés na água — Claudia. Alex continua falando ao outro lado da linha, mas estou focado na ruiva que invadiu minha mente desde que era apenas uma criança respondona.
Claudia está usando um vestido florido muito simples, vermelho, combinando com o cabelo, que está preso em um coque alto. Fios rebeldes escapam, contrastando com a pele branca, bronzeada pelos dias na praia. Ela parece distraída, movendo os pés para a frente e para trás na água. *No que você está pensando, boba?* Eu me lembro do quanto, desde novinha, ela fica irritada quando eu a chamo de boba.
Quando desligo, deixo o celular em uma cadeira e vou até Claudia. Paro, e ela se vira para mim. Percebo que fica meio tensa, então ofereço um sorriso amigável e digo:
— Oi.
Ela volta a olhar para a água.
— Oi — cumprimenta ela.
— Você se importa se eu te fizer companhia?
— Não.
Eu me sento ao lado dela, mas deixo um espaço entre a gente. Sei que ainda há tensão entre nós, ainda mais depois daquela noite, quando contei que não havia mentido sobre estar solteiro,

mas aconteceu o que eu temia — fiz a maior confusão porque não consegui explicar o verdadeiro motivo.

A água iluminada pelas luzes internas da piscina reflete em seus olhos, dando a eles um brilho bonito. Faz com que eu me lembre daquele 4 de julho, quando os fogos de artifício refletiam em seus olhos da mesma maneira. Parte de mim sempre quis perguntar a ela o motivo da rejeição; achei que gostasse de mim tanto quanto eu gostava dela, mas parece que interpretei tudo errado. Embora eu queira, sei que nunca perguntarei isso, porque não quero ouvir que ela não sentia o mesmo que eu.

Preciso quebrar o silêncio.

— Continua sendo boa em segurar a respiração debaixo d'água?

Claudia faz um beicinho com o lábio que não consigo decifrar. Seria incômodo?

— Continuo sendo melhor que você.

Ergo a sobrancelha.

— Eu melhorei muito.

— Você tem pulmões fracos — comenta ela.

— Uau, você tá pegando pesado.

— Você merece.

Balanço a cabeça e digo:

— Tem razão. Mas, falando sério, eu melhorei bastante.

Ela solta uma risadinha provocante.

— Que foi? Não acredita? — pergunto.

Claudia olha para mim e cruza os braços.

— Prove — desafia ela.

— Como assim?

Ela inclina a cabeça para o lado, indicando a piscina.

— Agora? — pergunto.

— Que foi? Está com medo de perder de novo?

— Beleza, então.

Tiro a camisa, e Claudia desvia o olhar, vermelha. Um sorriso presunçoso surge em meus lábios. Mesmo que ela não admita, sei que está atraída por mim. Entro na piscina, e a água bate na cintura, porque estamos na parte rasa. Claudia olha com malícia.

— Você tem que cruzar a piscina duas vezes debaixo da água, sem subir pra respirar.

— O quê?

— Não consegue? Já fiz isso várias vezes desde que chegamos aqui.

A piscina é bem grande, mas acho que consigo.

— E o que eu ganho se conseguir?

— Talvez eu volte a te ver como um ser humano.

— Aiii.

Ela sorri para mim e, com as mãos na borda da piscina, se inclina em minha direção.

— Boa sorte, Iceberg.

— Obrigado, boba.

Claudia me fuzila com o olhar e diz:

— Bobo é você.

Sorrindo com a resposta típica, vou para a ponta da piscina para realizar o desafio. Dou uma última olhada nela, afundo e começo a nadar o mais rápido possível.

Consigo cruzar a piscina uma vez.

Na volta, meus pulmões começam a queimar, sem fôlego, mas não vou me dar por vencido, falta pouco.

Quando alcanço a meta, tiro a cabeça da água, ofegante. Procuro Claudia com o olhar e a vejo andando até a saída.

— Ei! Claudia! — chamo.

Ela se vira para mim e mostra o dedo. Isso não vai ficar assim. Saio da piscina depressa e corro para alcançá-la. Ela já passou das portas de correr e está no saguão do hotel, indo em direção ao elevador.

— O senhor está molhado, deveri... — Um dos funcionários do hotel fala comigo, mas não escuto nem paro de andar até pegar no braço de Claudia.

Ela parece surpresa ao me ver, então aproveito para me inclinar, levantá-la e carregá-la no ombro. As pessoas olham para mim e cochicham, mas ignoro e volto com Claudia para a área da piscina.

— Ártemis Hidalgo! Me solte agora!

Coloco-a no chão quando estamos na borda da piscina.

— Você me desafia, me deixa sozinho quando perde e mostra o dedo?

Ela cruza os braços.

— Não achei que você conseguiria.

— Mas consegui, então agora admite que não tenho mais pulmões fracos.

— Não.

Meu Deus, como Claudia é teimosa! Ela traz à tona meu lado infantil com tanta facilidade...

Agarro a roupa dela, torcendo-a ao redor do peito, e a giro até que ela esteja ligeiramente pendurada na borda da piscina.

— Admite.

— Não — insiste ela.

Quando faço menção de soltá-la, Claudia agarra meu pulso e grita.

— Última chance, Claudia.

Ela mostra a língua.

— Não tenho medo de água, não sou feita de açúcar.

Então a solto, deixando-a cair de costas na piscina. Quando ela aparece na superfície, o coque se desfez, e ela tira o cabelo do rosto.

— Você é um idiota.

— E você não sabe perder.

Ela me encara sem intenção alguma de sair da água ou de admitir que ganhei.

Não entre na água, Ártemis. Tê-la tão perto e molhada é muita tentação.

Ignorando a razão, pulo na piscina, espirrando água nela e a fazendo ir para trás. Como sou mais alto que Claudia, a água vai até a altura da minha barriga, enquanto bate no peito dela. Passeio o olhar pela pele de seu pescoço, repleta de gotas de água, por seu corpo submerso, o vestido flutuando ao redor, enquanto ela tenta cobrir as pernas. Má ideia.

— Não olhe para mim, seu pervertido — repreende ela, segurando o vestido.

Por cavalheirismo, obedeço, encarando o rosto dela. Claudia morde o lábio inferior, e não consigo controlar meus pensamentos de novo.

Preciso de distração.

— Por que você é uma perdedora tão ruim? — implico.

— Porque não gosto de te dar a satisfação de ganhar.

— Mas eu já ganhei.

— Não até que eu admita.

Estreito os olhos.

— Pelo jeito você continua sendo teimosa.

— E você continua sedento por vitória.

Como não vou chegar a lugar algum com a conversa, mudo de assunto.

— Olha, apesar das reformas, a piscina continua sendo a mesma. Eu te ensinei a nadar aqui, lembra?

Ela levanta a sobrancelha.

— Ensinou? Eu aprendi sozinha.

— Preciso te lembrar de como você se agarrou em mim na primeira vez que fomos na parte mais funda? Suas unhas ficaram marcadas no meu pescoço.

Claudia dá de ombros.

— Não sei do que você está falando.

Abro um sorriso vitorioso.

— Sabe, sim.

— Eu só me lembro de você correndo e gritando na piscina quando apareceu uma abelha de repente — diz ela, dando uma risada alta.

— Sou alérgico! Tenho o direito de ficar assustado.

— Socorro! — imita ela, se lembrando daquele dia. — Vou morrer! — Continua rindo. — A abelha já tinha ido embora e você continuava correndo.

Não consigo segurar a risada. Agora que lembro, foi meio engraçado mesmo. Paramos de rir e ficamos nos encarando. A tensão entre nós se intensifica.
Você sente o mesmo que eu, Claudia?
Dou um passo na direção dela, que se afasta e pigarreia.
— Preciso ir — diz ela.
Mas eu não paro. Apertando minhas mãos para conter o desejo de tocá-la, continuo avançando. Ela se afasta até que as costas batem na parede da piscina.
— Ártemis.
Ignoro e continuo a encurralando. Ela solta o vestido para colocar as mãos em meu peito.
— Ártemis.
Congelo. Meus olhos descem até seu corpo, o vestido flutuando, revelando as pernas e a calcinha, e mordo o lábio, a respiração de Claudia tão ofegante quanto a minha, o peito subindo e descendo. Levanto a mão e levo o polegar aos lábios entreabertos, acariciando-os.
Claudia engole em seco, mas afasta minha mão.
— Preciso ir. — Ela tenta fugir de mim, mas antes que consiga se afastar, seguro sua mão e a obrigo a me encarar.
— Sei que você sente o mesmo que eu — digo.
Ela tira a mão da minha.
— Eu não disse o contrário. — Dá um sorriso triste. — Não sou eu quem precisa tomar essa decisão, Ártemis. Sei o que sinto, mas também sei o meu valor, e não vou me rebaixar a ser sua amante enquanto você descobre o que realmente quer.
Depois disso, ela vai embora, e eu não faço nada para impedir, porque sei que ela tem razão. Eu sou o covarde aqui, sou eu quem não se atreve a lutar pelo que quer. Eu me lembro das palavras de meu avô: "Covardia não é um traço que combine com os Hidalgo."
É, vovô... acho que não sou um Hidalgo, no fim das contas.

21
"ELA TEM VOCÊ NA PALMA DA MÃO"

Três meses depois

ÁRTEMIS

— De nada — diz Alex, triunfante.
Ele joga uma pequena pilha de pastas na mesa. Está com uma expressão de que ganhou o prêmio de melhor amigo do ano. Curioso, abro a primeira pasta e vejo o currículo de uma estudante.
— O que é isso? Você quer que eu acompanhe um processo seletivo? Sério?
Alex aponta o dedo para mim.
— Ah, pode acreditar, meu amigo, você vai querer acompanhar de perto.
Analiso o currículo da garota, que está no último ano da faculdade. Franzo as sobrancelhas.
— Estagiários? Você quer que eu esteja envolvido no processo seletivo de estagiários?
Alex se joga na cadeira do outro lado da mesa.
— Sim.

Fecho a pasta e empurro todas para ele.
— Não tenho tempo, o RH cuida disso, Alex.
Ele bufa.
— Você não consegue pegar as pistas, hein? — Ele parece frustrado. — Dá uma olhada nos currículos.

Relutante, faço o que ele diz, porque vejo que Alex quer chegar a algum lugar com isso. Congelo quando pego o currículo da pessoa que menos espero — Claudia. Olho para a pequena foto no canto da página como um idiota, lendo as qualificações e todas as informações. Ela se candidatou para a vaga de estágio? Estou lisonjeado, mas muito confuso. Por que não disse nada?

— Estou esperando um agradecimento. Se não fosse por mim, você nunca saberia. Do jeito que você é, ela teria feito estágio aqui e você nem tomaria conhecimento disso, já que nunca vai até esse departamento.

— Ela passou, então?

Alex sorri.

— Lógico. Olha as qualificações e o desempenho dela. Foi a primeira a ser selecionada.

E, então, caio na real. Ela não disse nada porque queria conseguir por mérito próprio e talvez achasse que poderia trabalhar aqui sem que eu soubesse, o que de fato aconteceria se Alex não tivesse me contado.

— Estou surpreso com a sua capacidade de meter o nariz em todos os departamentos da empresa.

Ele dá uma piscadinha.

— É um talento, eu sei.

— Qual é o departamento dela?

Alex ergue a sobrancelha.

— Para você ir até lá ficar olhando pra Claudia com cara de besta?

Lanço um olhar frio.

— Não.

— Em primeiro lugar, ainda não ouvi um "Obrigado, Alex, você é o melhor amigo do mundo, não sei o que seria de mim

sem você. Ah, na verdade, sei, sim, eu continuaria sendo um maldito cubo de gelo que nem mesmo o sol consegue derreter".
Cubo de gelo... Iceberg...
Um sorriso bobo toma meus lábios, e Alex suspira de forma dramática.
— Ah, ele sorriu, senhoras e senhores!
— Alex.
— Não vou dizer em qual setor ela vai trabalhar.
— Como se eu não pudesse descobrir por conta própria.
Alex lança um sorriso malicioso.
— É aí que você se engana, eu te conheço. Por que o diretor da empresa se daria ao trabalho de perguntar sobre os estagiários deste ano, sendo que ele nunca fez isso? O súbito interesse vai criar desconfiança, e vão ficar de olho na pobre garota antes mesmo do primeiro dia dela.
— Hoje você está a fim de me julgar, não é?
— Sempre. E acho que ela não te contou nada exatamente por isso, não quer receber tratamento especial na empresa e sabe que é o que você faria.
— Eu não...
— Ártemis, admite que você já pensou em mil formas de deixar as coisas mais fáceis e agradáveis para ela na empresa só nesse meio-tempo.
É... ele tem razão. Não consigo evitar, queria dar a Claudia seu primeiro escritório, para que pudesse organizar e decorar como quisesse, com equipamentos de alta tecnologia para trabalhar com as melhores ferramentas. Queria ver o sorriso e a emoção nos olhos dela ao se sentar à mesa. Mas sei que os estagiários não ganham um escritório, apenas uma cadeira em uma mesa compartilhada com outras pessoas. Passo a mão no rosto.
— Admito que pensei em tudo. Mas respeito ela, Alex. Claudia quer começar do zero e conquistar seu lugar com o próprio trabalho. Intervir seria desrespeitar a inteligência e as habilidades dela.
Alex escancara a boca de forma dramática.

— Caramba. Ela tem você na palma da mão.
— E você tem muito tempo livre.
— Ah, qual é! É sexta-feira. — Ele move as sobrancelhas para cima e para baixo. — Você não quer um uísque? Deveríamos ir para sua boate, me apaixonei pelo salão das velas.
— Lembrar que você quase beijou a Claudia naquela noite não é a melhor jogada, Alex.
— Ah, supera. Como eu ia saber que era ela? Agradeça por eu ter ligado os pontos antes que as coisas avançassem. Além do mais, foi por causa de mim que você pôde ir até lá encontrá-la, e também não agradeceu por aquilo. Sou bem desvalorizado nessa amizade.
— Ah, e o que eu deveria dizer? "Obrigado, Alex, por não enfiar a língua na garganta da minha garota"?
Sai sem querer e fecho a boca na hora, porque sei a gafe que acabei de cometer: *minha garota*. Ela não é nada minha. Alex dá um sorriso enorme.
— Sua garota, é?
— Você não ouviu nada.
Mas, lógico, Alex não deixa passar.
— Todo mundo desta empresa, e por onde quer que você passe, tem medo de você com essa aura fria e séria. Se soubessem como é um coração mole por dentro, como um...
— Não fale.
— Abacate.
— Para de bobeira, Alex, e vai trabalhar. Não pago você pra isso.
— É sexta-feira e são... — Ele olha o relógio. — Cinco da tarde. O trabalho terminou às quatro, então você deveria afrouxar essa gravata e ir comigo até a boate.
— Me afogar em uísque não é prioridade agora. Surpreendente, eu sei. — Aperto a ponte do nariz. — Projeto novo, muitas coisas para assinar e decidir...
Alex confere o celular.
— Nossa, de acordo com o Instagram, sua noiva está curtindo muito em... Barcelona? Achei que ela tinha ido pra Roma.

— Ela está viajando a Europa toda este mês.
— Quando vocês se viram pela última vez?
Dou de ombros.
— Sei lá. Há uns dois meses?
— Parece que você não se importa.
— Eu ando ocupado, só isso.
Alex coloca a mão no queixo, analisando a situação.
— Como você consegue ficar tanto tempo sem transar?
— Como você consegue ficar fazendo perguntas como essa?
Alex dá uma piscadinha.
— Pode reclamar, mas você não vive sem mim.
Finjo um sorriso.
— Ah, que sonho!
Alex mostra o dedo do meio.
E isso me lembra daquele dia, três meses atrás, quando Claudia mostrou o dedo depois do desafio na piscina. Pensando em tudo que ela disse, decidi ficar afastado, como deve ser. A verdade é que ela está absolutamente certa — não tenho direito de seduzi-la ou de me aproximar sem ter certeza sobre o amanhã. E mesmo que meu relacionamento com Cristina seja de fachada é oficial, e não tenho o direito de colocá-la em uma situação desconfortável.
— Você não acha que a Cristina tira fotos demais com esse cara?
Alex mostra uma foto dela ao lado de um barbudo alto com óculos de sol. Ela está postando várias fotos com ele durante a viagem.
— Fico feliz por ela estar se divertindo. Cristina precisava de um descanso do trabalho.
Alex levanta as sobrancelhas.
— Ártemis.
— Hum?
— Pode me dizer o que eu perdi? — pergunta ele. — Sua noiva está se divertindo com um cara pela Europa e você nem pisca.

Suspiro.

— Você sabe que não sou ciumento.

— Aham, sei — debocha Alex. — Não é ciumento, mas deu um soco no irmão mais novo e por pouco não me bateu também quando soube que eu quase fiquei com a Claudia. Isso não faz sentido, amigo.

— É complicado...

— Está bem, deixa eu entender. — Alex está sendo um pé no saco hoje. — Você não se importa que sua noiva provavelmente esteja te traindo neste exato momento, mas fica uma fera quando alguém respira perto da Claudia. Conclusão... você está apaixonado pela Claudia e não sente nada pela sua noiva.

Bufo.

— Apaixonado. Pelo amor de Deus, Alex!

— O que eu não entendo é por que você está com a Cristina se é óbvio que quer ficar com a Claudia. Caramba, parece até novela das nove.

— Você precisa de uma namorada, só assim vai parar de tomar conta da minha vida.

— Que nada — diz ele, o sorriso desaparecendo. — Não quero nada sério por um bom tempo.

— Alex...

— Não me olha assim — avisa ele.

— Já se passaram meses, você precisa superar.

— Ainda não, ela... — Ele umedece o lábio e a voz se torna apenas um sussurro. — Destruiu uma parte de mim que não sei se consigo reerguer.

— Ela te *deixou*, não *destruiu*. Não dê tanto poder a ela.

Alex fica de pé.

— Bem, se você queria que eu desse o fora, conseguiu.

— Alex, espera, eu não quis...

Ele sorri.

— Vou para a boate encher a cara e dar uns beijos no salão das velas. Com certeza é uma excelente ideia!

Estreito os olhos.

— Não foi ideia minha — argumento.
— Ah, verdade, foi minha. Ops!
Ele se vira e vai até a porta.
— Não arruma confusão lá — advirto.
Alex se despede com um aceno.
— Vou me comportar, velhote.

Depois que ele sai, leio o currículo e as cartas de recomendação de Claudia, e meu peito se enche de orgulho. Além de tudo o que faz no dia a dia, as notas dela são impressionantes e o trabalho da faculdade que mostrou como portfólio é impecável.

Você consegue tudo o que quer, não é, boba?

Admiro Claudia. Ela, que nunca teve nada, não desistiu, mesmo a vida não tendo sido cor-de-rosa. De certa forma, ela merece muito mais respeito e reconhecimento do que eu, que recebi tudo de mão beijada. Nem mesmo na faculdade precisei de esforço para me formar com louvor, aprendi tudo com facilidade, então não posso afirmar que batalhei pelo diploma. E meu pai me deu o cargo de diretor da empresa, colocando nas minhas mãos a responsabilidade sobre inúmeros funcionários. Não precisei começar de baixo, apenas ganhei o cargo.

De alguma forma, isso tudo estagnou minha vida profissional. Como o cargo é o mais alto do plano de carreira, não tenho mais para onde subir ou o que conquistar. Se eu tivesse começado do zero, cada promoção teria sido uma vitória, um passo para chegar onde estou. Pode parecer ingratidão, mas às vezes fico imaginando como teria sido. Passar por cada departamento, aprender com os demais funcionários da empresa e me relacionar com eles até virar o líder.

Passo o dedo pela pequena foto de Claudia.

— Você tem meu respeito.

Embora ainda ame cantar, ela já sabia que queria cursar Publicidade quando terminou o ensino médio. No entanto, muito antes já demonstrava talento para a coisa. Eu me lembro de uma tarde de verão, quando ainda éramos crianças, e a escola organizou uma feira de limonadas a fim de arrecadar fundos

para uma instituição, mas a nossa barraca não estava vendendo nada.
— *Vamos ver* — *diz ela.*
Claudia pega nossa placa, risca "US$1" e escreve "agora só US$0,99 e ganhe um adesivo".
Fico incrédulo.
— *Que isso?* — *pergunto.*
Ela sorri.
— *Tenho várias folhas de adesivo que ganhei, então melhorei nossa oferta. Todo mundo adora adesivo!*
Reviro os olhos.
— *Não vamos vender nada.*
Nós vendemos tudo.
Acho que algumas pessoas nascem para certas profissões.
Ao pensar isso me lembro da noite em que Ares implorou para meu pai deixá-lo estudar Medicina. Fiquei mal por meu irmão, mas não dá para enfrentar meu pai. Às vezes, sinto que consigo ir contra ele, mas depois percebo que não quero aborrecê-lo, decepcioná-lo ou lhe causar qualquer tipo de dor. Para ser sincero, não entendo essa parte de mim que é tão leal ao meu pai. Não sei se está relacionada à promessa que fiz ou se é porque nunca mais quero vê-lo tão magoado. A dor, a submissão no olhar, as lágrimas nos olhos vermelhos — essa imagem está marcada em minha mente. Mas também não quero ajudar a ser responsável pela dor de Ares. É como se a vida gostasse de me colocar numa encruzilhada e me obrigar a escolher entre as pessoas mais importantes para mim.

22

"NÃO ESTOU FALANDO COM VOCÊ"

ÁRTEMIS

Saio da empresa e vou até meu carro no estacionamento, passando a mão na nuca.
— Sr. Hidalgo!
Dou meia-volta e vejo um senhor de cabelo grisalho e roupas levemente amarrotadas.
— Sinto muito incomodá-lo desse jeito — começa ele —, sei que o senhor está cansado e quer ir para casa.
— Desculpe, mas quem é você?
Ele mostra o crachá.
— Richard Pérez, trabalho no departamento de limpeza. Ou melhor, trabalhava.
— Em que posso ajudar, sr. Pérez?
— Sei que o senhor é um homem ocupado e não lida com problemas menores, mas fui demitido hoje. — Percebo o quanto seus olhos estão inchados e vermelhos. — Veja bem, tenho quatro filhas para alimentar, trabalhei a vida inteira aqui e talvez seja abuso de minha parte... mas o senhor poderia me ajudar?
— Qual foi o motivo da demissão?
Ele baixa a cabeça.

— Já estou velho, acho que não faço um trabalho tão eficiente quanto antes, mas sempre deixo tudo brilhando, senhor, eu juro, mesmo que demore mais que um funcionário jovem.

Vou até ele.

— Há quanto tempo o senhor trabalha conosco?

— Quinze anos, senhor.

— Posso te chamar de Richard? — Ele assente. — Quais foram seus cargos durante esses anos, Richard?

— Só fui faxineiro, senhor... Não terminei a escola.

— Pode me acompanhar, Richard.

Vamos ao meu escritório, e ele se senta em frente à minha mesa com a cabeça baixa, apertando as mãos no colo.

Sasha, a gerente de recursos humanos, chega alguns minutos depois. Ainda bem que ela está fazendo hora extra. Sasha entra com um sorriso largo, que murcha quando vê Richard.

— Boa tarde.

Richard se levanta.

— Boa tarde, senhora.

— Sasha, o Richard comentou que sua demissão não parece ter justificativa e, ainda assim, foi demitido sem indenização.

Sasha coloca as mãos às costas, nervosa.

— O sr. Pérez tem tido problemas para cumprir as funções.

— Ele deixou de cumprir alguma tarefa?

— Cumpriu todas, mas não no tempo necessário.

— Entendo. O sr. Pérez trabalhou nessa empresa por quinze anos e tem quatro filhas para criar. Você sabia disso?

— Sim, senhor, eu estava ciente.

— É assim que agradecemos a lealdade de anos de serviço?

— Senhor, acho que deveríamos conversar em particular — diz ela, lançando um olhar para Richard.

— Não, ele tem direito de estar aqui. Ele está nesta empresa há mais tempo que você e só porque envelheceu devemos considerá-lo descartável?

— Senhor, não é isso, só estava tentando... melhorar a qualidade da equipe de limpeza.

Richard intervém:
— Senhor, não quero causar problemas.
— Não, Richard, não se preocupe. Na verdade, agradeço por ter exposto algo que não era de meu conhecimento. — Olho para Sasha, que está visivelmente suando. — Sasha, quem é o gerente da equipe de limpeza?
— O sr. Andrade.
— E o sr. Andrade está na empresa há quantos anos?
— Um ano, senhor.
— Está dizendo que Richard, que trabalhou para a empresa por quinze anos, não foi considerado para o cargo de gerência, uma posição que teria menos trabalho braçal e que com certeza desempenharia muito bem? Ele tem experiência, conhece a empresa como ninguém, e, ainda assim, foi demitido.
— Senhor, o Richard nem sequer terminou o ensino fundamental.
— E daí? Ele é habilitado para a função.
— Essa decisão foi tomada considerando muitos fatores, senhor.
— Não estou vendo os fatores, só estou vendo um funcionário competente que não subiu de cargo quando mereceu, e sim foi demitido. — Levanto as duas pastas que pedi. — O relatório do sr. Andrade está cheio de reclamações e erros em um ano de empresa, mas o relatório do Richard está impecável. Quinze anos, Sasha, sem uma reclamação sequer. Explique como você promove alguém que não merece.
— O sr. Andrade é jovem.
Dou um sorriso sarcástico.
— Cuidado com as palavras, elas podem ser perigosamente discriminatórias.
Sasha fica alarmada.
— Não, senhor, eu nunca...
— Vou explicar como vamos resolver a situação, porque é sexta-feira e sei que todos queremos ir para casa. — Dou a volta na mesa e paro em frente a Richard. — Em nome da empresa,

peço desculpas, Richard. Quero que saiba que valorizo seu esforço e seu trabalho.
Os olhos do sr. Pérez se enchem de lágrimas.
— O senhor não precisa...
Coloco as mãos sobre seus ombros.
— Sua lealdade e dedicação não passarão despercebidas, e quero que seja o gerente da equipe de limpeza. Acha que consegue desempenhar o cargo?
Ele limpa as lágrimas depressa, envergonhado.
— Sim, senhor.
— Bem, Sasha...
Viro para a funcionária, que baixa a cabeça.
— Desculpe, sr. Pérez — diz ela —, não quis desrespeitá-lo de maneira alguma.
— Não se preocupe — responde Richard. — Você só estava fazendo seu trabalho.
Dispenso Richard e fico a sós com Sasha.
— Que seja a última vez, Sasha. — Minha voz está impassível. — Não deixe que seu cargo, por ser alto, te impeça de enxergar a importância daqueles que estão abaixo de você.
— Sim, senhor.

É a primeira vez em muito tempo que chego em casa e o dia ainda está claro. Logo, não fico surpreso ao encontrar a sala cheia de vida, em vez de vazia e escura. Claudia e Apolo estão sentados no grande sofá em frente à televisão. Ao ver Claudia gargalhando de alguma coisa que Apolo disse e jogando pipoca nele de brincadeira, aperto a maçaneta da porta com força. Ela fica tão confortável com ele... Quero erguer uma parede entre eles, e as palavras estúpidas de Alex reverberam em minha mente: *Você não se importa que sua noiva provavelmente esteja te traindo neste exato momento, mas fica uma fera quando alguém respira perto da Claudia.*

Bato a porta de propósito para chamar a atenção. O sorriso murcha no rosto de Claudia, que pigarreia e volta a assistir ao filme. Apolo faz o mesmo, mas sussurra algo para a ruiva, e o rosto dela se ilumina de novo, achando graça.

Estão de segredinho. Parecem crianças!

— Claudia, você pode fazer algo pra eu comer, por favor?

Apolo se vira para mim e diz:

— Estamos vendo um filme, não seja estraga-prazeres.

Claudia me olha, e a frieza no olhar dela é de tirar o fôlego.

— A comida está na mesa. Pode esquentar no micro-ondas. Ou não sabe usar o aparelho, senhor?

Meu irmão comprime os lábios para não deixar uma risada escapar. Eu me aproximo um pouco mais do sofá.

— Quero uma salada de frutas fresca e recém-cortada — respondo.

Apolo bufa.

— Não seja irritante, Ártemis, deixe ela...

— Não estou falando com você.

Claudia se levanta.

— Tudo bem, Apolo — diz ela. — Pause o filme. Já, já eu volto.

Apolo lança um olhar de poucos amigos, mas ignoro e sigo Claudia até a cozinha. Sei que estou sendo babaca, mas meu estômago revira de vê-los juntos, e sinto vontade de separá-los. Será que nesses três últimos meses aconteceram mais coisas entre os dois? O peito se aperta só de imaginá-la nos braços de Apolo, beijando-o ou, pior, fazendo amor com ele. *Não, não, Ártemis, não pense nisso.*

Claudia corta as frutas de maneira ágil, e é impossível não me lembrar daquela manhã, depois da noite em que ela me deixou tocá-la, de como me diverti implicando enquanto ela preparava uma salada de frutas. Naquele dia, estava atrás dela, minha respiração em sua nuca. Peguei em sua cintura e em seguida segurei as mãos dela sobre a mesa. *Como você consegue ficar tão sexy fazendo algo tão simples?*

Ela está usando um vestido confortável que mal chega aos joelhos, parece um pijama. O cabelo está solto e bagunçado;

cresceu bastante, está quase na cintura. *Que saudade.* Quero dizer isso, mas as palavras ficam presas na garganta.

Claudia termina de preparar a salada de frutas e me serve, depois lava as mãos e sai da cozinha sem olhar para mim. Pelo visto estamos de volta à lei do gelo. Volto para a sala, mas Apolo e Claudia não estão mais sozinhos. Ares e Raquel estão na frente deles.

Quando Raquel me vê, abre um grande sorriso e diz:

— Ah, oi, Ártemis.

— Oi.

Raquel vem até mim, e Ares fica parado.

— Queria te ver. — Ela entrega um convite. — É do meu aniversário. Talvez você não se interesse, mas seria legal se fosse.

A alegria e o alto-astral desta menina são contagiantes. Embora seja mais baixa que Ares, que é bem alto, ela é muito mais radiante que ele.

— Bem, vou tentar ir. Obrigado pelo convite.

— Perfeito! — diz ela, esticando o polegar para cima.

Ares me observa com cautela, mas quando Raquel se vira, a expressão muda por completo, o receio se transforma em pura adoração. Quem diria que uma garota tão baixinha tomaria as rédeas do meu irmão, um destruidor de corações?

Ele se despede com um aceno.

— Vamos ficar na sala de jogos, combinamos de jogar *Mario Kart* — avisa ele.

Claudia ergue a sobrancelha e troca olhares com Apolo.

— Aham, jogar.

Raquel fica vermelha.

— Hã, bem, espero ver vocês no meu aniversário.

Ao lado de Ares, ela desaparece no corredor da sala de jogos.

Claudia e Apolo continuam dando risadinhas juntos, como se apenas os dois soubessem de algo. Fico incomodado por eles se comunicarem com o olhar desse jeito. Preciso parar de sentir essas coisas, estão me consumindo. Vou para o meu quarto antes que faça ou diga algo de que vá me arrepender, porque, perto de Claudia, tudo o que eu faço é cometer erros.

* * *

Depois de um banho, desço para pegar um copo de água, embora, para ser sincero, só queira ver se eles ainda estão no sofá se divertindo. Criei milhares de cenários do que poderia estar acontecendo. Mas não há ninguém na sala. Estou prestes a comemorar a paz que sinto, mas vejo os dois saindo da cozinha, bem-vestidos e com os cabelos molhados, então presumo que tomaram banho há pouco. Será que vão sair? Meu estômago revira de novo. *Minha nossa, que sensação horrível!*
Você está com ciúme, martela Alex em minha mente. Não sei como ele consegue me irritar mesmo quando não está por perto. Claudia está de minissaia e blusa decotada, o casaco dobrado sobre o braço. Os dois me cumprimentam com um sorriso ao passar. Cerro os punhos e tento com todas as forças ficar quieto, mas não consigo.
— Aonde vocês vão?
Eles nem olham para mim.
— Andar por aí — responde Apolo.
Estão saindo mesmo? Será que estão juntos esse tempo todo em que fiquei afogado no trabalho e não pude vê-la?
— Por aí? — Solto uma risada falsa. — "Por aí" não é um lugar.
Apolo se vira para mim.
— Não é da sua conta, Ártemis.
— Desde quando você acha que pode falar assim com seu irmão mais velho?
— Desde que esse irmão mais velho não apoia os mais novos quando precisam.
Sei que é uma indireta por eu ter ficado do lado do meu pai e me recusado a apoiar o desejo de Ares de cursar a faculdade de Medicina.
Dou um passo, e Claudia se coloca entre nós dois.
— Apolo, pode ir na frente, eu já vou. Preciso falar com seu irmão um minutinho.

Apolo quer protestar, mas ela lança um olhar de súplica, e ele sai de casa. Tê-la diante de mim enfraquece a raiva, e a presença dela por si só fortalece tudo o que sinto.

— Quero que você saiba que só estou explicando pelo único motivo de não querer problemas entre vocês dois. Não há nada entre mim e Apolo, somos apenas amigos. Na verdade, vamos sair para jantar com uma garota com quem ele está saindo. Então pare de rosnar por aí e inventar desculpas para nos separar.

Sorrio sem perceber — não sei por que gosto que ela dê explicações. Sinto que ela acredita que deve satisfação porque ainda há esperança para nós. No entanto, não poderia estar mais enganado em relação a Claudia.

— Não sorria. — Ela balança a cabeça. — Não te devo explicação alguma. Só quero que você saiba que não estou saindo com seu irmão nem sou insensível a esse ponto. Mas, Ártemis... — Ela se aproxima. — Não é porque não estou saindo com Apolo que não vou sair com mais ninguém, e, quando isso acontecer, é melhor você não se meter, porque não tem direito algum.

— Você está saindo com alguém?

Ela dá de ombros.

— Talvez. Não é da sua conta.

— É, sim.

— Ah, é? — Ela cruza os braços. — Por quê? Ou será que é melhor perguntar pra sua noiva o que ela acha disso?

— Claudia, é complicado...

— Pra mim é muito simples, Ártemis. Você é um homem comprometido, então pare de se meter na minha vida e nos meus assuntos. Simples assim.

Não posso nem quero. Só de imaginar você saindo com alguém e se apaixonando dói de um jeito tão intenso que não consigo suportar.

Dou um passo à frente, mas ela se afasta, mantendo certa distância.

— Até mais, Ártemis.

Ela sai, e eu fico aqui, observando-a ir embora.

Foi isso o que nossa relação se tornou: Claudia se afastando de mim pouco a pouco, constantemente. Sei que vai chegar uma hora em que ela não vai sair sozinha, mas acompanhada, e não vou suportar. Sei que preciso tomar uma decisão se não quiser perdê-la para sempre.

Pelo jeito, para mim, é fácil tomar decisões na empresa — e faço isso muito bem. Mas quando se trata de minha vida pessoal... sou tão covarde que tenho vergonha de mim mesmo.

23
"JOGANDO PRA VALER, NÃO É?"

CLAUDIA

Devo ir ou não?
 Fico em frente ao espelho e observo minha silhueta nas roupas que vesti. Estou usando um vestido roxo, uma cor que realça minhas curvas. Não sou magricela, tenho curvas acentuadas e adoro a maneira como minhas pernas e meus quadris são voluptuosos; nunca fui insegura com meu corpo. Meu cabelo está solto, emoldurando o rosto. Estou com uma maquiagem leve, mas decidi usar meu batom vermelho favorito.
 Se estou hesitante em ir ao aniversário de Raquel é porque sei que ela convidou Ártemis, e nós dois não conseguimos ficar no mesmo lugar sem acabar tendo uma conversa desconfortável. Embora eu tenha muita esperança de que ele não vá... Eventos assim não são sua praia. Se ele fica perto de muita gente, é capaz de derreter. Sorrio para mim mesma, pensando naquele Icebergzinho...
 Decidida a não permitir que ele atrapalhe minha vida, saio de casa para ir à festa de Raquel. Não vou permitir que Ártemis me tire a oportunidade de compartilhar este dia com ela. Gosto muito de Raquel, e foi muito legal da parte dela me convidar para a comemoração. Quando chego em frente à casa, vejo uma por-

ta lateral aberta, então entro e encontro Raquel segurando uma bandeja. O rosto dela se ilumina.

— Ei, você veio.

Seu sorriso é contagiante.

— Isso mesmo, feliz aniversário. — Tento dar o presente a ela, mas Raquel está com as mãos ocupadas.

— Pode colocar naquela mesa, os meninos estão lá atrás.

Não consigo deixar de perguntar:

— Os três?

— Sim, entra, vou servir isso e vejo você lá, ok?

Coloco o presente de Raquel na mesa e vou ao jardim. Quando finalmente chego, vejo Raquel e a garota de quem Apolo falou — acredito que seja Daniela — em pé, juntas, observando alguma coisa. Franzo a testa e, quando paro ao lado delas, vejo que estão olhando para Apolo e Ártemis, rodeados de garotas.

— Quem são essas?

Raquel leva um susto por não ter notado minha presença.

— São minhas primas — explica ela, soltando um longo suspiro.

Aperto os lábios.

— Eu preciso de uma bebida.

Daniela concorda.

— Eu também, vamos, sei onde tem vodca.

— Divirtam-se. — Raquel levanta o polegar, mas Daniela e eu trocamos um olhar e cada uma agarra um braço dela para arrastá-la conosco.

Doses de vodca vêm e vão, e eu adoro, fico à vontade com Raquel e Daniela. Gin é a única amiga que tenho, então esses momentos de interação me fazem muito feliz. Não que Gin não seja suficiente, mas é legal conversar com outras garotas. Estamos sentadas em um canto do quintal. Raquel anda de um lado para outro, cumprimentando os convidados e parando para conversar com eles. Não a culpo, também não queremos monopolizar a atenção da aniversariante. No entanto, ela sempre volta para perto de nós.

— Saúde! — Dani levanta o copo. — Aos idiotas dos irmãos Hidalgo.

Eu me junto a elas, o alto-astral dessas garotas é palpável.

— Saúde!

Dani rosna depois de tomar a dose:

— Olha só para ela, bancando a inocente pra pegar ele.

Sigo o olhar dela e vejo Apolo falando com uma menina em particular. Avalio a garota de rosto infantil — ela parece ser mais nova do que ele.

— Que nada, duvido que ele esteja interessado. Ela parece mais ou menos da idade dele, e Apolo sempre gostou de garotas mais velhas.

Não digo isso porque em algum momento ele ficou confuso em relação a mim, mas porque o conheço muito bem. Embora Apolo seja jovem, é muito maduro, então sempre se sentiu atraído por garotas tão maduras quanto ele ou ainda mais.

Dani parece esperançosa.

— Mesmo?

— Aham, Apolo sempre foi fácil de ler, ao contrário dos irmãos dele.

Raquel lança um olhar curioso.

— Está falando do Ártemis também?

Só dou um sorriso. A curiosidade dela não termina aí.

— Você se dá bem com ele? — pergunta ela.

Lanço um olhar para o Iceberg e o observo enquanto respondo:

— Ele... é... uma pessoa muito difícil.

— Ah, caramba — murmura Dani, chamando atenção. — Você tem um rolo com o Ártemis?

Dou uma risada alta e observo Raquel roer as unhas. A curiosidade dela é adorável. Meu olhar vai de Raquel para Dani, e percebo que elas esperam uma resposta.

— É complicado...

— É complicado — repete Dani, balançando a cabeça. — Não venha com esse status de relacionamento do Facebook.

— Deixe ela em paz, Dani. — Raquel me salva do interrogatório.

Paro de falar quando vejo Ares, Apolo e Ártemis vindo casualmente em nossa direção casualmente. Ares diz algo para Apolo, que ri e balança a cabeça. Ártemis lança um olhar cansado para os irmãos. Eu me permito observá-lo com atenção: está de terno preto sem gravata, e os primeiros botões da camisa estão desabotoados; o cabelo está penteado para trás de um jeito impecável, e uma barba rala contorna o rosto.

Ares é o primeiro a falar quando se aproximam:

— Vocês se importam se ficarmos aqui?

Ares se senta ao lado de Raquel, e Apolo se posiciona ao meu lado. Quando Ártemis percebe, se senta do meu outro lado. Muito maduro da sua parte, Iceberg.

Ares segura a mão de Raquel, dá um beijo rápido nela e logo quebra o silêncio:

— O que vocês estão bebendo?

— Só um pouco de vodca — responde Dani.

Apolo estende a mão para Dani.

— Me dá um pouco?

Ártemis ergue a sobrancelha, e Apolo retrai a mão. Reviro os olhos e passo meu copo para Apolo.

— Toma.

Ártemis faz uma careta e diz:

— Claudia.

Sorrio para ele.

— Relaxe um pouco, Iceberg.

— Iceberg? — pergunta Raquel.

Ares dá uma risadinha.

— É, ela o chama assim.

Faço um gesto com as mãos para Ártemis.

— Não vê como ele é alto e frio?

— Ainda estou aqui — lembra Ártemis, comprimindo os lábios.

Raquel solta uma gargalhada.

— Esse apelido é bem original — comenta ela, fazendo um joinha.

Eu me curvo de um jeito divertido.

— Obrigada, obrigada — respondo.

— Acho que deveríamos jogar "Eu nunca" — propõe Raquel.

Ah, não acho que seja uma boa ideia, mas como vou negar algo para a aniversariante? Todos trocamos olhares e ela levanta o copo.

— Eu começo — anuncia Raquel.

Esperamos um bom tempo até ela dizer algo, parece imersa em pensamentos. Acho que a mente de Raquel está bolando alguma coisa com Ares, porque não para de olhar para ele. Está mesmo louca por ele, hein?

Fico muito feliz que o primeiro amor de Ares seja tão genuíno e puro, ele merece. Já era a hora de conhecer alguém que lhe mostrasse que há mulheres boas no mundo, mulheres em quem pode confiar de olhos fechados e que vale a pena arriscar.

— Raquel? — A voz de Ares parece trazê-la de volta. — Estamos esperando você.

Aguardo que expliquem as regras do jogo, porque nunca joguei.

— Bem, para quem não sabe como funciona, vou dizer algo como "eu nunca comi pizza", e se vocês já tiverem comido, devem beber. Não precisam explicar nada, só beber se tiverem feito. Se não fez, não bebe. Cada um vai ter sua vez, tudo bem?

Certo, isso não deve ser furada.

Raquel começa, por fim:

— Eu nunca vi um filme pornô.

Ah, não, o jogo não é tão inocente quanto eu pensava.

Todos trocamos olhares envergonhados e bebemos. Ares dá um sorriso largo, bebe e levanta a sobrancelha, esperando que Raquel beba, e ao tomar um gole, ela fica vermelha. Isso me faz sorrir.

É a vez de Dani, e ela parece hesitar um pouco até os olhos se deterem em mim. Não tenho um bom pressentimento a respeito disso.

— Eu nunca beijei alguém que está nessa roda.

Dani bebe, assim como Ares, Apolo e Raquel a acompanham. Hesito, brincando com o copo. Dou uma espiada em Ártemis, mas ele não me olha, só bebe, então faço o mesmo. Lembrar os beijos é tortura, porque nunca senti nada tão bom, tão certo, como se nossos lábios tivessem sido feitos sob medida. Preciso parar de me lembrar daquela noite, foi algo fugaz. Ele se satisfez e depois voltou para a garota com quem realmente queria estar.

É a vez de Apolo:

— Eu nunca menti que não gosto de alguém quando, na verdade, estava doido por essa pessoa.

Ares sorri e balança a cabeça.

— Pesado, cara.

Apolo, Ártemis e Raquel não bebem, mas Dani, sim. Todos observam enquanto brinco com o copo.

— Claudia?

Sinto os olhos de Ártemis em mim e dou um sorriso triste antes de beber.

É minha vez, por fim. Lanço um olhar malicioso para Ares e vejo que ele parece preocupado.

— Que foi?

Pigarreio.

— Eu nunca persegui alguém que sei que me persegue e fico sorrindo que nem idiota cada vez que vejo essa pessoa.

Todos se viram para Ares, que torce os lábios e deixa um leve sorriso escapar.

— Jogando pra valer, não é? — Ele bebe, e a surpresa na expressão de todos me diverte.

É a vez de Ártemis, e paro de respirar por um segundo, porque sei do que ele é capaz. Ártemis já estava bebendo antes de vir para cá, seus olhos estão turvos e um pouco vermelhos. Sei quando ele está ficando alterado, como é o caso agora, e isso é perigoso. O lado inconstante de Ártemis se intensifica muito com a bebida.

Sua voz é fria:

— Eu nunca beijei dois caras que estão aqui e causei uma briga entre irmãos.

Silêncio.

Eu sabia. E ainda assim meu peito se aperta com o que ele acabou de dizer, porque está deliberadamente me colocando na situação mais desconfortável da minha vida. Todos olham ao redor, conferindo quem vai beber.

Ártemis levanta seu copo para mim e pergunta:

— Não vai beber?

A raiva invade cada célula de meu corpo. Jogo a bebida do meu copo na cara dele.

— Você é um babaca de merda.

Eu me levanto e passo pelo meio da rodinha, não quero causar ainda mais no aniversário de Raquel, seria muito vergonhoso. Ouço Apolo chamar, mas não paro de andar.

Saio de lá, a brisa noturna roçando minha pele e o vento jogando meu cabelo para trás. Meus olhos ardem, mas não quero dar a ele o gostinho de me ver desse jeito, de derramar uma lágrima sequer por causa da estupidez dele — Ártemis não merece isso. Para ser sincera, o pior é que eu estava começando uma amizade com Raquel e Daniela, apesar de não ser fácil para mim fazer amigos, só que ele estragou tudo. Sei que Daniela vai me odiar agora, e Raquel vai me ver como a garota que ficou com dois Hidalgo. Queria socar a cara dele, magoá-lo de diversas formas... Sei que isso não resolveria nada, mas deve ser gratificante dar um chute nas bolas dele para ver se deixa de ser tão idiota.

Eu me tranco no quarto, e minha mãe fica sentada, observando.

— Chegou cedo — comenta ela.

Me esforço para dar um sorriso.

— Pois é, mas deu para curtir bastante — digo, tirando os brincos e o colar.

Depois de vestir o pijama, deito ao lado dela. Não estou com o menor sono.

No escuro, fico olhando para o teto, a raiva ganhando espaço em meu coração, fervendo minhas veias e enevoando minha mente. Preciso esquecer os últimos acontecimentos para conseguir dormir, mas meu cérebro não quer colaborar.

Como ele pôde me humilhar daquela forma na frente de todo mundo?

Por acaso não tem nenhuma consideração por mim? Nenhum respeito?

O som distante de vidro se quebrando me faz sentar na cama. Olho para minha mãe, e ela está dormindo profundamente. Saio correndo do quarto e quando estou prestes a entrar na sala, escuto a voz preocupada de Ares. Paro e fico escondida no corredor.

— Apolo, você precisa se acalmar.

Ele parece estar com raiva.

— Estou dizendo a verdade, olha a Claudia!

Coloco a mão no peito, pressionando minhas costas na parede para escutar.

— Não é segredo que sempre gostei dela, mas ela, mesmo que não admita, só tem olhos para aquele idiota do meu irmão, que a trata feito merda. — Apolo dá um riso sarcástico. — E agora Daniela, fiz tudo o que pude para conquistá-la. E o que aconteceu? Ela me deu um pé na bunda. Eu devia agir como vocês dois, não sei o que me deu na cabeça de achar melhor ser diferente.

— Para de falar besteira. — Ares parece decidido. — Você não faz ideia de como é sortudo por não ser como a gente. Não faz ideia do quanto eu queria agir como você, do quanto eu queria ter conquistado a garota que eu amo sem fazê-la sofrer tanto antes disso, sem enfrentar tantos medos, sem ter que lutar contra mim para mostrar a ela uma pequena parte de quem eu sou de verdade.

— Mas eu sempre saio magoado! — argumenta Apolo.

— Isso é um risco que todos nós corremos quando se trata de amor.

— Me solta, não quero chorar na sua frente. Sei o que você acha dos caras que choram por causa de mulher.

— Eu sou uma pessoa diferente agora, Apolo. Se quiser chorar porque está sofrendo por alguém, fique à vontade, homens também choram.

A voz de Apolo falha tanto que aperto o peito:

— Eu abri o coração pra ela. Sei que não tenho muita experiência, mas dei tudo de mim e ainda assim não foi suficiente.

Escuto Apolo chorar alto, e meu coração estilhaça em mil pedaços. Não consigo acreditar que Daniela o rejeitou — ela estava louca por ele, não entendo. Ouço passos e imagino que Ares o levou para o quarto.

Volto para o meu e sei que não conseguirei dormir ao menos que eu tome uma providência. Quando foi a última vez que transei? Agora que estou pensando, acho que faz meses. Desde que Ártemis voltou, minha vida sexual parou de existir. Por quê? Não é como se ele merecesse algum tipo de lealdade. Entre mim e Apolo só rolaram beijos e dedadas, não foi aquele pacote completo, com direito a um bom orgasmo que estremece e enche de felicidade.

Inquieta, pego o celular e abro as incontáveis mensagens de Daniel. Talvez seja um erro procurá-lo, mas preciso admitir que ele foi o melhor que tive — e como é jogador de futebol, tem um preparo físico impressionante.

Mando um simples "oi", e a resposta é quase imediata.

> Oi.

> O que você está fazendo?

> Acabei de deixar minha irmã bêbada em casa e vou pra boate com uma galera. Por quê?

> Quero ver você.

> Sério mesmo? Estou surpreso.

> Gosto de te surpreender.

> Ah, é? Quer que eu passe aí pra te pegar?

> Só se você quiser.

> Eu sempre quero com você.

> Ótimo, combinado.

> Passo aí em vinte minutos, gata.

> Perfeito.

Tomo um banho rápido e coloco o vestido roxo de novo, mas agora com uma lingerie sexy por baixo.

Toda vez que Ártemis surge em meus pensamentos, dou um jeito de pensar em outra coisa, tipo ele e a noiva transando, assim não preciso me privar de uma deliciosa noite de sexo sem compromisso. Arrumada, passo pela cozinha para tomar um copo de água antes de sair.

Quase morro do coração quando vejo Ártemis sentado na mesa como um fantasma.

— Merda — digo, com a mão no peito.

Não quero enfrentá-lo, então dou meia-volta e vou para a sala. Escuto passos atrás de mim.

Me deixa em paz, Ártemis, a menos que queira levar um chute no saco.

— Claudia, espera. — Ele segura meu braço, mas eu me solto na mesma hora, ficando de frente para ele.

— Não quero falar com você.

— Desculpa, sério. Eu sou um idiota, não sei o que deu em mim. Eu...

— Para. — Levanto a mão. — Não quero falar com você, Ártemis, poupe suas desculpas.

— Por favor, me perdoa. Perdi a cabeça, não sei o que aconteceu.

— O que eu preciso fazer pra você me deixar em paz? — pergunto sem disfarçar a raiva na voz. — Me esquece.

— Desculpe — murmura ele, a cabeça baixa.

Se não fosse a raiva que estou sentindo, teria aceitado as desculpas.

— Tanto faz, vai dormir — digo e viro, dando-lhe as costas.

— Aonde você vai a esta hora?

Ignoro a pergunta e continuo andando, mas ele para na minha frente e me obriga a dar um passo para trás.

— Me deixa passar, Ártemis.

— Aonde você vai?

Meu celular toca, e ele me encara intensamente.

— Alô?

— Estou aqui fora — diz Daniel do outro lado da linha.

— Já estou saindo, só um minutinho.

Desligo, e Ártemis balança a cabeça.

— Quem era?

Não sei como fazê-lo entender que esse assunto não lhe diz respeito, que quero ficar em paz, que a única coisa que ele faz é complicar minha vida com toda a indecisão.

Então, com a cabeça erguida, anuncio:

— Meu namorado.

Não esperava ver dor no rosto dele.

— Você está mentindo.

Dou de ombros.

— Estou pouco me lixando se você acredita ou não.

Ele segura meus braços com gentileza.

— Olhe nos meus olhos, Claudia. Você nunca mentiu pra mim, não minta agora, por favor.

Como ele se atreve a pedir honestidade depois de tudo o que me fez passar?

— É a verdade — respondo com frieza.

Ártemis solta meus braços com uma expressão de derrota.

— Você teve a oportunidade e não aproveitou, Ártemis — digo, sem esconder o jogo. — Nem mesmo hoje teve forças para lutar pelo que diz sentir por mim, então não vou ficar te esperando a vida inteira. Boa noite.

Saio de casa e entro no carro de Daniel.

Meu coração dói, mas preciso superar essa história. Não vale a pena parar a vida por alguém que nem luta por mim.

24

"NUNCA É TARDE PARA MUDAR DE VIDA"

ÁRTEMIS

— O vovô está esperando vocês no escritório.

Meu pai e eu nos entreolhamos ao ouvir as palavras de Claudia. Ela, por sua vez, me lança um olhar frio antes de sair. Acabamos de chegar da empresa.

Meu pai afrouxa a gravata e pergunta:

— Você sabe do que se trata?

— Não — respondo.

Entramos no escritório, e quando vejo Ares sentado no sofá em frente ao vovô, me dou conta do que está acontecendo. Meu irmão pediu ao nosso pai para estudar Medicina, mas ele negou. Então Ares pediu ajuda ao vovô, que também disse que não. É provável que esse seja o assunto da reunião.

— O que houve, pai? Estamos ocupados. Temos uma videoconferência em dez minutos — explica meu pai.

— Cancele — ordena meu avô, sorrindo.

Meu pai protesta.

— Pai, é importante, estamos...

— Cancele! — Meu avô levanta a voz, nos deixando surpresos.

Meu pai e eu nos entreolhamos, e quando ele assente, faço uma ligação para cancelar a reunião. Nos sentamos, e meu pai suspira.

— O que está havendo agora?

Meu avô recupera a compostura.

— Sabem por que Ares está aqui?

Meu pai lança um olhar frio para Ares.

— Imagino que seja para te pedir ajuda de novo.

Meu avô confirma com a cabeça.

— Exatamente.

Tentando adivinhar o que está acontecendo, digo:

— E imagino que isso tenha te irritado, porque você já disse a ele que não.

Ares fica de pé.

— Não precisa disso, vô, já entendi.

— Sente-se.

Meu irmão obedece.

Meu avô se vira ligeiramente para meu pai e para mim.

— Esta conversa é muito mais importante que qualquer negócio idiota que vocês estejam fechando. A família é mais importante, e vocês parecem esquecer isso.

Todos permanecem em silêncio, e meu avô continua:

— Mas não se preocupem, estou aqui para lembrá-los disso. Ares sempre teve tudo, nunca precisou lutar por nada, nunca trabalhou na vida, veio me pedir ajuda, eu neguei para ver se ele desistia logo na primeira tentativa, mas ele superou em muito minhas expectativas. Esse garoto trabalhou dia e noite, tentando as bolsas por vários meses, lutando pelo que deseja.

Eu não esperava por isso. Ares trabalhando. Não desistiu?

Meu avô continua:

— Ares não só ganhou meu apoio, mas também meu respeito. — Ele olha para Ares. — Estou muito orgulhoso de você, Ares. Tenho orgulho por você carregar meu sobrenome e meu sangue.

Meu avô nunca me olhou desse jeito nem disse algo do tipo para mim. O sorriso dele se desfaz quando encara meu pai.

— Estou muito decepcionado com você, Juan. Legado familiar? Que Deus me mate aqui agora se alguma vez pensei que o legado pudesse ser algo material. O nosso legado é lealdade, apoio e carinho, não uma maldita empresa.

O silêncio é angustiante, mas meu avô não se importa de preenchê-lo:

— O fato de você ter se tornado workaholic para não ter que encarar as traições da sua esposa não te dá o direito de fazer seus filhos sofrerem também.

Meu pai cerra os punhos.

— Pai.

Meu avô balança a cabeça.

— Que vergonha, Juan, que seu filho tenha implorado por apoio e ainda assim você tenha lhe virado as costas. Nunca pensei que me decepcionaria tanto. — Meu avô se vira para mim. — Você o fez estudar algo que ele odiava, fez o possível para torná-lo como você, e olhe para ele agora. Acha que seu filho é feliz?

Abro a boca para protestar, mas meu avô levanta a mão.

— Cale-se, filho. Apesar de você ser apenas fruto da má criação que seu pai te deu, também estou aborrecido por você ter dado as costas a seu irmão, por não o ter apoiado. Achei lamentável a postura dos dois, e nesses momentos eu não me orgulho nem um pouco de vocês terem nosso sobrenome.

Não consigo manter a cabeça erguida, então a abaixo, envergonhado.

— Espero que aprendam alguma coisa com isso tudo e se tornem pessoas melhores. Tenho fé em vocês.

Meu avô volta a olhar para Ares.

— Dei início a seu processo de inscrição para Medicina na universidade sobre a qual você comentou com Apolo. — Vovô lhe entrega um envelope branco. — É uma conta bancária em seu nome, com dinheiro suficiente para pagar o curso e outras despesas, e dentro tem uma chave do apartamento que comprei para você perto do campus. Conte com meu apoio para tudo e lamento que seu próprio pai tenha virado as costas para você. O

bom disso tudo é que você pôde ver como é não ter as coisas de mão beijada, ter que trabalhar para conseguir o que quer. Você vai ser um grande médico, Ares.
  Meu avô balança as mãos e se levanta devagar.
  — Bem, era isso. Vou descansar um pouco.
  Cabisbaixo, meu pai sai atrás dele.
  Ficamos apenas Ares e eu, e dá para ver que ele ainda está processando tudo o que acabou de acontecer. As palavras de nosso avô foram duras e sinceras, e não ter apoiado Ares sempre será um peso na minha consciência. Ainda não sei por que fiz isso, talvez por não querer contrariar meu pai, ou talvez por inveja da possibilidade de Ares estudar o que deseja. Seja qual for o motivo, nada justifica; fui uma pessoa ruim. Eu me levanto.
  — Desculpa. — Passo a mão no rosto. — Desculpa mesmo. Fico feliz por você ao menos poder alcançar o que deseja. — Faço um esforço para sorrir. — Você merece, Ares. Tem uma força que eu não tive quando me impuseram o que eu deveria fazer. O vovô tem toda a razão em te admirar.
  Queria poder dizer que há algum traço de alegria no rosto de Ares pela repreensão que meu pai e eu recebemos, que ele gostou de ver aquela cena, mas não é verdade. Ares parece aceitar as desculpas e entender minha atitude, e isso faz dele uma pessoa muito melhor do que eu.
  — Nunca é tarde para mudar de vida, Ártemis.
  — É tarde para mim. Boa sorte, irmão.
  Quando saio do escritório, encontro Claudia no corredor. Olhando para o chão, passamos um pelo outro como se nada tivesse acontecido. Subo até o terraço. Daqui, consigo ver a entrada, o jardim, a fonte e os carros estacionados. Eu me sento em uma das cadeiras de metal e a inclino para trás, fechando os olhos. Massageio a testa, as palavras do meu avô ecoando.
  Ao abrir os olhos, encontro meu pai em pé, de costas para mim, as mãos no parapeito, observando o céu. Ele se vira, e pela primeira vez em muito tempo seu rosto esboça emoção. Ele parece... muito triste.

— Por quê?

Franzo as sobrancelhas.

— Por que o quê?

— Por que você tinha terminado com a Cristina?

Lembro a conversa que tivemos quando ele descobriu do término.

Dou um sorriso sarcástico.

— Você nem perguntou o motivo.

Ele franze a testa.

— Do que está falando?

— Você nem perguntou por que mudei de ideia. Isso é irrelevante para você, né?

A indiferença que adorna sua voz é inacreditável.

— É completamente irrelevante. A empresa é tudo o que importa.

Eu me questiono se por acaso é desse jeito que meu pai pretende começar a mudar.

— Eu gostava de outra pessoa.

Ficamos em silêncio por um tempo.

Depois de um longo suspiro, meu pai volta a falar:

— Não precisa mais se preocupar com o noivado com Cristina.

Paro de respirar no mesmo instante. *O quê?* Não sei o que dizer. Meu pai segura o parapeito com força, dá para ver como seus ombros estão tensos, e apesar de estar de costas para mim, sei que está emotivo.

— Não acredito em pedido de desculpas, Ártemis. Acredito em ações que possam reparar os erros cometidos.

— Pai...

— Não sei em que momento me tornei um pai ruim. Acho que as mágoas fizeram meu coração endurecer, e não posso prometer que vou mudar da noite para o dia, mas vou agir de forma diferente daqui para a frente. Seja paciente comigo.

Meu peito se aperta, porque o homem diante de mim não é a pessoa fria que esteve ao meu lado por todo esse tempo. Esse é o pai que eu amava tanto na infância, antes de a traição transformá-lo. Aquele que brincava com arminhas de água comigo e apostava corridas de bicicleta; aquele que me levava ao cinema e comprou minha primeira bola de futebol, mesmo que eu jogasse mal pra caramba; aquele que pendurou meus desenhos do Pokémon no escritório sem se importar com o que os clientes e sócios iam achar. Meu pai.

    Ele dá a volta e vai até a porta, mas, ao passar por mim, para e coloca a mão no meu ombro.

    — Apesar de tudo o que fiz você passar, nunca saiu do meu lado. Cumpriu sua promessa e carregou um peso que não era seu por todos esses anos. Mas já chega, filho. Você fez um bom trabalho.

    Ele entra em casa, mas suas palavras ficam no ar, apertando meu peito. Sinto como se tivessem tirado um grande peso de meus ombros, como se eu enfim pudesse respirar novamente. Eu me sinto livre, mesmo sem saber quão preso estava todos esses anos. E a primeira coisa que vem à minha mente é ela — Claudia.

    Pego o celular e ligo para Cristina. Sei que já deve ter voltado de viagem. Ela me atende com voz de sono.

    — Ártemis? Se quer me chamar para transar a essa hora, eu não...

    — Agora a gente pode terminar.

    — Espera, o quê?

    Sua voz parece alegre, acho que eu não era o único infeliz nesse acordo.

    — Estamos livres, Cristina.

    Ela solta um longo suspiro de alívio.

    — Jura? Nossa, você não sabe como estou feliz! Sem querer ofender, lógico.

    — Tranquilo.

    — Continuaremos amigos, não é?

    — Com certeza. Boa sorte, Cristina.

    — Boa sorte, Ártemis.

    Entro em casa e desço as escadas com pressa, procurando Claudia, mas ela não está na sala nem na cozinha, então deve ter ido para o quarto. Bato na porta, impaciente; parece até que voltei a ser adolescente outra vez.

Martha aparece com um sorriso.

— Ártemis!

— Oi, desculpe incomodar, mas preciso falar com a Claudia.

Dou uma olhada para dentro do quarto, mas está vazio. Contudo, avisto um objeto na mesa de cabeceira. É o porquinho de pelúcia que dei a ela naquele 4 de julho. Ela ainda o tem. Meu peito se enche de esperança, mas a confusão nubla minha mente. Claudia me rejeitou naquela noite... Então por que o guardaria?

— Claudia saiu, disse que voltaria em algumas horas.

— A senhora sabe aonde ela foi?

Martha balança a cabeça.

— Não.

— Tudo bem. Boa noite, Martha.

Fico na sala esperando por Claudia. Tiro o terno e aguardo por um bom tempo. Quando o relógio marca meia-noite, saio de casa e sento nos degraus em frente à porta, como se isso fosse fazer ela chegar mais rápido.

Por fim, um carro entra na residência e estaciona diante da casa. Consigo ver Claudia saindo do veículo e se despedindo de... Daniel? Ela está saindo com o garoto do time de Ares? Tento me acalmar, porque sei que meu ciúme pode acabar com tudo o que pretendo dizer a ela.

Quando Claudia se vira e me vê, congela. Está usando um vestido florido bem curto, que, apesar de simples, fica lindo nela. Encarar Claudia causa hesitação e bagunça meus pensamentos, como sempre. Ela me observa, as perguntas estampadas em no rosto: "O que você está fazendo? O que você quer agora?"

— Se divertiu muito? — Não disfarço meu tom sarcástico.

— Não te interessa.

— Eu estava esperando por você.

Ela anda em minha direção e cruza os braços.

— Por quê?

Passo a mão na nuca, escolhendo as palavras com muito cuidado.

— Cristina e eu terminamos. — Se a informação lhe causa algum efeito, ela esconde muito bem. — Estou solteiro agora.

— E o que eu tenho a ver com isso?

— Você tem muita coisa a ver com isso. — Dou um passo para a frente. — Quero... ficar com você, Claudia.

Por que a frieza não deixa os olhos dela?

— Por uma noite — completa ela. — Você quer ficar comigo por uma noite, e amanhã vai voltar para sua noiva como se nada tivesse acontecido. Cansei do seu joguinho, Ártemis.

— Não estou fazendo joguinho nenhum. Não vou voltar com ela.

— Por que eu acreditaria em você?

Eu me aproximo até Claudia inclinar a cabeça para me olhar nos olhos.

— Porque é você. Porque você é a única que vê através de mim, que enxerga quem eu sou de verdade.

Seus lábios se abrem um pouco, e me controlo com todas as forças para não beijá-la. Não quero assustar Claudia, e ainda por cima ela disse que está namorando. Mesmo que eu esteja em negação, não quero colocá-la em uma situação desconfortável, já fiz isso o bastante.

Percebo que ela não sabe o que dizer, então continuo:

— Não estou pedindo para você aceitar logo. Estou determinado a reconquistar sua confiança. — Seguro o rosto dela com as duas mãos, sentindo sua pele macia. — Não quero mais ser covarde, Claudia. Não há nada que vai me impedir de lutar por você.

Ela umedece os lábios.

— Eu disse que estou saindo com alguém.

— Nós dois sabemos que ninguém mexe com você como eu.

Ela esboça um sorriso.

— Você é muito convencido.

— E você é muito boba por sair com outra pessoa.

Ela coloca as mãos sobre as minhas em seu rosto.

— Bobo é você.

Ficamos em silêncio, e eu me perco nos lindos olhos escuros dela. Como podem ser tão profundos e hipnotizantes? Passo o polegar por seus lábios, imaginando senti-los nos meus.

Claudia dá um passo para trás, interrompendo o contato entre nós.

— Bem, se quiser lutar por mim, fique à vontade, mas não prometo nada. — Ela passa ao meu lado. Quando está prestes a entrar, vira novamente. — A propósito, não estou namorando. Só queria te irritar.

Abro a boca para protestar, mas ela já entrou. Vou lutar por ela e não vou descansar até tê-la em meus braços. Fico imaginando diversas formas de como conquistá-la, de como fazer com que me ame.

Você vai se apaixonar por mim, Claudia. Isso vai ser divertido.

25

"NÃO GOSTO DO ESCURO"

CLAUDIA

Não sou boa com despedidas.

    Deve ser comum, considerando que não tive que lidar com muitas despedidas. Não disse "tchau" para Ártemis quando ele se mudou por conta da faculdade — não conseguia olhar para ele depois de rejeitá-lo. Então essa é uma situação incomum para mim, não sei como vou reagir, mas preciso encarar isso agora.

    Ares está se mudando para outro estado. O voo da madrugada parte em poucas horas, pelo menos foi o que Raquel me disse. Há alguns minutos, deixei-a na cozinha com os pais dele, Ártemis e Apolo. Vejo a porta do quarto de Ares entreaberta e espio o lugar, que está organizado e limpo, mas de um jeito que parece vazio... não sei como explicar. Ares está sem camisa, de calça jeans, com o cabelo molhado, tentando colocar em uma das malas algo que parece não caber.

    Embora eu soubesse que esse dia chegaria, fico impressionada com o quão doloroso está sendo vê-lo partir. Dói saber que não vou mais esbarrar com ele no corredor, ele não vai mais fazer caretas para mim, não vou vê-lo jogando videogame e não vou mais simplesmente conversar com ele sobre assuntos aleatórios pelos cantos da casa. Subestimei o quanto me acostumei com a presença de Ares e a falta que ele fará.

Quando ele me vê, sorri com tristeza, os olhos azuis se iluminando de leve.

— Tudo pronto?

Ele assente, suspirando.

— Parece que sim.

Fico sem palavras. Sempre me mostrei tão forte na frente dele, não sei qual seria a reação dele se me visse chorar. A lembrança de Ares criança no restaurante, colocando a mão no vidro sobre a minha, vem à mente. O sorriso dele foi tão caloroso e inocente, sempre teve um bom coração. Esses garotos se tornaram a minha família.

— No que você está pensando? — pergunta ele.

— Só lembrando algumas coisas. — Um nó se forma na garganta. — Não vou ao aeroporto.

Ele não pergunta o motivo nem parece desapontado com a notícia, só assente, como se entendesse que algumas pessoas não conseguem lidar com despedidas.

— Acho que você veio dar tchau, então — diz ele, caminhando até mim, e conforme se aproxima, tento lutar contra as lágrimas.

— Ei, eu... — Minha voz falha, então pigarreio. — Te desejo tudo de melhor, sei que você vai se dar muito bem, você é muito inteligente. — Paro de falar por um instante, minha visão está turva. — Você vai ser um médico maravilhoso. Tenho orgulho de você, Ares.

Vejo tristeza no rosto dele, os olhos ficam vermelhos. Antes de qualquer coisa, ele me puxa para um abraço forte.

— Obrigado, Claudia — sussurra ele, ainda em meus braços. — Obrigado por tudo, por ser uma mulher incrível e me ensinar tudo o que minha mãe não quis. — Ele beija minha têmpora. — Eu te amo muito.

Ao ouvir isso, não consigo segurar o choro.

— Eu também te amo, idiota.

Quando nos afastamos, Ares seca minhas lágrimas.

— Idiota?

A gente ri com lágrimas nos olhos.

— Não se preocupe, em qualquer fim de semana desses eu volto, no dia de Ação de Graças, no Natal... Você não vai se livrar de mim tão fácil.

— É bom mesmo. Agora, vou deixar você terminar de arrumar a mala — digo, fungando com o nariz congestionado depois de chorar.

— Tudo bem. — Ares dá um beijo em minha testa. — E se lembre de que não importa o que aconteça com o Iceberg...

— Você sempre será meu favorito.

Ele pisca para mim.

— Isso aí.

Desço e vejo que todos estão esperando por ele na sala. Ártemis e eu trocamos um olhar rápido, antes de eu me enfiar no corredor que dá para o meu quarto. Não quero presenciar o momento em que Ares vai sair com as malas. Pelo jeito, despedidas são uma fraqueza que acabei de descobrir.

Encontro minha mãe no corredor.

— Ele já vai? — pergunta ela com um sorriso triste.

— Sim, já vai descer.

— Vou me despedir.

Assinto e lhe dou passagem.

Minha mãe ama muito os irmãos Hidalgo, ela passou mais tempo com os garotos do que a própria mãe deles.

Suspiro ao entrar no quarto. Ainda nem amanheceu, então me restam algumas horas de sono. Preciso de energia para quando eu de fato acordar, daqui a três horas.

Quero... ficar com você, Claudia.

Eu me reviro na cama, descansando o rosto sobre as mãos. As palavras de Ártemis ecoam. Não o vejo há dias, mas não consigo parar de pensar nele.

Porque é você. Porque você é a única que vê através de mim, que enxerga quem eu sou de verdade.

Como ele diz uma coisa dessas e depois desaparece assim?
Viro de novo na cama e agora fico de barriga para cima, as mãos esticadas ao lado do corpo.
Iceberg idiota.
Fecho os olhos e respiro fundo. Preciso muito dessas três horas de sono, não vou funcionar durante o dia se não dormir nada. Na escuridão, a luz da lua entra pela janela, e a sombra das árvores lá fora projetam formas no teto. Um sorriso nostálgico surge em meus lábios e uma memória de quando eu tinha oito anos vem à mente.

Observo Ártemis colocar os cobertores no chão do quarto e apagar as luzes.
— *O que você está fazendo?* — *pergunto, inquieta.*
O medo do escuro ainda me atormenta depois de ter passado tantos anos nas ruas. Fecho os olhos, assustada. Ártemis pega minha mão e me leva até os cobertores, então a gente se deita de barriga para cima. Fico com os olhos fechados; não quero ver monstros ao meu redor.
— *Não gosto do escuro.*
— *Eu sei* — *sussurra ele.* — *Abra os olhos e olhe para cima.*
Abro-os devagar, e o teto está cheio de adesivos que brilham no escuro: estrelas, planetas, constelações de diferentes cores... A visão é linda.
— *Uau.*
— *Não precisa ter medo, Claudia. Também há beleza na escuridão.*

Ele me expôs ao escuro tantas vezes, mostrou tantas coisas bonitas depois disso que, após certo tempo, passei a associá-lo a sensações positivas e perdi o medo. Acho que ninguém sabe como o coração de Ártemis é puro, e me pergunto se ele já mostrou esse lado para mais alguém.
Por que você quer parecer inacessível e frio quando, na verdade, tem um bom coração, Ártemis?
Com essa pergunta pairando em minha mente, a exaustão prevalece e eu adormeço.

* * *

— Esta é a lista de tarefas diárias — diz a sra. Marks, esticando um papel. — E repito, Claudia, estamos muito felizes em ter você aqui. Você tem um currículo impecável.

— Muito obrigada. Vindo de você, é um grande elogio, sra. Marks.

— Ah, por favor, me chame de Paula. Isso de "sra. Marks" faz com que eu me sinta uma idosa.

— Combinado, Paula.

Paula é a gerente de marketing da empresa Hidalgo. Ela me apresenta ao restante da equipe e à outra estagiária, Kelly.

Me sento em um canto da grande sala que Kelly e eu vamos dividir. Não consigo acreditar que é meu primeiro dia de estágio — a primeira vez que poderei colocar em prática algo que estou estudando e me aprimorando faz anos e que eu gosto muito de fazer. Lógico que sou muito agradecida ao sr. Juan por ter me deixado assumir o trabalho de minha mãe quando ela adoeceu, mas ser empregada na casa dos Hidalgo não é meu objetivo profissional ou sonho de vida; tenho aspirações e ambições, e esta é uma delas.

Além disso, não escolhi a empresa Hidalgo pela minha relação com a família; fui muito objetiva na minha decisão. É um dos negócios mais bem-sucedidos do estado, a equipe de marketing é muito reconhecida e lança as campanhas de publicidade mais criativas e bem-estruturadas que já vi. Toda vez que lia artigos sobre a equipe desejava trabalhar aqui.

Sei que Ártemis não ficará sabendo, o prédio é imenso e sou apenas uma estagiária que trabalhará três dias da semana no turno da tarde. Ainda bem que o estágio não é em período integral nem todo dia, já que não posso abandonar completamente o serviço na casa dos Hidalgo.

— Está animada? — pergunta Kelly, sentada a alguns metros de mim.

— Aham, e você?

— Muito. Ouvi dizer que havia mais de cem candidatos. Cem! E cá estamos você e eu, somos muito sortudas.

Dou um sorriso.

— Sim, somos mesmo.

Passo algum tempo arrumando minha parte do escritório e personalizando o computador da empresa para trabalhar de um jeito confortável. No intervalo, Kelly e eu buscamos café na rua para toda a equipe. Paula nos entrega o cartão corporativo, já que essa é uma de nossas tarefas, e não me importo — cafeína é o combustível de quem trabalha em escritório, e somos as novatas aqui. No caminho de volta para a empresa, ao passar pelas portas giratórias de vidro, paro tão abruptamente que quase deixo a bandeja de cafés sair voando.

Ártemis.

Ele está saindo dos elevadores com um terno impecável azul-escuro e uma gravata azul-celeste. O lindo rosto está com aquela expressão fria que dirige a todos. Enquanto fala ao celular, checa alguns papéis, seguido por dois homens de terno. Antes que ele possa me ver, corro para trás de uma planta um pouco mais alta do que eu.

Não tenho ideia de como consegui fazer isso sem derramar uma gota de café — deveria colocar essa habilidade no currículo também. Dou uma espiada e vejo Kelly paralisada, com cara de "que diabo foi isso?", mas na mesma hora avisto o Ártemis, que passa por ela direto e sai pelas portas giratórias.

Solto o ar em uma longa expiração.

Essa foi por pouco.

Kelly se aproxima de mim, esperando uma explicação.

— Claudia?

— É... complicado.

— Por que você se escondeu do diretor?

— Como você sabe que ele é o diretor?

— Ele é a identidade da empresa, aparece em várias publicidades e ainda por cima é muito gato.

E, de quebra, beija muito bem.

— É que... fiquei intimidada, sabe? Ele é o chefe, e hoje é meu primeiro dia.
— Entendo. Ele me dá calafrios, tem uma energia aterrorizante.
— Pois é.

Voltamos à nossa sala depois de distribuir o café para todo mundo e receber vários agradecimentos. Ainda não consigo acreditar que Ártemis quase me viu. Na verdade, não entendo o motivo de não querer que ele saiba que estou aqui. Acho que inconscientemente não quero um tratamento diferenciado nem criar desconforto no setor. Quero que me conheçam e valorizem meu trabalho por quem sou, não por quem eu conheço. Sei que a equipe vai mudar se souber que sou próxima do diretor, mesmo que sem querer.

Chego em casa me sentindo esgotada. Fui para a faculdade depois do estágio e acho que subestimei o cansaço quando imaginei que seria tranquilo. É surreal como algumas horas podem te deixar exausta.

Não me surpreende ver que a sala está vazia. Vou até a cozinha, morta de fome. Tapo a boca para esconder um bocejo e quase engasgo com o ar.

Ártemis está aqui.

É a primeira vez que nos encontramos a sós desde a noite em que ele me disse aquelas palavras que ficaram reverberando na minha cabeça. No entanto, não é a presença dele que me surpreende, e sim vê-lo com um avental por cima da camisa branca que, suponho, estava por baixo do terno, já que paletó e gravata estão pendurados numa cadeira.

Ártemis está de costas para mim e não me vê, então encosto no batente da porta e fico o observando cozinhar algo muito cheiroso. É uma bela visão.

— Quanto tempo você vai ficar aí me olhando?

A voz dele me pega desprevenida. Como ele sabe? Ártemis aponta com a colher para a minha sombra na parede ao lado, como se ouvisse meus pensamentos.

Merda.

— É uma cena incomum, só isso.

Ele se volta para mim, e sinto um calor no peito. Esse rosto... essa barba por fazer, tudo nele é tão viril, tão sexy, até mesmo com o avental Ártemis fica gostoso pra cacete. Mas é o fogo no olhar dele que me faz sentir tudo isso. Não consigo deixar de compará-lo com o Ártemis que vi esta tarde na empresa; ele é uma pessoa tão diferente comigo.

— Está quase pronto, pode se sentar. — Ele aponta para a mesa.

Ergo a sobrancelha.

— Você está cozinhando pra mim?

— Por que a surpresa? Quem fez seus primeiros sanduíches quando você veio morar com a gente? Quem te ensinou a fazer panquecas? Quem...

— Está bem, está bem, já entendi.

Ele sorri de um jeito que me faz querer segurar seu rosto e beijar sua boca.

Se acalma, Claudia.

Me sento, Ártemis desliga o fogão e serve a comida.

— Você parece exausta — comenta ele.

— Estou mesmo, foi um dia longo.

Quero contar para ele sobre o estágio, não estou acostumada a esconder coisas de Ártemis, exceto o que a bruxa da mãe dele fez comigo.

Ártemis coloca os pratos na mesa e tudo parece delicioso.

— Uau.

A apresentação dos pratos é digna de um chef.

— Espere até experimentar.

Ele se senta ao meu lado e segura minha mão para beijar os nós dos meus dedos. Sentir seus lábios em minha pele causa calafrios em meu corpo inteiro. Ártemis olha diretamente nos meus olhos.

— Desculpe ter ficado ausente nos últimos tempos. Estava ocupado com um novo projeto na empresa, cheguei a dormir lá alguns dias.

— Relaxa, você não me deve satisfação.

— Devo, sim. Não posso dizer que vou te conquistar, desaparecer e depois voltar como se nada tivesse acontecido. Você não merece isso.

Tê-lo tão próximo a mim não é a melhor maneira de controlar a vontade de beijá-lo. Foram meses de desejo, fantasiando com ele. Pigarreio e afasto a mão.

— Hora de provar sua famosa comida. Vamos ver.

Ártemis me observa com expectativa quando dou a primeira garfada. Só para implicar faço cara de nojo.

— O que foi? — pergunta ele, preocupado.

Mastigo, sorrindo, e digo depois de engolir:

— Está uma delícia, só estava pegando no seu pé.

Ele revira os olhos e, em um movimento rápido, me dá um beijinho na bochecha.

— Ei!

O idiota me lança um enorme sorriso.

— Só estava pegando no seu pé.

O calor que invade minhas bochechas me faz desviar o olhar para o prato.

Depois de terminar a comida, que estava divina, lavo a louça. Ártemis está do outro lado da mesa, de frente para mim. Estamos falando de trabalho, mas não menciono o estágio.

— Deve ser difícil dirigir uma empresa tão grande — digo enquanto lavo um copo.

— Você é uma das poucas pessoas que já disse isso para mim — responde ele. — A maioria acha que é fácil, que só fico sentado em um escritório grande olhando pela janela.

— Aposto que você fica sexy no escritório.

Ele morde o lábio.

— Você está flertando comigo, Claudia?

Dou de ombros.

— Talvez.

— Sabe o que dizem de quem brinca com fogo, não é?

Termino a louça e seco as mãos em um pano de prato.

— Por que eu deveria ter medo desse ditado se o fogo sou eu? — Aponto para meu cabelo.

Ártemis ri e se levanta. Ele fixa os olhos nos meus ao dar a volta na mesa, passando os dedos por ela.

— Você é o fogo... — murmura ele, e eu engulo em seco.

Quando ele fica de frente para mim, ergo o rosto. Meu coração dispara e preciso controlar a respiração. Minha nossa, que tensão é essa? Nunca senti nada igual. Ártemis umedece os lábios, me observando com atenção, e acaricia minha bochecha.

— Senti saudade.

Quero dizer que também senti, mas as palavras ficam presas na garganta, então toco seu rosto, sentindo a barba rala, e sorrio em resposta. Os olhos cor de café parecem pretos na luz fraca da cozinha. É incrível como sua aparência está amadurecida, como ele parece adulto agora. Parte de mim está desconfiada e não quer baixar a guarda de novo. Ainda me lembro de como ele me magoou há alguns meses com essa história de noivado, mas sei que agora está sendo sincero.

Os olhos de Ártemis descem para os meus lábios, e dá para ver o desejo neles. Sei que ele quer me beijar, mas não tem certeza se é correspondido depois de tudo o que aconteceu entre nós.

— Você é tão linda — sussurra ele, o polegar acariciando minha bochecha.

— Eu sei.

Ele ergue a sobrancelha.

— Muito bem.

Então baixa a mão e dá um passo para trás, interrompendo o contato entre nós.

— Depois da aula amanhã, vou te buscar na faculdade. Vou levar você pra jantar.

— Hummm, vou pensar.

— Vai pensar?

— Combinado, eu aceito. Mas só porque a comida ficou uma delícia.

— Ótimo, então. Só para você saber, é um encontro, tudo bem?

— Tudo bem.

Ele acena em despedida.

— Boa noite, Claudia.

— Boa noite, Ártemis.

Ele se vira para ir embora com um sorriso, mas vou depressa até ele, seguro seu braço e puxo a gola de sua camisa para beijá-lo. Ártemis corresponde na hora, tão sedento por meus beijos quanto eu estava pelos dele. Nossos lábios se esfregam, molhados e apaixonados. O simples beijo incendeia todo o meu corpo, e sei que ele sente o mesmo porque geme em minha boca. Inclino a cabeça, aumentando a intensidade do beijo e aproveitando cada segundo.

Chega, Claudia, se não quiser acabar transando com ele em cima da mesa.

Eu me afasto, mas ele me agarra pela cintura, pressiona meu corpo contra a mesa e tenta me beijar outra vez. Coloco o polegar em seus lábios, parando-o, e balanço a cabeça.

— Você não tem controle — digo para ele, me libertando de seus braços. — Eu tenho.

Deixo Ártemis na cozinha, com a respiração pesada, querendo mais. Depois de tudo o que ele fez, o que quer que aconteça entre nós daqui em diante será decisão minha.

Afinal, eu sou o fogo.

26
"MEU CORAÇÃO DÓI POR VOCÊ"

CLAUDIA

Estou nervosa.
    Brinco com as mãos, esperando Ártemis vir me buscar. É a primeira vez que fico tão tensa antes de sair com alguém. Bem, ele não é um cara qualquer, então não sei por que estou surpresa com a ansiedade. Ele foi meu primeiro amor, meu único amor, e esse é nosso primeiro encontro oficial. Inquieta, ajeito a saia e o decote do vestido florido, que mal chega na altura dos joelhos. Meu cabelo está solto, e ainda bem que é verão — agora posso usar roupas bonitas sem precisar de jaquetas, gorros e acessórios que cobrem tudo.
    Umedeço os lábios, me lembrando do beijo que dei em Ártemis na noite passada. Nossas respirações aceleradas, o tesão acumulado... Para ser sincera, acho que não podemos ficar sozinhos em lugar nenhum, já que corremos o risco de devorar um ao outro. Se o encontro não for em um lugar público, tenho a sensação de que as coisas vão acabar de uma forma muito sexual.
    Não é fácil manter o controle levando em consideração toda a história que temos; são anos de amor e desejo reprimidos. E para piorar a situação, Ártemis é muito gostoso. O corpo sarado

e o rosto lindo já me deixam sem fôlego só de pensar. Respiro fundo, guiando minha mente para pensamentos puros e calmos. Como se eu conseguisse. Meu coração acelera quando o vejo estacionar o carro luxuoso diante de mim.

Estou prestes a ir até a porta quando ele sai, de terno e gravata pretos. Parece que ele está combinando com o carro de propósito — muito elegante. Seus olhos recaem sobre mim, e eu me esforço para parecer tranquila, como se a beleza dele não me afetasse.

Ártemis abre a porta do carro para mim e sorri.

— Olá.

— Oi — respondo com um sorriso e entro no carro.

O interior é preto com detalhes em azul-escuro, dando ao automóvel um contraste distinto. O vento gelado do ar-condicionado bate em meu rosto, e sinto o cheiro do perfume dele.

Coloco o cinto de segurança, e Ártemis entra no carro.

— Belo carro.

Ártemis também coloca o cinto.

— Só agora você elogia? Não é a primeira vez que entra nele.

Ártemis começa a dirigir.

Sei que está falando da noite em que saímos juntos de sua boate, quando me levou para casa e quase profanamos a mesa da cozinha se Ares não tivesse nos interrompido. Bem, pelo menos isso me salvou de uma humilhação maior, porque Ártemis voltou com a ruiva logo depois.

Não pense nisso, Claudia. Não estrague a noite antes de ela começar, viva o agora. Preciso mudar de assunto.

— Como foi o trabalho hoje?

Sei que ele está atarefado com um novo projeto. A equipe de marketing não parou de falar disso ontem, de como era importante fechar negócio, que se tratava de uma ação milionária e que, se conseguíssemos, teríamos que fazer uma força-tarefa e criar diversas estratégias para promovê-lo. Ártemis corre a mão pela nuca.

— Tem sido... intenso, mas nada com que eu não consiga lidar.

— Nunca achei que você fosse se interessar por gestão de negócios, nunca mencionou isso quando a gente era criança.

— Porque eu não me interessava.

Isso me deixa triste, mas eu já desconfiava que ele não tinha estudado Administração por vontade própria. Pensei que, com o tempo, ele tivesse desenvolvido gosto pela área. Olho para ele, uma mão no volante e a outra massageando a nuca, o cansaço visível nos olhos e na postura. Ártemis é tão jovem e já tem uma responsabilidade tão grande nas costas, ainda por cima é algo que nunca o interessou.

Como aguentou todos esses anos fazendo algo de que não gosta, Ártemis? Quanto você sofreu? Está frustrado?

Se foi difícil, ele escondeu bem. Nunca reclamou, nunca xingou os pais, mesmo depois da traição. Admiro sua capacidade de suportar tudo sozinho para não decepcionar a família.

Quanto tempo você aguentou sozinho, Ártemis? Meu coração dói por você.

Como se sentisse meu olhar, ele me olha de soslaio.

— O que foi?

— Nada. — Mais cedo ou mais tarde vamos conversar sobre isso, mas não quero trazer um assunto tão doloroso à tona. — Aonde vamos?

— Primeiro jantar, depois pra onde você quiser.

Pra cama?

Claudia, pelo amor de Deus.

— Onde vamos jantar? — pergunto, curiosa, olhando as ruas, as casas e as árvores.

Nós nos afastamos do campus, e não parece que estamos indo para o centro da cidade.

— Você vai ver.

Depois de algum tempo, reconheço aquela rua tão familiar. Meu peito aperta quando lembro cada casa e restaurante. É como se esta rua em particular estivesse congelada no tempo. Ártemis estaciona, e eu não espero que ele abra a porta, saio depressa e vou para a frente do carro.

O restaurante em que vi os Hidalgo pela primeira vez.

Um misto de sensações me invade, e identifico nostalgia no meio delas. É incrível como consigo me lembrar tão bem da fome que senti naquele dia, do cheiro da comida, do medo daqueles caras que estavam atrás da minha mãe. Ainda tenho uma imagem nítida da família Hidalgo sentada à mesa como um retrato clássico de uma família feliz.

Ártemis para ao meu lado e fica em silêncio. Olhamos para o lugar como se estivéssemos nos lembrando daquele momento.

Ele quebra o silêncio depois de um tempo:

— Achei que deveríamos começar por onde tudo começou.

Viro e ele está me observando atentamente, como se minha reação fosse a coisa mais importante do mundo.

Quando vê que eu permaneço em silêncio, Ártemis continua:

— Se não estiver à vontade, podemos ir para outro lugar. É que pensei que nenhum restaurante, por mais luxuoso que fosse, teria tanto significado quanto este, o lugar que te vi pela primeira vez. E podem não ser as melhores lembranças, mas foi o dia em que sua vida mudou para melhor e que você entrou na minha.

Umedeço os lábios sem saber o que dizer. Ele tem razão, esse lugar tem muito significado para mim, e não o vejo de forma negativa, mas como um recomeço.

— Eu adorei — digo a ele, pegando sua mão.

Ele parece surpreso e pigarreia. E... fica vermelho? Ártemis Hidalgo ficou corado?

— Certo, vamos.

O restaurante está bem conservado e tem um ar requintado. A maioria dos clientes é muito elegante. Apesar de esta não ser a melhor área da cidade, o local parece manter o ambiente perfeito para a clientela distinta. Seguimos a garçonete, que nos conduz até a mesa em frente à janela, a mesma que os Hidalgo se sentaram há tantos anos. Olho pela janela e quase consigo me ver ali ao outro lado, ainda criança, aguando com toda aquela comida.

— No que você está pensando? — pergunta Ártemis, sentado ao outro lado da mesa, a luz fraca iluminando seu rosto.

— Nada, só estou me lembrando de algumas coisas. — Tento sorrir, mas mal passa de um sorriso triste. — Seu pai foi muito generoso naquele dia, salvou minha vida e a da minha mãe.

— Essa é a versão dele que ainda carrego comigo.

Você assumiu a responsabilidade pela empresa por causa dele, não é?

— Não é uma versão dele. Acho que, no fundo, é quem ele é de verdade. Só tenha paciência, o vovô ainda tem muita fé nele.

— Você é muito próxima do vovô — comenta ele, mas não há irritação em sua voz, apenas curiosidade.

— É inevitável, ele é um amor.

— Por acaso ele é o seu Hidalgo favorito?

— Na verdade, sim. Mas não conte para o Ares, prometi que ele sempre seria o meu favorito. A verdade é que ele está em segundo lugar.

Ártemis sorri.

— Deve ter algo errado nisso. Estou em terceiro lugar?

— Quem disse que você é o terceiro? Depois do Ares é o Apolo.

O sorriso desaparece, e ele cerra os punhos na mesa. Ah, Apolo ainda é um assunto delicado para ele, então? Ártemis precisa superar isso. Seus olhos brilham com algo que não consigo decifrar. Pego meu copo de água para tomar um gole.

— Vamos ver quem é seu Hidalgo favorito depois que eu te comer bem gostoso e você tiver o melhor orgasmo da vida.

Engasgo com a água e começo a tossir. Aperto o peito e pigarreio. Como ele diz isso com tanta naturalidade em um lugar desses?

Ártemis me mostra um sorriso malicioso, e eu lhe lanço um olhar de poucos amigos.

— Você confia demais nas suas habilidades.

— Sou só um homem que sabe o que está fazendo. — Ele pega uma taça meio cheia e a gira de leve, cheirando o vinho. — Sei que consigo te deixar excitada sem sequer te tocar.

De repente, fica muito quente.

— Ah, é?

Tiro a sandália e estico o pé por baixo da mesa até a coxa dele, bem perto de sua virilha. Ártemis fica tenso, não esperava por isso. Dou um sorriso inocente para ele.

— E eu posso fazer você ter uma ereção bem aqui, não se esqueça disso.

— Você não gosta de abrir mão do controle, não é?

— Isso é uma coisa que você vai precisar conquistar.

— É um desafio?

Nossos olhares estão conectados, a intensidade fazendo a tensão crescer. A garçonete aparece com um sorriso gentil e pergunta se já estamos prontos para pedir, quebrando o clima. Coloco o pé no chão, agora comportada.

Vai ser uma noite longa.

27
"MEU SILÊNCIO É A RESPOSTA"

CLAUDIA

Chegamos a um novo patamar de tensão sexual.

A viagem de volta para casa é silenciosa e carregada de tesão entre nós. Para ser sincera, sempre fui boa em controlar meus impulsos, mas nunca quis tanto alguém como quero Ártemis. Acho que isso se justifica pelos tantos anos de desejo acumulado e pela realidade tentadora de que não há nada me impedindo de arrancar o terno dele e... Preciso segurar a imaginação.

Ártemis coloca a mão na minha coxa nua, e eu quase pulo com o toque quente na pele. Eu o observo, mas ele continua dirigindo como se nada tivesse acontecido. Sinto meus seios roçando no vestido a cada respiração que dou. É como se todos os meus sentidos estivessem em alerta.

— Por que você está tão quieta? — A voz dele ressoa, grave, pelo carro.

— Só estou pensando no quanto você cresceu.

— E você ainda nem viu tudo.

— Ártemis!

Ele dá uma risadinha, e percebo como fica sexy assim — a barba por fazer dá a ele um lindo toque de bad boy. Uma parte egoísta de mim fica satisfeita por ele não mostrar esse sorriso para todo mundo. Ártemis estaciona o carro, e vamos até a porta de casa. Esse momento é um pouco constrangedor, não porque estamos desconfortáveis um com o outro, mas porque, morando na mesma casa, não sabemos onde nos despedir, ou sequer se temos que nos despedir. Na sala, paramos frente a frente antes de subir a escada.

— Gostei muito de ter passado a noite com você — diz ele.

— Ah, eu achei legalzinho... — respondo, e ele ergue a sobrancelha. — Brincadeira. Obrigada, foi um encontro incrível.

Nós nos encaramos em um silêncio carregado de tensão. Umedeço os lábios, e ele desvia o olhar.

— Boa noite — digo, por fim.

— Boa noite. — Ele acena para mim.

Começo a me afastar, fazendo uma careta de frustração agora que ele não consegue me ver. Logo em seguida, sinto a mão dele na minha, e Ártemis me puxa depressa. Antes que eu consiga entender o que está acontecendo, ele me pega no colo e sobe a escada. Meu coração dispara, e olho para cima; o pescoço dele parece tenso, algumas veias estão saltadas e a respiração soa descompassada.

— Você quer isso tanto quanto eu? — pergunta ele, a voz carregada de desejo.

Acho tão sexy a facilidade com que ele me carrega. Meu silêncio é a resposta. Chegando no quarto dele, Ártemis fecha a porta e me deixa ficar em pé. Mal toco o chão quando ele me joga contra a porta, me beijando com tanto desespero que sinto que vou perder as forças aqui mesmo.

Sem hesitar, eu retribuo o beijo com muita vontade, porque, caramba, eu também o desejo tanto ou até mais do que ele me deseja. Nossas bocas se movem em sincronia, molhando nossos lábios. Agarro sua gravata e inclino a cabeça para o lado, aprofundando o beijo. Ártemis apoia as mãos na porta, uma de cada lado do meu rosto, como se tentasse se controlar.

Dane-se o autocontrole.

O beijo se torna ainda mais apaixonado, mais exigente, quase me enlouquecendo. Nossas respirações e o som de nossas bocas ecoam por todo o quarto. Meu corpo queima com seu toque, e quando percebo que ele está apertando os punhos na porta, me afasto um pouquinho.

— Pare de se controlar — sussurro, mordiscando sua boca.

A voz dele está rouca e sexy:

— Estou tentando ser gentil.

— Que se dane a gentileza. — Chupo seu lábio com força. — Pode perder o controle e me foder como você queria esse tempo todo.

Vejo seu autocontrole se esvaindo, as mãos procurando meus seios para apertá-los de leve, roubando um gemido de mim.

— Vou te foder do jeitinho que eu sempre quis — rosna ele contra minha boca.

Seus lábios atacam os meus enquanto ele acaricia meus seios com destreza antes de levar as mãos às alças do vestido e descê-las por meus ombros de uma vez, revelando o sutiã. Minha pele queima, seu toque me mata de prazer. Ele desce os beijos até meu pescoço e desabotoa meu sutiã. Solto um gemido ao sentir seus lábios na pele nua e exposta e jogo a cabeça para trás em êxtase quando ele chupa meus mamilos. Sua língua é rápida e a boca suga com movimentos fortes, e depois Ártemis passa a lamber de leve, uma combinação perfeita que me faz estremecer.

Meu Deus, acho que eu poderia ter um orgasmo só com isso.

Impaciente, puxo seu rosto para a altura do meu novamente e o beijo, arrancando sua gravata o mais rápido que consigo e jogando-a de lado. Sem tirar a boca da dele, em um beijo apaixonado e sensual, desaboto e tiro a camisa de Ártemis junto do paletó. Passo as mãos por seu peito, sentindo cada músculo e descendo até a barriga sarada. Ele interrompe o beijo, me encara e guia minha mão um pouco para baixo.

— Sinta. — Eu obedeço, tocando-o por cima da calça. — Quero que você veja como me deixa duro.

E, sim, ele está muito duro. Eu o massageio por fora da calça e ele desliza a mão por dentro de meu vestido, arrancando a calcinha de uma vez.

— Ei!

— Do jeitinho que eu sempre quis — lembra Ártemis.

Os dedos dele encontram minha intimidade, e esqueço a calcinha que acabou de ser rasgada. Estou tão molhada que os dedos escorregam dentro de mim, e isso parece excitá-lo ainda mais — a respiração fica mais irregular e os ombros sobem e descem. Não consigo me controlar.

Desabotoo a calça dele e a tiro com cueca e tudo, sentindo água na boca ao vê-lo nu na minha frente. Gostoso pra cacete. Dá para ver cada linha de músculo definido no braço, peito e abdômen. E também tem um...

O vestido cai até meus pés, me deixando completamente nua. Então puxo Ártemis, beijando-o. O contato de nossas intimidades, pele com pele, me faz suspirar e perceber que não dá para esperar mais. Em seus braços, me viro de costas e apoio as mãos na porta, me expondo para ele. No entanto, Ártemis agarra meu braço e me joga na cama. Caio de costas e fico apoiada nos cotovelos, encarando-o.

Ele me puxa pelos tornozelos até a beira e anuncia:

— Quero que você me olhe nos olhos quando eu te comer.

Bem, vou te deixar no controle, mas só desta vez, Iceberg.

Ártemis se posiciona entre minhas pernas e nos beijamos outra vez, a sensação de nossos corpos nus se esfregando e sentindo um ao outro me faz suspirar de expectativa. Ele para de me beijar e me encara, o membro roçando em minha intimidade molhada. Antes que eu possa implorar, Ártemis me penetra de uma vez, indo tão fundo em uma só estocada que me faz arquear as costas.

Nós dois gememos com a sensação, mas, sem dar tempo para eu me recuperar, ele já começa a me comer com força, metendo várias vezes sem parar. Ele olha nos meus olhos, o rosto em uma expressão de pura luxúria, seus rosnados e gemidos deixando tudo ainda mais intenso. Envolvo sua cintura com as pernas, querendo senti-lo ainda mais.

— Isso, vai. — Suspiro, agarrando suas costas.

Ele faz suas investidas de um modo selvagem, como eu queria. O som de nossos corpos se tocando se une aos suspiros de prazer. Nunca pensei que eu fosse me sentir tão bem assim. Não é minha primeira vez, mas é a primeira vez que transo sem camisinha, e a sensação das nossas peles se tocando é demais para mim. Eu me perco nos olhos cor de café de Ártemis, sentindo-o dentro de mim, cada estocada me levando à beira do orgasmo. Ele sabe muito bem o que está fazendo.

Sua boca deixa a minha para sussurrar em meu ouvido:

— Você é tão molhada e quente por dentro. — Os gemidos dele me excitam ainda mais. — Está me deixando louco.

Ele se inclina para trás e levanta um pouco meus quadris para me deixar na altura certa para meter ainda mais fundo. Meus seios balançam a cada investida, e eu mordo o lábio ao ver como ele está sensual, como os músculos de seu abdômen e braços se contraem a cada movimento.

— Ártemis! — Solto um gemido, muito perto de chegar ao orgasmo.

— Sim, isso, geme meu nome — sussurra ele com puro desejo.

Com o polegar, ele acaricia minha intimidade, sem parar de me penetrar. Reviro os olhos, porque é disso que eu precisava para explodir.

— Vai, Sexy. Geme, goza comigo dentro de você.

Ah, meu Deus.

Agarro os lençóis ao meu lado, o orgasmo atingindo meu corpo excitado, subindo por cada nervo, espalhando-se por meus membros. Solto um gemido alto, o nome dele escapando de meus lábios em meio a outras vulgaridades. Ártemis não para, acelera os movimentos, e sinto minhas pernas tremerem.

— Posso... gozar dentro de você? — pergunta ele entre suspiros.

Sinto tanto tesão ao pensar nele gozando dentro de mim, e estou tomando anticoncepcional, então assinto.

— Aham.

As estocadas ficam mais rápidas. Os olhos não deixam os meus nem quando seu rosto se contrai de prazer e ele geme, gozando. Consigo senti-lo duro e pulsando dentro de mim. Ele cai sobre meu corpo, seu coração batendo junto do meu. Nossas respirações estão irregulares, e não consigo tirar o sorriso idiota pós-orgasmo do rosto.

Ártemis revira na cama, caindo de costas ao meu lado.

— Nossa — diz ele, olhando para mim.

— Nada mal, Iceberg.

Ele me dá um sorriso malicioso.

— Digo o mesmo, Fogo.

— Fogo?

Ele estende a mão para mim, o dedo acariciando meu pescoço, então desce por entre meus seios.

— Você mesma disse que era o fogo. Só confirmei. — Ele faz uma pausa. — Mas, com você, vale a pena se queimar.

As carícias descem pela minha barriga, e eu prendo a respiração, apreciando o contato. Ártemis desliza os dedos pela lateral do meu corpo, delineando as pequenas estrias, marcas das vezes que perdi e depois ganhei peso. Ele faz isso com tanta delicadeza e amor que me faz sorrir. Nunca senti vergonha do meu corpo, afinal, por que deveria? Todas as marcas fazem parte da minha história, do que vivi. Sou uma pessoa saudável, e isso é o mais importante. O resto é apenas detalhe.

Ele baixa a mão para a parte de fora da minha coxa, roçando uma velha cicatriz, e sussurra:

— Quarto ano, você caiu de bicicleta. Nossa, sangrou tanto e você nem chorou.

Isso me faz rir.

— Você ficou pálido, sério, achei até que fosse desmaiar.

— Quase desmaiei. Mas se você contar pra alguém, vou negar.

Ele se senta, seu dedo agora em outra cicatriz no meu joelho.

— Primeiro ano do ensino médio, patins. Falei pra você não pegar aquela rua porque era muito íngreme.

— Como se eu fizesse o que você diz.

Ele deita de lado, apoiando a cabeça na mão, e a outra sobe para minha barriga, onde há uma cicatriz quase imperceptível.

— Apendicite. Foi a primeira vez que te vi chorar, fiquei arrasado.
Estico a mão para tocar seu rosto e sentir a barba rala.
— Você é um homem muito doce, Ártemis, sempre foi.
— Doce? — Ele ergue a sobrancelha — Não. Bonito? Gostoso pra caramba?
— Sim, você é muito gostoso, mas não foi isso que fez...
Com que eu me apaixonasse por você.
Ele espera que eu termine a frase, então continuo:
— Eu confiar em você.
— Você está dizendo que minha doçura te conquistou?
Assinto.
— Todo mundo diz que sou um babaca, que não tenho sentimentos e que meu coração é de pedra.
— Não sou todo mundo.
Ártemis esfrega o rosto de leve na palma da minha mão.
— Quer ser meu mundo?
— Acho que você ainda está sob o efeito da alegria pós-sexo.
Ele cai de costas na cama e gesticula para que eu deite em seu peito. Eu faço isso, abraçando-o, e ele beija minha testa.
— Quais são as chances de...?
— Não vamos fazer isso de novo.
— Eu tinha que tentar.
Depois de um tempo em silêncio, levanto e dou um beijo apaixonado nele. Quando nos separamos, ele me olha achando graça.
— Achei que nós não...
— Eu menti.
Então volto a beijá-lo, deixando fluir tudo o que sinto agora que estou com ele pela primeira vez depois de tantos anos. Sempre senti pavor de todos esses sentimentos e sexo nunca teve um forte significado para mim, e agora sei por quê. Mesmo tendo passado muito tempo, meu coração, inconscientemente, sempre esteve reservado para ele. Sexo não significava nada até ser com ele. Meu querido Iceberg, Ártemis Hidalgo.

28
"PENSEI QUE JÁ TIVESSE ME DERRETIDO"

ÁRTEMIS

Não quis te acordar, você estava num sono profundo. Desculpe ir embora assim, mas preciso ajudar minha mãe a começar o dia. Te vejo logo, logo, Iceberg.

Clau

Sorrio para o bilhete na mesa de cabeceira e levanto. Eu me espreguiço, completamente nu. Olho a cama bagunçada e me lembro de Claudia agarrando os lençóis enquanto a gente transava, meu corpo incendiado. Como eu gosto dessa mulher! Sexo com Claudia superou todas as expectativas e me deixou louco. Nunca fiquei tão mexido transando com alguém; todas as sensações, os olhares, aquele calor no peito ao beijá-la... foram uma combinação perfeita para me proporcionar o melhor sexo da vida.

Depois de tomar um banho, visto o terno para ir trabalhar e, quando vou arrumar a gravata, percebo uma marca vermelha na base do pescoço. Vou até o espelho e afasto um pouco a gola da camisa para olhar melhor. Tocá-la dói um pouco. Tento lembrar o momento em que isso aconteceu.

Claudia está em cima de mim, gemendo, subindo e descendo. Ela se inclina para me beijar, leva a boca até meu pescoço e chupa forte enquanto acelera os movimentos no meu colo. Solto um gemido de dor, porque ela está chupando com muita força, e Claudia olha para mim.

— Desculpe, me empolguei.

— Nunca se desculpe por rebolar desse jeito, nunca.

Valeu a pena. Desço a escada, arrumado. Meu bom humor me faz sorrir sozinho, sem motivo. Quando foi a última vez que acordei tão bem assim? Não consigo lembrar. Entro na cozinha, escondendo o sorriso quando vejo Claudia preparando o café da manhã. Vou até ela e a abraço por trás, e ela pula em surpresa.

— Oi — diz Claudia, virando-se em meus braços.

— Oi, Fogo — respondo e lhe dou um beijo rápido.

Sua boca macia encontra a minha por um segundo. Agora que posso finalmente beijá-la e abraçá-la, não quero fazer outra coisa.

— Bom dia, Iceberg.

— Pensei que já tivesse me derretido.

Ela dá um sorriso.

— Pensei que eu fizesse o contrário, te deixasse *duro*.

Isso me faz erguer a sobrancelha.

— Será? Acho que você precisa se certificar disso.

Ela finge inocência.

— Não sei do que você está falando.

— Lógico. — Acaricio o rosto dela com delicadeza. — Você coloca o uniforme para mim quando estivermos a sós?

— Vou pensar.

— Mesmo?

— Você acha que não sei quantas vezes você fantasiou me comer com aquele uniforme?

Roço meu nariz no dela.

— Disfarcei tão mal assim?

Ela balança a cabeça, e eu a puxo para beijá-la, sentindo cada centímetro de seus lábios nos meus em um toque delicado, mas repleto de sentimentos. Conforme o beijo se intensifica, ela coloca as mãos em volta de meu pescoço.

Meu coração dispara. Apenas um beijo já desperta tantas sensações em mim. Ela foi a primeira garota de que gostei, a primeira que me deixou nervoso e desajeitado ao falar, a primeira para quem me declarei, com quem fui vulnerável e caloroso tantas vezes. Então a força dessas emoções ao tê-la em meus braços não me surpreende.

Para mim, sempre foi ela.

Claudia termina o beijo e escapa do meu abraço, passando por mim para pegar as xícaras e servir o café.

— Alguém pode descer a qualquer momento — lembra ela. — O vovô e a enfermeira moram aqui agora, então temos que ter cuidado.

Suspiro. Ela serve as xícaras de café e me entrega uma.

— Você não tem que trabalhar hoje? — pergunto.

Claudia franze as sobrancelhas, e eu quase dou um soco na minha própria cara. Ela não faz ideia de que sei do estágio. Merda!

— Quer dizer... — Pigarreio. — Você tem planos para hoje?

Eu me escondo atrás da xícara de café, tomando um gole.

— Só mais tarde.

Olho para o relógio na parede. Preciso sair agora, tenho uma reunião em meia hora. Estou dormindo mais do que de costume.

— Preciso ir.

Dou mais um beijo rápido em Claudia e coloco a xícara na mesa. Ela me entrega um pote.

— Salada de frutas. Café da manhã é importante.

Isso me faz sorrir feito um idiota.

— Você está preocupada comigo?

— Por que você está tão surpreso?

— Não estou.

— E então...?

Eu a olho nos olhos.

— Gosto que você se preocupe.

Claudia fica corada e desvia o olhar. E eu luto para não beijá-la de novo, então pergunto:
— Vamos fazer alguma coisa hoje à noite?
— Já tenho planos, vejo você em casa quando chegar.
— Planos?
— Sim.
— Que tipo de planos? — Depois acrescento quando ela ergue a sobrancelha: — É só curiosidade.
— Não vou sair com outro cara, fica tranquilo.
— Estou tranquilo. — Dou um sorriso largo. — Não dá pra ver?
— Está bem, sr. Tranquilo. Anda, você vai se atrasar.
Claudia me vira e me empurra para fora da cozinha.
— É uma noite de garotas? Em um bar? Podem ir ao meu, prometo não incomodar se...
— Tchau, Ártemis.
Relutante, saio de casa.

Depois de uma reunião de duas horas, estou morrendo de fome, e agradeço à Claudia pela salada de frutas que me espera no escritório. Infelizmente, quando entro, a sala foi invadida pela mesma pessoa de sempre.
— Você não tem seu próprio escritório? — pergunto, passando por ele.
Alex está deitado no sofá com duas bolsas de gelo na cabeça, os olhos fechados.
— Estou no meu leito de morte, então tenha piedade — responde ele, baixinho.
Talvez, se eu ignorá-lo, ele vá embora por conta própria.
Encostado em minha escrivaninha, abro o pote que Claudia me entregou e começo a comer. A imagem de Alex estirado em meu sofá como uma boneca de pano não é das melhores, mas pelo menos, passando mal, ele não vai começar a tagarelar como sempre.

Alex vira a cabeça para mim, abrindo os olhos. Ele me observa por alguns segundos antes de começar:

— Não consigo sentir a aura mal-humorada de sempre.
— Alex.

Ele estreita os olhos, me avaliando.

— Cadê a tensão na sua postura? Ou na sua expressão? Não estou sentindo aquele ventinho gélido que vem de você. — Ele se senta, colocando as bolsas de gelo de lado. — O que aconteceu? Você voltou a ser humano?

— Muito engraçado, Alex.

Ele sorri para mim, mas estremece de dor.

— Ai, essa dor de cabeça vai me matar.
— Devo me preocupar com a sua ressaca?
— Não, só acontece uma vez por semana, então estou bem, mas fique à vontade para se preocupar comigo. — Ele faz uma cara de pobre coitado.

Respondo com um olhar cansado.

— Alex, você não tem sua própria sala, com um sofá igual ao meu porque sempre foi invejoso?
— Mas na solidão do meu escritório eu não tenho você.

Não respondo, apenas continuo comendo. Alex se levanta, inclina a cabeça e olha para mim como se eu fosse uma incógnita.

— O que foi? — pergunto.
— Fiz uma brincadeira e você não rosnou nem uma vez. O quê...? — Ele faz uma pausa quando vê meu pescoço, e eu puxo a camisa para cima. — Ártemis! Isso é um chupão?

Pigarreio.

— Não, foi um mosquito.
— Um mosquito muito sensual, tenho certeza. — Ele fica na minha frente. — O que você está escondendo? Sei que terminou com Cristina... — Alex anda de um lado para outro com a mão no queixo, pensativo —, então foi a Claudia?

Desvio o olhar, fingindo desinteresse.

— Bingo! Nossa, se eu soubesse que a Claudia resolveria seu mau humor, já teria dado uma de cupido há muito tempo.

— Você não estava com dor de cabeça?

— Aham, mas não é todo dia que meu melhor amigo finalmente fica com a garota que ele ama. Nunca conseguiu superar o primeiro amor, hein? Você até que é bem romântico.

— Alex, eu vou te dar um soco.

Ele me dá um tapinha no ombro, deixando pra lá o tom de deboche, e abre um sorriso sincero.

— Estou feliz por você, Ártemis.

— Obrigado — respondo. — Agora vai trabalhar.

— Como quiser, chefe. Aliás, tente não dar muitas voltinhas por aí. A picada de mosquito vai chamar atenção.

Ele pisca para mim, pega as bolsas de gelo e sai.

Nessas horas, queria que meu rosto não estivesse estampado em tantos lugares. É impossível passar despercebido entre os funcionários. Todos sabem que sou o diretor e fogem aterrorizados ou se esforçam para parecer produtivos, trabalhando a mil por hora, e acho que nem respiram quando me veem.

Saio da sala com o objetivo de ir ao departamento de marketing, onde Claudia está estagiando, e observá-la a distância. Agora sei que não vai acontecer — nem cheguei perto do meu destino e já deixei funcionários petrificados por onde passei.

Eu não pareço assustador, né? Sou menor que muitos deles, por que teriam medo de mim? Sei que sou a autoridade máxima da empresa, mas reduzi o índice de demissões em quase oitenta por cento desde que assumi o cargo. Os funcionários nunca tiveram tanta estabilidade, então qual o problema? Eles me veem como um Iceberg? Penso nessa palavra que Claudia usa. Não faz o menor sentido, ela é uma das únicas pessoas que sabe como posso ser caloroso.

Desisto de fazer uma visita ao departamento de Claudia e, como estou passando pelo financeiro, decido procurar Alex. Talvez ele tenha alguma ideia. Contudo, paro ao ver a secretária dele, uma jovem com cara de bebê, cabelo ondulado e silhueta corpulenta, passando batom e arrumando o cabelo antes de entrar no escritório de Alex. Acho que meu melhor amigo é o amor platônico da secretária. Como você é clichê, Alex. Volto para o escritório, derrotado.

O barulho do meu celular me desperta, e aperto os olhos com os dedos antes de abri-los — já está escuro. Quanto tempo eu dormi? Estendo a mão para pegar o celular, que está tocando insistentemente. Ainda despertando, vejo o nome de Claudia na tela. É a primeira vez que ela me liga.
— Oi?
— Icebeeeeerg! — grita ela, então sou forçado a afastar um pouco o aparelho da orelha.
— Claudia?
Ouço risadas, sussurros e uma música estranha ao fundo.
— Iceberg, eu acho... — sussurra ela como se fosse um segredo importantíssimo. — Acho que estou bêbada. — E solta uma risada.
— Claudia, onde você está?
— Relaxa, se solta, Ártemis. Você não cansa de ficar tenso o tempo tooooodo?
— Claudia — digo com firmeza. — Onde você está?
— Na... — Ela demora para completar a frase. — Rua.
— Qual rua?
— A Rua das Rosas.
Escuto outra garota comentar algo sobre as luzes ao fundo, e Claudia ri.
— Tentei entrar na Insônia, mas me disseram que era apenas para os VIPs. Eu te odeio. Por que você tem uma boate se não deixa ninguém entrar? Ártemis mau.
Eu me levanto e pego meu terno ao lado da minha mesa.
— Estou indo, não saia daí.
Ela bufa exageradamente.
— Mesmo se eu não sair, tudo está se mexendo.
Eu nunca a vi alterada assim, ela parecia ser forte para bebida.
— Fique aí. Claudia, não...

Ela desliga na minha cara, e eu saio do prédio da empresa o mais rápido que consigo. Ligo imediatamente para o chefe de segurança do bar.

— Senhor?

— Passe o celular para o segurança que está na entrada hoje, por favor.

— Agora mesmo.

Alguns segundos depois, escuto outra voz:

— Aqui é o Peter, senhor — diz o segurança.

— Peter, uma garota ruiva tentou entrar aí há alguns minutos. Você a viu?

Entro no carro.

— Sim, senhor, mas eles não tinham credenciais, então...

— Eu sei. Você consegue vê-la? Ela está por perto? Poderia levá-la para a Insônia, por favor? Estou a caminho.

— Vou tentar, senhor, a rua está cheia.

— Está bem, obrigado.

Dirijo o mais rápido que o limite de velocidade permite. A boate não é tão longe, mas o trânsito está impossível. Sei que posso estar exagerando, Claudia é adulta e sabe se cuidar, mas não consigo evitar. Como não me preocupar se me importo tanto com ela? Estaciono na frente da boate e logo vejo Peter, que já adianta:

— Elas estão lá dentro, senhor, na sala VIP.

Solto um suspiro. Entro na boate, que está cheia como sempre. Quando vejo Claudia, o alívio faz meus ombros relaxarem; ela está bem, está em segurança. Está entre dois caras que conheço de algum lugar e há uma garota ao lado deles. Tenho a impressão de que já os vi antes.

Claudia grita meu nome quando me vê, e eu vou até eles.

— Você veio.

Sempre, boba.

Os olhos de Claudia se iluminam, e ela abre um sorriso tão adorável que tenho vontade de colocá-la em um potinho para ela sorrir assim só para mim. Ela se levanta e cambaleia em minha direção.

— Acho que Claudia bebeu um pouco demais.
— Você acha?
Os garotos também se levantam.
— Bem, o príncipe de gelo de quem você falou a noite toda chegou, então estamos indo embora. — Eles pegam a garota pela mão. — Vamos, Gin. Claudia vai ficar bem.
— Você vai cuidar dela? — pergunta Gin.
Assinto, e ela dá um tapinha nas minhas costas.
— Bom garoto.
Eles saem, e minha atenção se volta para a ruiva bêbada sentada a poucos metros de mim. Claudia está cobrindo a boca, rindo.
— Estou encrencada?
Eu me sento ao lado dela.
— Você não faz ideia.
— Mereço apanhar? — indaga ela, corando.
— Você quer apanhar?
— Eu quero tudo de você.
As palavras fazem um calor invadir meu pescoço e descer por meu peito até a barriga. Balanço a cabeça. Ela está alterada.
— Vamos para casa.
Ela pega meu rosto com as duas mãos e diz:
— Você é tão bonito.
Não consigo conter um sorriso.
— Obrigado.
Claudia solta meu rosto e passa o dedo indicador por meu queixo, depois por meus lábios e nariz.
— Ter você ao meu lado desse jeito é o suficiente pra me deixar excitada.
Ela se inclina para me beijar, mas eu me levanto, puxando-a comigo.
— Vamos — digo, interrompendo tudo antes que eu tenha uma ereção em público.
Agarro Claudia pela cintura e desço com ela, que tropeça várias vezes. Ofereço apoio, mantendo-a ao meu lado o tempo todo. No carro, coloco o cinto nela antes de me sentar e dirigir.

Claudia suspira e anuncia:
— Estou feliz.
Dou uma olhada rápida nela. Como é bom ouvir isso! Ela faz gestos com as mãos enquanto fala.
— Sempre tenho tudo planejado, sob controle, nunca bebo a ponto de ficar mais do que alegrinha, nunca fiquei alterada assim. Mas hoje... eu disse... que se dane tudo! Hoje acordei ao lado do homem que amei a vida toda, tive um ótimo dia no trabalho, minha chefe me parabenizou na frente de todo mundo, então por que não ficar bêbada? Também tenho o direito de perder o controle!
Eu sei.
— Fico exausta, sabe? — admite ela em um sussurro. — Controlar tudo é tão... cansativo. Tenho vinte anos, não quarenta, e sempre vivi com tanta cautela, mas estou... — a voz dela falha — ... tão cansada. — Claudia solta uma risada triste. — Então hoje me deixei ficar bêbada e não estou nem aí se eu fizer papel de boba, nunca faço papel de boba, então uma vez na vida não vai fazer diferença, né?
— Aham — concordo, pegando a mão dela. — Você pode fazer o que quiser, eu cuido de você. Não está mais sozinha, Claudia, eu estou aqui. Pode dividir comigo o peso das coisas.
— Você é tão fofo. — Ela segura meu rosto, apertando minhas bochechas antes de ajustar a postura no banco.
Estaciono o carro e percebo que Claudia dificilmente vai ser silenciosa ao entrar em casa, o que faria todos acordarem. Péssima ideia. Então decido carregá-la em meus braços, e ela continua rindo.
— Um cavalheiro. — Ela enterra o rosto em meu peito. — Seu cheiro é tão gostoso.
Atravesso a sala de estar e sigo pelo corredor até o quarto de hóspedes. Acho que ela não vai querer dormir com a mãe nesse estado.
— Não. — Ela agarra minha camisa. — Eu quero dormir com você! Por favor, eu gosto de acordar ao seu lado.

Caramba, essa mulher vai derreter meu coração.
— Prometo não seduzir você — murmura ela, e não consigo deixar de sorrir.

Levo Claudia para meu quarto e a deito na cama, cobrindo-a com o edredom. Ela se senta, inquieta, e sei que vai ser difícil fazê-la dormir. Tiro a roupa e fico só de cueca, em seguida dou a volta na cama para me sentar também. Claudia olha descaradamente para meu abdômen.

— Meus olhos estão aqui em cima, Claudia.

Ela morde o lábio.

— Posso te contar um segredo?

— Pode.

— Eu amo seu pênis.

Engasgo com minha própria saliva, tossindo e batendo no peito. Não sei o que responder, e Claudia cobre o rosto com o travesseiro. Puxo o travesseiro e digo:

— Me conta mais.

Ela balança a cabeça. Isso é mais divertido do que eu pensava, é como se o álcool tirasse todas aquelas barreiras e o autocontrole dela. Claudia se aproxima de mim, me abraçando de lado, enfiando o rosto no meu pescoço.

— Sempre foi você, Ártemis, sempre — sussurra ela, a voz fazendo cócegas. — Se não fosse por ela, já estaríamos juntos há muito tempo.

Franzo as sobrancelhas, confuso. Por ela quem? Cristina?

— Naquele dia, quando a gente era adolescente, eu estava tão feliz ao seu lado. Queria que fosse o primeiro 4 de julho de muitos que passaríamos juntos.

Mas Claudia me rejeitou naquele dia. Do que ela está falando? Isso me lembra de algo que eu estava curioso para perguntar.

— Você ainda tem o porquinho que ganhamos no festival. Por quê?

— Porque eu queria ter ficado com você, idiota. Eu sempre quis ficar com você.

— Mas, naquele dia, você... me rejeitou. — Dói dizer isso.

Ela boceja, e eu espero uma explicação.

— Claudia?

— Não rejeitei você porque quis, fui obrigada.

Eu me inclino para a frente e ajusto a postura. Seguro o rosto dela com as mãos, forçando-a a olhar para mim.

— Do que você está falando?

Os olhos de Claudia estão levemente fechados.

— Sua mãe... — sussurra ela. — Ela me ameaçou. Disse que, se eu não ficasse longe de você, expulsaria minha mãe e eu.

Meu sangue ferve, e eu trinco os dentes.

— Eu não podia deixar isso acontecer, Ártemis. A gente não podia ir pra rua de novo. Você entende, não é?

Eu a puxo para perto e a abraço. Lógico que entendo, a mãe é tudo para ela, eu nunca ficaria bravo por isso. Estou furioso, mas não com ela, e sim por Claudia ter passado por isso. Minha mãe tê-la colocado nessa situação faz meu estômago revirar. Agora tudo faz sentido. Sempre achei que Claudia gostava de mim tanto quanto eu gostava dela, por isso a rejeição mexeu tanto comigo. Nunca entendi como eu poderia ter me enganado quando era tão óbvio. E agora sei que Claudia realmente gostava de mim, foi minha mãe quem estragou tudo.

Quantas coisas você ainda pretende arruinar, mãe? Você sequer se importa? Você vai ouvir muito amanhã.

Claudia suspira, dormindo em meus braços, e eu dou um beijo em sua cabeça. Estamos destinados a ficar juntos, porque, apesar dos obstáculos, ela está aqui em meus braços. Como deve ser.

29

"FINJA QUE NADA ACONTECEU"

CLAUDIA

Uma leve batida na porta me acorda. Abro os olhos, esperando ver o teto de meu quarto, mas franzo as sobrancelhas quando percebo que estou em outro lugar. Minha cabeça lateja de dor, e eu me sento, observando ao redor.

O quarto de Ártemis... Espere... Como...?

— Ártemis, você está aí? Vou entrar.

A voz de Apolo me faz xingar baixinho, e mal tenho tempo de me jogar da cama para me esconder. Por baixo da cama, consigo ver os pés dele na frente da porta aberta.

— Que estranho, achei que ele estivesse aqui.

Apolo sai, fecha a porta, e solto uma enorme lufada de ar, me levantando. Contudo, ele volta a abrir a porta e me encontra petrificada. Os olhos castanhos de Apolo se arregalam, a boca formando um O. Pigarreio, certa de que estou descabelada e com a cara amassada. Está óbvio que dormi aqui.

— Bom dia. — Aceno para ele, desconfortável.

Sem jeito, Apolo passa a mão pelo cabelo molhado. Ele acabou de tomar banho, está de camisa branca, calças jeans e uma toalha em volta do pescoço.

— Bom... dia... Eu... — Ele tosse um pouco. — Precisava perguntar uma coisa para o Ártemis.

— Ah, ele deve estar lá embaixo ou já foi trabalhar.

Não faço ideia do horário, mas se Apolo ainda não saiu de casa, quer dizer que é cedo.

— Então... vou... descer.
— Está bem.
— Está bem.

Ficamos em silêncio por um momento, e Apolo sorri para mim antes de sair. Agarro meu cabelo dramaticamente e caio para trás na cama. Como eu vim parar aqui? *Pense, Claudia, pense.* Saí com Gin, Jon e Miguel para comemorar o dia maravilhoso que tive. Em seguida, bebi muitas doses de vodca. Depois, tequila. E foi aí que as coisas começaram a ficar embaçadas. Faço um esforço para me lembrar de tudo, mas cada lembrança que consigo resgatar é mais vergonhosa do que a outra: Ártemis me buscando na boate, me trazendo para casa... Minha nossa, as coisas que eu disse...

— *Mereço apanhar?*
— Você quer apanhar?
— *Eu quero tudo de você.*

De uma hora para outra, minhas bochechas ficam coradas.

Ter você ao meu lado desse jeito é o suficiente pra me deixar excitada.

Cubro meu rosto, resmungando de frustração.

— *Posso te contar um segredo?*
— Pode.
— *Eu amo seu pênis.*

Eu enlouqueci? *Pelo amor de Deus, Claudia!* Como vou olhar na cara dele depois de falar tudo isso? Embora tenha sido sincera, essas eram coisas que eu guardava na parte mais profunda do meu ser. Pelo jeito, minha profundidade está a apenas algumas doses de vodca e tequila de distância.

Saio do quarto de Ártemis e passo os dedos pelo cabelo na tentativa de parecer minimamente decente. Dou de cara com a enfermeira do vovô Hidalgo, que carrega uma bandeja de café da manhã para ele. Ela ergue a sobrancelha, escondendo um sorriso.

— Bom dia.

— Bom dia. — Sorrio de volta, a cabeça baixa.

Será que vou encontrar todo mundo?

Desço rapidamente, rezando para não encontrar mais ninguém, e solto um suspiro de alívio quando chego ao meu quarto. No entanto, quando abro a porta, congelo. Ártemis está sentado em frente à cama de minha mãe, rindo de algo que ela disse. Ele está de terno, o cabelo penteado para trás revelando aquele rosto lindo. Minha mãe está com uma bandeja de comida na frente dela.

Ele trouxe café da manhã para minha mãe?

Meu coração se derrete com o gesto. Talvez ele tenha pensado que eu acordaria tarde e, antes de ir trabalhar, quis garantir que minha mãe comesse. Como não amar esse homem?

— Clau! — Ela olha para mim, confusa. — Você está...

Ártemis se vira para mim, e um leve sorriso surge em seus lábios.

— Bom dia.

— Ártemis contou que você bebeu demais ontem à noite e dormiu no quarto de hóspedes. Você está bem, querida?

Ártemis umedece os lábios, escondendo um sorriso debochado. Nossa, não consigo olhar para ele. Me concentro em minha mãe.

— Aham, tudo certo. Vou tomar um banho — digo para eles, fechando a porta e respirando fundo antes de entrar no chuveiro.

Depois de tomar banho e me vestir, vou para a cozinha, onde encontro Ártemis limpando a bandeja de café da manhã que estava com a minha mãe.

Aja naturalmente, Claudia. Finja que nada aconteceu.

Passo por ele e encho um copo de água gelada na esperança de que meu estômago melhore. Por que fui exagerar tanto com a bebida? Por quê?

— Você está muito quieta. — O tom divertido na voz de Ártemis não passa despercebido.

Bebo a água e deixo o copo na pia, meus olhos focando em qualquer coisa que não seja ele.

— Bem... — diz ele, aproximando-se de mim. O cheiro de seu perfume chega ao meu nariz. — Tenho que ir trabalhar. Você não vai se despedir?

Tensa, sorrio para ele, que ergue a sobrancelha.

— Está nervosa? — Ártemis se inclina em minha direção, e eu recuo um pouco. — Você jamais ficaria assim a não ser que... se lembre de tudo o que disse e esteja envergonhada.

— Não sei do que você está falando.

Ártemis contrai os lábios, mas não consegue disfarçar: está segurando o riso.

— Ah, não? — Ele se aproxima ainda mais, e dou outro passo para trás, até minhas costas baterem na mesa. Não tem para onde correr. — Devo refrescar sua memória?

— Não, obrigada.

Ele solta uma risadinha e segura meu queixo com gentileza. A luz do sol entra pela janela e reflete em seus olhos cor de café.

— Tenho que ir.

Ele inclina a cabeça e me beija. No momento em que nossas bocas se tocam, eu me derreto. Ártemis me beija de um jeito suave, os lábios pressionando e roçando os meus, acelerando meu coração e minha respiração.

Agarro o terno, beijando-o de volta. Ártemis me envolve com as mãos, pressionando meu corpo contra o dele. Nossos lábios aumentam o ritmo, o beijo cada vez mais úmido e apaixonado. Isso me faz lembrar o quanto é bom senti-lo dentro de mim, e meu corpo estremece. Quero sentir de novo. Ele por inteiro. Nossas respirações apressadas ressoam pela pequena cozinha enquanto nos beijamos como se não houvesse amanhã. Ártemis me puxa ainda mais, e consigo sentir seu membro enrijecendo.

— Que merda é essa?

Nunca me afastei de alguém tão rápido. Empurro Ártemis com tanta força que ele dá dois passos para trás.

Sofía Hidalgo está na porta da cozinha usando um vestido preto justo. Seu rosto está vermelho, os punhos, cerrados, os olhos cheios de fúria. Devo admitir que chego a ficar com medo.

— O que está acontecendo aqui, Ártemis? — A pergunta paira no ar enquanto ela vem em minha direção, furiosa. — Piranha interesseira!

Tudo acontece tão rápido que mal processo o tapa forte que levo no rosto. Minha bochecha arde. Sofía agarra meu cabelo, mas antes que consiga fazer alguma coisa, Ártemis a afasta de mim, colocando-se entre nós.

— Não! Que essa seja a última vez que você coloca as mãos nela!

Há uma frieza na voz de Ártemis que não ouvia há muito tempo. Sofía bufa, indignada.

— Lógico que você a defende, ela deve ter enfeitiçado você, do jeito que é megera.

É minha vez de empurrar Ártemis para o lado e dar um tapa na cara dela com força.

— Como você se atreve! — Ela coloca a mão na bochecha. — É melhor você e sua mãe arrumarem suas trouxas agora. Saiam da minha casa!

— Já chega. — A voz de Ártemis é um sussurro, e sei que ele está furioso.

Ártemis é daquele tipo de pessoa que parece muito calma antes de explodir. Sofía o ignora.

— O que você está esperando, sua piranha? Vai embora! Nós te demos um teto, e você se atreveu a ficar com meu filho. Pelo jeito, mesmo te tirando da rua não dá para tirar a sujeira de você.

— Pare.

— É igualzinha a mãe...

— Cala a boca, cacete! — O grito de Ártemis é ensurdecedor. — Claudia e Martha não vão a lugar nenhum. Você ficou doida? Com que moral vem falar isso e fazer esse escândalo?

— O que está acontecendo?

O sr. Juan aparece, assustado. Deve ter ouvido o grito de Ártemis. Apolo vem atrás dele e nos olha com preocupação.

— Juan, ela me bateu! — Sofía aponta para mim. — Ela mostrou as garras e está atrás do nosso filho. As duas têm que ir embora.

Juan fica em silêncio por um tempo, tentando entender o que está acontecendo.

— Elas têm que ir embora? — sibila Ártemis. — Como cinco anos atrás, mãe? Quando você ameaçou Claudia?

Paro de respirar. Eu contei isso para ele?

— Do que você está falando? — Sofía parece encurralada.

Ártemis olha para o pai.

— Você sabia disso?

Juan balança a cabeça, e Ártemis encara a mãe.

— Ártemis, eu não sei que mentiras essa mulher te contou, mas eu...

— Cala a boca! — Seus ombros oscilam a cada respiração furiosa.

— Não vou deixar você falar comigo assim! Eu sou sua mãe! Você me deve respeito!

— Respeito o caramba! Você nunca respeitou esta família, nem meu pai, nem meus irmãos. A única coisa que fez foi nos arruinar. Por quê? — Ártemis se aproxima dela com passos firmes. — Por quê?

Juan dá um passo à frente.

— Ártemis, se acalme.

— Não — rosna Ártemis, os olhos avermelhados. — Não posso mais ficar calado, não posso mais deixar isso pra lá. Você... — A voz falha um pouco. — Você tirou tudo de mim. Por sua causa, tive que assumir um papel que não queria porque não podia deixar meu pai sozinho, não depois de todo o sofrimento que você causou a ele. E agora eu descubro que você tirou de mim até a garota de quem eu sempre gostei. O que nós fizemos para você nos deixar tão infelizes?

Sofía contrai os lábios, lágrimas rolando por suas bochechas.

— Só estou dizendo o que ninguém aqui tem coragem de dizer. — A respiração dele está pesada. — É apenas a verdade. Por que nunca fomos o suficiente para você? Por quê? Por que você procurou outro homem? Se era isso que você queria, por que não foi embora para que meu pai pudesse reconstruir a vida? Por que nos sentenciou a assisti-lo mergulhar na dor por anos a ponto de se tornar alguém tão frio, irreconhecível?

Apolo vira o rosto, os olhos cheios de lágrimas. Meu peito se aperta, a mágoa e a frustração na voz de Ártemis são palpáveis.

— Por quê, mãe?

Então, na frente de quase toda a família, duas lágrimas grossas escorrem pelo rosto de Ártemis. Eu nunca o tinha visto tão vulnerável. É como se, pela primeira vez, ele estivesse expondo sua tristeza e as dificuldades que vem enfrentando. Os olhos de Juan também ficam vermelhos, provavelmente percebendo o quanto seus filhos sofreram em silêncio.

— Ártemis... — Juan começa a falar, mas o filho mais velho levanta a mão para detê-lo, os olhos fixos na mãe.

— Me responde! — exclama ele, enxugando as lágrimas do rosto. — Por quê? Você se importou com a gente uma vez sequer?

Sofía baixa a cabeça, chorando.

— Me responde!

Dou um passo em direção a ele e pego seu braço.

— Ártemis.

Ele me olha por cima do ombro, a raiva em seus olhos esmaecendo um pouco. Isso me lembra da vez em que ele encontrou a mãe com o amante e quase o espancou até a morte.

Coloco a mão em seu rosto, depois tento agarrar seu pulso.

— Pode parar. Chega.

Entrelaço os dedos dele nos meus.

— Está tudo bem, vai ficar tudo bem. Vamos. — Ele balança a cabeça, e lhe lanço um sorriso triste. — Por favor.

Eu me lembro desse dia como se fosse ontem. A fúria que ele exala agora é parecida. Então, baixo a mão até a dele, com um sorriso triste.

— Pode parar. Chega.

Eu o levo embora, nossas mãos entrelaçadas. O silêncio é entorpecente, nem mesmo Sofía protesta ou me insulta por estar de mãos dadas com seu filho.

Nesta manhã, a discussão foi um despertar para a família. Ártemis não tinha ideia do quanto suas palavras mudariam as coisas. Às vezes, basta alguém quebrar o silêncio e ser honesto para provocar mudanças.

Olho por cima do ombro para Ártemis, que me oferece um olhar triste, a mão apertando a minha como se tivesse medo de se perder se eu o soltasse.

Ah, Iceberg... você passou por tanta coisa. Mas não se preocupe, tudo vai mudar, e eu estarei ao seu lado fazendo você tão feliz que poderá escrever esses momentos de felicidade e deixar para trás as lembranças dolorosas.

30

"APAIXONADA? POR AQUELE ICEBERG?"

CLAUDIA

— Quero ficar sozinho.

O pedido não me surpreende. Na maioria das vezes, essa é a reação de Ártemis quando passa por uma situação emocionalmente difícil. Foi assim naquele dia em que pegou a mãe no flagra. Lembro que limpei os machucados, e então ele me pediu a mesma coisa:

Me deixa sozinho.

Acho que certas coisas nunca mudam. Parte de mim quer ficar, abraçá-lo e sussurrar palavras de conforto em seu ouvido, mas eu o conheço bem. Ele precisa de um tempo sozinho para absorver os últimos acontecimentos e processar tudo o que disse à mãe na frente de toda a família. Quando estiver pronto, virá até mim — foi assim há muito tempo e não será diferente agora. De qualquer maneira, não custa tentar, caso ele tenha mudado nos últimos anos.

Estamos no escritório do sr. Juan, então me sento ao lado dele no sofá.

— Ártemis.

— Não. — Ele balança a cabeça, sem olhar para mim.

É tudo o que preciso ouvir. Ele quer esse um tempo sozinho, e isso não me incomoda, também passei por momentos em que precisei do silêncio e da solidão para assimilar as coisas.

— Está bem. Vou para o meu quarto.

Eu me levanto. Ele sabe que pode me procurar quando quiser.

— Vou para o trabalho logo, logo — informa ele. — Vejo você à noite.

A frieza de seu tom não me assusta, mas também não me agrada. Quando ele se sente vulnerável, as muralhas de gelo se erguem como autodefesa. Não acho que Ártemis tenha consciência disso, é sua reação natural. Vou até a porta em silêncio e lanço um último olhar por cima do ombro — ele ainda está sentado, com o terno impecável, um pouco inclinado para a frente, os cotovelos nos joelhos e as mãos massageando o rosto, a expressão em um misto de frieza e dor. Por um segundo, penso em voltar e abraçá-lo, mas decido respeitar o pedido.

Ao sair do cômodo, encontro Apolo na sala, sentado da mesma maneira que o irmão, até massageando o rosto de forma parecida. Eles são irmãos, afinal. Parte meu coração ver como seus olhos estão vermelhos, a tristeza contraindo seu rosto meigo. Apolo me vê, mas permanece em silêncio. Suspiro e me sento ao lado dele, e no mesmo instante ele se vira para me abraçar.

— Eu não fazia ideia — sussurra ele em meu pescoço. — Eu não sabia... De verdade, eu...

Nós nos afastamos, e seus olhos ficam ainda mais claros devido às lágrimas recentes.

— Do que você está falando?

Ele franze os lábios antes de umedecê-los, como se tentasse acalmar a vontade de chorar.

— Não sabia que Ártemis tinha sofrido tanto assim.

— Apolo...

— Não, eu sempre... achei que ele fosse um idiota sem motivo algum, que só queria ficar com a empresa do papai. Achei que... — Ele desvia o olhar. — Não fazia ideia do fardo que ele carrega, Claudia.

Tento dizer alguma coisa, mas Apolo continua:

— Que tipo de irmão eu sou? Ele convive com toda essa frustração, apoia meu pai em tudo... E o que eu fiz? Apenas o julguei e o enxerguei como uma pessoa ruim.

— Apolo. — Seguro o rosto dele em minhas mãos. — Você não fez nada de errado, por favor, não se culpe. Toda essa situação é horrível e, sim, seu irmão está magoado por muitas razões, mas isso não é culpa sua. As decisões ruins dos outros e o resultado delas não são e nunca serão culpa sua — digo a ele, pensando em Sofía.

— Você acha que ele guarda rancor de mim?

— Muito pelo contrário. Ele te ama tanto que carregou o peso da promessa que fez para o pai de vocês por todo esse tempo, só pra que você e Ares não precisassem fazer isso.

— Quem falou pra esse idiota que ele tinha que se sacrificar por nós?

Solto o rosto dele, e Apolo enxuga as lágrimas.

— Não sei — brinco, tentando aliviar o clima. — Ele enganou todo mundo com aquela fachada de Iceberg quando, na verdade, é inacreditavelmente atencioso.

Isso faz Apolo sorrir, iluminando o rostinho vermelho de choro.

— Mas ele não enganou todo mundo. Ele não te enganou, você sempre o enxergou de verdade. É por isso que... você se apaixonou por ele?

— Apaixonada? Por aquele Iceberg?

— Acho que agora entendi. — Ele passa as mãos pelo cabelo. — Eu achava que você era louca por amá-lo quando, na verdade, você era a única que conseguia ver através dele.

Fico em silêncio, as palavras de Apolo reverberando em minha mente. Sei que ele está certo. Conforme crescíamos, ia reparando como Ártemis era diferente comigo em comparação com as outras pessoas. Antes mesmo do que se passou com a mãe, ele era muito fechado, não falava com quase ninguém, e eu sempre me surpreendia ao ver a diferença do comportamento dele comigo. Talvez o fato de eu ter sido uma menina de rua tenha despertado seu lado doce e protetor.

Ainda me lembro do dia em que ele descobriu meu sonambulismo. Fazia apenas duas semanas que eu estava morando na casa dos Hidalgo quando tive meu primeiro pesadelo e episódio de sonambulismo.

Estou tremendo, descalça, as lágrimas escorrendo, parada no meio da cozinha. Tento sair da casa, mas Ártemis, que veio pegar um copo de leite, me acorda.

Ele está parado na minha frente, o cabelo todo bagunçado porque acabou de se levantar no meio da noite, os olhinhos inchados o denunciam. Seu pijama é um macacão azul com um zíper no meio. Ártemis me encara, parecendo tão confuso quanto eu com o que acabou de acontecer. Somos crianças, então não sabemos nada sobre sonambulismo ou pesadelos tão vívidos. Por algum motivo, porém, ele sabe do que eu preciso: um grande sorriso.

— Não chora. — Ele dá um passo em minha direção. — Você está comigo. Vai ficar tudo bem.

Ele não faz ideia do quanto essas palavras significam para mim. É muito difícil eu me sentir em segurança, sem estar correndo perigo, sem homens maus atacando minha mãe, me ameaçando ou me batendo quando não conseguem encontrá-la. Enxugo as lágrimas depressa. Ártemis cobre a cabeça com o capuz do pijama que tem duas orelhinhas de gato.

— Eu vou te proteger — promete ele. — Eu sou o Supergato.

Isso me faz sorrir, porque não é algo que eu esperava. Desde que cheguei a essa casa, sempre o via sozinho, sem interagir muito com ninguém. A versão sorridente e alegre dele é novidade para mim, talvez ele soubesse que era disso que eu precisava.

— Supergato?

Ele assente.

— Sim, e vou te proteger. Não chore mais, está bem?

— Não quero fechar os olhos de novo, estou com medo.

— Quer que eu leia uma história pra você?

Faço que sim, tímida. Qualquer coisa é melhor do que voltar a dormir e ter pesadelos. Vamos para a sala e nos sentamos no sofá. Ártemis acende um abajur e pega cobertores e travesseiros de um ar-

mário do corredor. Embrulhado em lençóis, ele começa a ler para mim. Parece tão animado com a história enquanto faz diferentes vozes, que não tenho escolha a não ser esquecer meus pesadelos. E, ali, adormeço com a cabeça no ombro dele. Ártemis está sempre por perto para me ajudar com os pesadelos, meu super-herói particular: o Supergato.

Um sentimento de nostalgia e gratidão me invade e faz com que eu perca o fôlego. O apoio que Ártemis me deu desde que éramos crianças foi crucial na minha vida. Sinto a necessidade de retribuir um pouco disso.

Dou outro abraço em Apolo e beijo sua bochecha.

— Você é um garoto incrível, está bem?

Ele assente.

Saio da sala e volto para o escritório. Ártemis não levanta o olhar quando entro e fecho a porta. Pego uma cadeira no canto da sala e a coloco na frente dele. Ele está com as mãos no rosto, e eu coloco as minhas logo abaixo. O rosto ainda carrega aquele semblante ferido, mas surpreendentemente continua bonito, apesar de tudo.

— Claudia, eu disse que...

— Shhh — interrompo.

— O que você está fazendo?

Minha mente viaja para todas as vezes em que ele fez a mesma coisa por mim.

— Criando um espaço seguro.

Ele arregala um pouco os olhos.

— Este é o seu espaço seguro, Ártemis.

Ele fica em silêncio, então continuo:

— Se quiser que eu fique quieta e apenas segure sua mão, conte comigo. Se quiser me contar tudo, fique à vontade. Mas eu estou aqui do seu lado, como você esteve tantas vezes do meu. Pare de acreditar que você tem que aguentar tudo sozinho, que todo o peso está só sobre seus ombros. — Aperto as mãos dele. — Eu estou aqui.

Ártemis solta um longo suspiro, como se algo muito pesado estivesse saindo de cima dele.

— Eu... nunca pensei que podia me permitir sentir. — Ele olha nossas mãos entrelaçadas. — Me permitir ficar mal, dizer o que sinto. Não me pergunte o motivo, eu não sei. Talvez ficar quieto seja a escolha mais fácil quando não queremos machucar as pessoas de quem gostamos.

— Mas não é a melhor solução quando essas pessoas te machucam.

— Sim, é, e você sabe disso — diz ele, com um sorriso triste. — É a minha mãe, Claudia. Quero dizer que a odeio porque sei que ela não é uma boa pessoa, mas não consigo. Mesmo depois de tudo isso, mesmo sabendo que não quis dizer metade daquilo, eu me sinto mal por magoá-la com minhas palavras porque... eu a amo muito.

— Tudo bem, Ártemis. Você tem uma alma muito nobre e não há nada de errado nisso, mas não pode guardar tudo para você mesmo o tempo todo, não é saudável. Saiba que este é o seu espaço seguro. Você pode me dizer o que quiser, e eu não vou tocar no assunto depois. Vamos fingir que nunca aconteceu. O que você está sentindo, Ártemis?

É como se a pergunta o quebrasse, rachasse a tampa do baú em que ele guarda todas as coisas. Seus olhos ficam vermelhos, e ele respira fundo.

— Estou tão cansado, Claudia. — Os lábios dele tremem. — Foi difícil estudar algo que não me interessava, levantar para ir às aulas, tirar boas notas e agora assumir a empresa. — Ele faz uma pausa, apertando minhas mãos. — Você não faz ideia de como é difícil acordar todos os dias e ter que trabalhar com algo que nunca quis. Eu me sinto tão frustrado. E depois me sinto culpado por isso, porque meu pai precisa de mim, e eu não quero me arrepender das decisões que tomei por ele. Ele é meu pai, e eu também o amo.

— Sei que você ama todos eles, mas e você? Seu amor por eles não pode estar acima do amor-próprio.

— Faço isso inconscientemente, as pessoas que amo são minha prioridade.

— Se você não pode ser sua própria prioridade, então será a minha. Seu bem-estar é o mais importante para mim. Chega, Ártemis. O sr. Juan já te liberou de muitas coisas na empresa, basta treinar a pessoa que vai ocupar o seu cargo e você estará livre. — Abro um sorriso. — Você vai poder fazer o que realmente quer, e eu estarei ao seu lado, está bem?

Ártemis solta minhas mãos para acariciar minha bochecha, e seus olhos encontram os meus. Ele se aproxima devagar e me dá um beijo suave. O beijo é lento, mas com tanta emoção que meu coração dispara, e eu aperto as mãos no colo. A barba por fazer roça em minha pele enquanto nossas bocas se encostam de leve.

Quando nos afastamos, ele apoia a testa na minha, e eu abro os olhos para mergulhar na intensidade de seu olhar.

— Para mim, sempre foi você. — Sua voz é um sussurro, e as palavras aquecem meu coração. — Eu te amo, Claudia.

E aqui, em seu espaço seguro, Ártemis Hidalgo me tira o fôlego.

31

"ESTÁ FLERTANDO COMIGO?"

ÁRTEMIS

Claudia não me respondeu. Ela não disse que também me amava, e só então percebi o quanto esperava essa confirmação e me importava com isso.

Com incrível precisão, lembro como o rosto dela se esticou de surpresa, como seus lábios se abriram um pouco, mas, mesmo assim, nada saiu de sua boca. Naquele exato momento, Apolo bateu na porta para dizer que Martha estava procurando Claudia.

Então ela foi embora, desaparecendo depois de eu ter me declarado.

Giro a caneta nos dedos. Estou na empresa, mas minha mente continua repetindo a cena diversas vezes. Parte de mim está feliz por meus pensamentos estarem focados nisso e não na grande discussão com minha mãe.

Passo a mão pela barba rala e suspiro, olhando os papéis na escrivaninha. Tenho que arrumar tantas coisas antes de encerrar o dia... Queria poder faltar e tudo estar pronto quando eu voltasse, mas, sendo o diretor, muitas coisas estão sob minha responsabilidade, e para que a empresa não seja afetada, tenho que fazer isso devagar e da forma certa.

Embora assumir a empresa não tenha sido uma escolha, não quero prejudicar meu pai e, além disso, depois de ficar aqui durante esse tempo, também nutri um sentimento de pertencimento e respeito por esse lugar. Foi uma das primeiras coisas que meu pai construiu com esforço, sacrifício e dedicação. Graças à empresa, nunca faltou nada para meus irmãos e para mim e pudemos viver uma vida confortável. Portanto, vou respeitá-la até o fim.

Pego o telefone e ligo para meu secretário. John atende rapidamente.

— Senhor?

— Peça ao gerente financeiro para vir ao meu escritório.

— Sim, senhor, é pra já.

Não consigo acreditar que estou chamando Alex. Irritante como ele é, vai ser difícil tirá-lo daqui depois, mas precisamos colocar tudo em dia. Cerca de dez minutos depois, estou folheando a pilha de papéis quando ele entra, ajustando a gravata vermelha como se estivesse muito apertada.

— Sr. Hidalgo — diz ele em um tom debochado.

— Não me chame assim.

— Por quê? Faz parecer que você é um idoso? — Alex se senta do outro lado da escrivaninha, afrouxando a gravata. — Queria me ver?

— Você está preparado?

Alex suspira.

— Ártemis.

Largo os papéis e apoio os cotovelos na mesa.

— O que foi?

— Olha... — Alex aperta os lábios. — Agradeço a indicação ao cargo de diretor, mas, para ser sincero, não acho que dou conta do recado.

— Por quê? Você não está interessado?

— Não é isso, você sabe melhor do que ninguém que é o cargo mais alto da empresa, e seria uma honra, mas... não sei se preencho os requisitos.

Percebo a indecisão e insegurança em suas palavras. Alex veio de uma família pobre, entrou na universidade com uma bolsa de estudos que o obrigava a manter notas perfeitas. Então, passou por vários estágios com desempenho fenomenal e recebeu muitas cartas de recomendação. Inclusive estagiou na empresa Hidalgo antes de ser efetivado e chegar ao cargo atual. Agora, tem estabilidade financeira e ajuda a família. Ainda me lembro de como ele chorou de felicidade quando conseguiu comprar um carro para a mãe, que, embora tenha trabalhado muito a vida toda, nunca conseguiu comprar um. Sempre o admirei muito, mas acabei nunca deixando que ele soubesse disso. Acho que ninguém disse para Alex como ele é um profissional inspirador, e por isso ele está inseguro agora.

— Alex, você acha que eu te indiquei só porque você é meu amigo, que não consigo separar vida pessoal e trabalho? Ou que eu colocaria a empresa do meu pai em risco só para promover um amigo?

Alex não diz nada.

— Se eu te recomendei, é porque você supera os requisitos. Você é a pessoa mais competente e dedicada que já conheci. Você lutou para crescer nesta empresa, percorreu um caminho impecável de trabalho bem-feito. Você merece muito, Alex. Essa é uma promoção mais que merecida.

Seus olhos ficam um pouco vermelhos, mas ele sorri para esconder a emoção com piadas, como sempre.

— Está flertando comigo?

Sorrio de volta.

— Chega de duvidar de si mesmo, está bem? Você será o diretor desta empresa. Comece a comemorar!

— Sim, senhor.

— Agora, ao trabalho.

Começamos a rever os papéis na mesa: aquisições, possíveis projetos, contratos e contratação de empresas externas. Depois de ficarmos a manhã toda conferindo a papelada, sentamos no sofá para continuar. O mar de papéis está na mesinha em frente.

Tiramos gravatas e paletós, ficando apenas com as camisas brancas e as calças pretas.

Uma batida na porta nos interrompe. É a secretária de Alex. Olhando melhor para ela, percebo como parece jovem, embora esteja com uma saia rosa até os joelhos, uma camisa branca e um terninho rosa. O cabelo cai ondulado em torno do rosto. Está com uma sacola de papel na mão.

— Com licença. — Ela pigarreia, nervosa. — Senhor — cumprimenta com respeito.

Eu sorrio para a funcionária na tentativa de acalmá-la. Tinha esquecido o medo que as pessoas têm de mim.

Alex continua mexendo nos papéis sem olhar para ela.

— O que foi?

As pequenas mãos da garota apertam a bolsa.

— Eu... saí para almoçar e... pensei, bem, trouxe o almoço para você — diz ela, umedecendo os lábios. — Liguei para o secretário do sr. Hidalgo e soube que vocês ainda não tinham comido, então pensei que... Espero não estar incomodando.

Eu me ajeito no sofá.

— Qual o seu nome?

— Chimmy. Quer dizer, Chantal. É que meus amigos me chamam de... É Chantal, senhor.

Ela é adorável, lembra a namorada de Ares.

— Prazer em te conhecer, Chantal.

Ainda sem olhar para ela, Alex responde:

— Pode colocar na mesa, Chantal, e pode ir.

Consigo ver a decepção no rosto da garota.

— Sim, senhor.

Lanço um olhar frio para Alex e então sorrio para Chantal quando a vejo colocar o almoço no lugar indicado.

— Muito obrigado, Chantal. Obrigado por pensar em nós, é muito gentil de sua parte — digo, com sinceridade.

A decepção desaparece, e o rostinho se ilumina.

— De nada, senhor. Bom almoço.

Assim que ela sai, dou um tapa no ombro de Alex.

— Ai! — reclama. — O que foi?
— Achei que o frio aqui fosse eu.
— O que eu fiz agora?
— Por que você a trata assim?

Ah, que ironia! Eu questionando Alex o motivo de ele ser frio com uma garota. Acho que estou me vendo nele, de quando voltei para casa e tratei Claudia mal. Ainda me arrependo disso.

— Assim como? — Alex não parece perceber.
— Ela comprou comida para nós dois, e você nem olhou para ela. Nem agradeceu!
— Ela está saindo um cara.
— Hã?

Alex suspira, batendo os papéis na mesa.

— Chimmy está saindo com um cara.
— Chimmy? Achei que só os amigos dela a chamavam assim.
— Nós éramos amigos.
— Eram? Alex, como assim?
— Nós somos amigos. Ah, nem sei mais. Desde que ela começou a namorar aquele idiota, toda vez que eu a vejo, fico com raiva.

Ah.

— Você gosta dela.
— Não.
— Ah... Você está louco por ela!
— Não, Ártemis, é que... — Ele abre a embalagem e pega seu almoço. — Ela sempre foi apaixonada por mim. Desde que começou a trabalhar como minha secretária, muitas vezes eu a ouvi conversando com outras funcionárias, por acaso, e ela se contentava apenas com isso. Nunca dei bola nem nada do tipo, você sabe que não sou assim.

Franzo as sobrancelhas enquanto ouço.

— Ela sempre foi a fim de mim, mesmo quando...

Ele não precisa completar. Quando sua noiva o traiu.

— Acho que me acostumei a ser o crush dela — diz ele, por fim.
— E o que aconteceu?

— Ela se declarou para mim, mas eu a rejeitei. Ainda somos amigos, e tudo estava bem até que...

— Até que ela começou a namorar outro cara e você deixou de ser o crush dela.

— Pois é. Não é que eu goste dela, acho que só estou sendo egoísta.

— Alex.

— O quê?

— Acho que, pela primeira vez, chegou a minha hora de te dar conselhos amorosos. Quem diria! — digo, incrédulo. — Você pode tentar se enganar, mas acho que gosta da Chimmy. Na verdade, acho que gosta até *demais*, mas você tem medo porque sabe que ela tem o potencial de fazer você se apaixonar, de te deixar vulnerável outra vez.

— Você enlouqueceu.

— De qualquer forma, é injusto você tratá-la assim por causa da sua falta de controle. Não seja como eu, vai se arrepender quando lembrar que a tratou assim, e mesmo pedindo desculpas, não dá para voltar no tempo.

Alex olha para mim, sério.

— Parece com o que aconteceu com você.

Suspiro, tirando o almoço da sacola.

— Você está bem? — pergunta ele.

Não sei se é o tom da conversa que acabamos de ter, mas conto a ele sobre Claudia.

— Deve ser difícil — comenta Alex, dando uma garfada na comida —, mas olhe pelo lado positivo. Ela foi sincera, Ártemis. É muito fácil mentir e dizer "eu te amo" só para não deixar a outra pessoa desconfortável, mas ela não fez isso.

— Achei que ela sentisse o mesmo que eu.

— Ah, qual é! Depois de tudo que vocês dois passaram, não duvide dos sentimentos dela só porque ela não respondeu. As pessoas são diferentes, nossos sentimentos se desenvolvem em um ritmo próprio. Uma hora ela vai sentir que é o momento certo de dizer que te ama também.

— Tomara. — Faço uma pausa.

Quando chego em casa, só encontro o silêncio e o vazio, e fico feliz por isso. Não quero encarar meus pais ou meu irmão e, para ser sincero, ver Claudia depois da declaração de amor não correspondida também não parece uma boa opção. No entanto, fico surpreso ao ver as luzes apagadas na cozinha e no corredor que leva ao quarto dela. Será que ainda está na faculdade?

Afrouxo a gravata e subo para o meu quarto. Quando abro a porta, encontro uma leve iluminação de velas por todo canto. Franzo a testa quando entro e sinto meu peito acelerar ao ver Claudia sentada na cama.

Meu corpo instantaneamente responde ao vê-la — ela está usando o uniforme de empregada, o cabelo trançado nas laterais de seu lindo rosto. O decote está um pouco aberto, revelando a curva entre seus seios. Ela subiu um pouco a saia, deixando à mostra suas coxas deliciosas, as mesmas coxas que rodearam meu corpo da última vez que transamos e cuja mera lembrança aumenta o calor que vai até meu membro já enrijecido. Nem toquei nela e já sinto que vou gozar dentro das calças como um adolescente virgem.

Engulo em seco, trancando a porta. Quando me viro para ela, Claudia sorri com malícia.

— Bem-vindo, senhor.

32

"VOCÊ É MUITO SEXY, ÁRTEMIS HIDALGO"

ÁRTEMIS

Controle-se, Ártemis.
    Ordeno a mim mesmo ao vê-la na cama com o uniforme; fantasiei essa cena mais vezes do que gostaria de admitir. Ela se levanta com um sorriso malicioso. Claudia está tão sexy que cerro os punhos para não atacá-la como um selvagem.
    Ela se aproxima de mim e para bem na minha frente, leva as mãos até minha gravata e morde o lábio antes de falar outra vez:
    — Está cansado, senhor? — Balanço a cabeça e vejo que o sorriso dela aumenta. — O que posso fazer pra te deixar relaxado, hein?
    Ela me puxa pela gravata e me dá um empurrãozinho para que eu caia sentado. Olho para suas pernas nuas e estendo a mão para tocar suas coxas, mas Claudia me impede.
    — Não. *Eu* estou no controle, senhor.
    — Certo.
    Ela tira minha gravata, o terno e se inclina para desabotoar a camisa. Vejo seus seios sob a roupa e umedeço os lábios. Não sei o que fiz na vida para merecer uma mulher assim. Ela só tirou uma parte da minha roupa e já estou duro. A provocação

e a sensualidade de cada movimento está me deixando louco. Reparo nos detalhes de seu uniforme, de sua pele e de cada curva de seu corpo.

Depois de tirar os sapatos e as calças, ela me deixa apenas de cueca, recolhe todas as roupas e as coloca em uma cadeira ao lado da cama, inclinando-se de propósito, me deixando ver a calcinha preta minúscula debaixo da saia curta. Sinto que vou explodir.

— Claudia...

Não sei se ela consegue ouvir o desespero, mas não me importo. Claudia volta a ficar na minha frente.

— O que quer, senhor?

— Você.

— Ah, o senhor quer me tocar?

Ela pega minha mão e a leva para seus seios, me deixando encostar neles por um segundo de glória antes de afastá-la. Solto um resmungo em protesto, e então ela coloca minha mão entre suas pernas. Consigo sentir como ela está molhada através do tecido. Deixo escapar um arquejo.

— O senhor quer me comer?

Antes que eu possa responder qualquer coisa, Claudia afasta minha mão e empurra meu peito, me forçando a deitar. Ela coloca uma perna de cada lado de meu quadril e se senta em mim. Sinto tanta vontade de tocá-la, de devorá-la da cabeça aos pés, mas ela está no controle agora, então me seguro, mesmo sem saber por quanto tempo consigo aguentar. Ela se inclina sobre mim e me encara antes de descer até minha boca e me beijar. Solto um gemido forte e desesperado durante o beijo. Estou faminto por ela, cheio de desejo.

Nossas respirações aceleram e preenchem todo o quarto conforme o beijo se intensifica. É o tipo de beijo que só poderia acontecer entre quatro paredes. Ela começa a se esfregar no meu colo, e eu tenho que abafar um gemido ao sentir sua intimidade roçando em mim. Levanto as mãos para tocá-la, mas ela as abaixa, afastando nossas bocas.

— Não, senhor.
— Estou no limite.
Ela passa as mãos pelo meu peito, descendo por meu abdômen.
— Você é muito sexy, Ártemis Hidalgo.
— Obrigado. Você é muito mais sexy, e eu estou a um passo de perder o controle e transar com você que nem louco.
— Que pena que eu estou no comando, não é, senhor? — Ela começa a desabotoar a parte de cima do uniforme, e eu paro de respirar. — Ai, que calor.
A cada botão que ela abre, mais pele entre os seios aparece. Claudia para quando chega na barriga, tirando a blusa por completo e revelando seus lindos seios em um sutiã preto que realça sua pele. É linda e sabe muito bem disso, a segurança com que exibe seu corpo é muito excitante. Não há dúvidas, não há pena, apenas poder e autoconfiança em seus gestos e expressões.
Claudia pega minhas mãos e as coloca em seus seios, me deixando apertar de leve, incitando meu desejo. Sei que a provocação, embora torturante, vai tornar o momento final ainda mais explosivo. Ela continua se movendo no meu colo enquanto eu acaricio seus seios. Claudia morde o lábio e geme baixinho. Consigo sentir o calor entre suas pernas, e imagino como ela deve estar molhada e como vai ser bom penetrá-la.
— Você está tão duro, senhor.
A voz carregada de desejo desperta meu corpo todo. Meu membro fica ainda mais rijo quando ela abaixa as alças do sutiã e expõe totalmente os seios, e solto um gemido ao senti-los. Com os polegares, esfrego seus mamilos endurecidos, fazendo-a jogar a cabeça para trás e gemer um pouco mais alto, acelerando os movimentos em mim.
— Claudia, não aguento mais. Eu...
Ela coloca o dedo em meus lábios.
— Cale a boca.
Claudia tira minha mão de seus seios e se levanta, abaixando a calcinha e se ajeitando para tirá-la, mas continua de saia. Então segura o elástico de minha cueca e puxa, me deixando ex-

posto. Em seguida, se senta em mim outra vez. O contato quente das nossas peles me faz agarrar seus quadris para me controlar.

— Ah, Claudia...

Ela rebola sobre mim, sua intimidade se esfregando em meu membro em movimentos ritmados. Aperto seus quadris com ainda mais força. Quero acabar com as provocações, mas o fato de eu não ter controle me deixa louco.

— Quero você dentro de mim, senhor — sussurra ela para mim, se levantando um pouco.

Paro de respirar quando a observo encaixar o meu membro entre suas pernas. Ela geme, e eu fecho os olhos, sentindo-a por completo. Claudia é tão quente, macia e molhada. A sensação me deixa sem palavras e faz com que eu me sinta em um paraíso.

Ela rebola devagar, me provocando, amplificando a sensação e o desejo. Seus gemidos seguem o ritmo de seus movimentos. Toda essa tortura vai ter volta, pois acho que vou gozar primeiro, mas me esforço para segurar.

— Nossa, isso é maravilhoso — murmuro entre gemidos.

Ela se aproxima de mim, seus seios perigosamente perto de meu rosto, e não hesito em atacá-los, lambendo-os, beijando-os e chupando-os. Pelo jeito que ela estremece, sei que adora tudo isso.

— Assim, Ártemis. Ah, meu Deus.

Ela perde o controle e acelera os movimentos. O barulho de nossas intimidades se tocando ecoam pelo quarto, misturando-se com suspiros altos de prazer.

— Eu vou... ah... minha nossa.

Sei que ela está perto de ter um orgasmo, então a beijo, descendo as mãos até sua bunda e a apertando, movendo seus quadris para cima, metendo mais fundo. Claudia geme em minha boca, estremecendo, o orgasmo a envolvendo, latejando em volta de meu membro. Consigo senti-la ainda mais molhada e sei que não vou mais aguentar. Ela se mexe de um jeito mais feroz, o barulho de nossos corpos se encontrando ainda mais alto e mais sexy.

— Ah, Claudia, eu vou gozar assim... — admito, duvidando de minha capacidade de segurar mais.

— Goza, eu quero sentir. — O calor de sua respiração ofegante me enlouquece. — Quero sentir você gozando dentro de mim, Ártemis.

E isso é tudo de que preciso para chegar ao clímax. Gemendo, aperto sua bunda e relaxo. Claudia cai em cima de mim, ofegante, assim como eu. Consigo sentir a batida descompassada de nossos corações.

Ela se afasta de mim e cai ao meu lado, de costas, nós dois olhando para o teto, tentando recuperar nossos sentidos. Minha mão encontra a dela, e eu a aperto com sutileza. Não consigo encontrar um elogio que descreva como o que acabamos de fazer foi bom.

— Acho que vou assumir o controle mais vezes. — Claudia quebra o silêncio, e eu me viro para ela.

— Sempre que quiser.

Ela olha para mim, sorrindo, a luz amarelada das velas em sua pele desnuda, e sinto a necessidade de dizer as três palavras de novo.

Eu te amo...

Mas me controlo, não quero colocá-la naquela situação outra vez. A última coisa que desejo é deixá-la desconfortável. Ver Claudia aqui, nua, ao meu lado, com esse sorriso sincero iluminando seu rosto, me faz perceber o quanto eu amo cada parte dela. O que começou como um carinho inocente evoluiu para uma atração na adolescência e continuou crescendo até se tornar o que sinto agora. Um sentimento tão avassalador e forte que me aterroriza.

— No que você está pensando? — pergunta ela, acariciando minha bochecha.

No quanto você significa para mim. Que eu te amo. Que quero gritar isso de mil maneiras. Que a intensidade do que sinto me assusta.

— Qual é o seu palpite? — Eu me escondo atrás de um sorriso sugestivo.

Ela ri, e eu a observo como um bobo apaixonado.

— Acho que o senhor gostou da surpresa. — Ela dá uma piscadinha.

— Se você me chamar de *senhor* mais uma vez, vamos acabar transando de novo.

— Ah, que medo! — zomba Claudia.

Vou para cima dela. Nossos corpos desnudos e quentes se encaixam um no outro com facilidade.

— Você deveria ter medo de mim — digo antes de beijá-la suavemente, provando seus lábios, saboreando-os devagar.

Claudia morde meu lábio e sorri.

— Estou morrendo de medo.

Continuo beijando-a, nossas bocas intensificando o beijo pouco a pouco. A respiração dela acelera. Me apoio de lado na cama enquanto acaricio seus seios.

— Ártemis. — Ela geme em meus lábios, e sei que já está nas minhas mãos.

— Abra as pernas para mim — provoco-a.

Claudia obedece e se entrega mais uma vez com paixão, e apesar de não ter dito que me ama, consigo sentir seu amor em cada beijo, em cada carícia, em cada olhar, e isso é mais que o suficiente.

33

"FIZ UMA COISA IDIOTA"

CLAUDIA

Nunca fui o tipo de pessoa que tem sono pesado.

A culpa é de todas aquelas noites turbulentas na minha infância, que passei sempre alerta caso algo acontecesse. Agora, qualquer som consegue me acordar — como, por exemplo, a notificação de uma mensagem no celular. Ignoro de primeira porque estou de conchinha com Ártemis, dormindo profundamente atrás de mim. Não quero me mexer, mas quando o celular toca pela quarta vez, abro os olhos e encaro o aparelho na mesa de cabeceira. O relógio marca 3h45 da madrugada.

Quem está falando comigo a essa hora?

Com cuidado, estendo a mão e pego o celular. Vejo a tela acesa, as mensagens na barra de notificação: Daniel. Franzo as sobrancelhas ao ler.

> Claudia, tô com saudade.

> Bebi um pouco e não consigo parar de pensar em vc. Fiz uma coisa idiota.

> Preciso te ver, por favor. Só uma vez.

E a última mensagem, que me faz perder o ar no mesmo instante:

> Estou na frente da sua casa e não vou embora até ver você.

Merda!

Ártemis se mexe atrás de mim e escondo o celular, enterrando-o no travesseiro para que a luz não o acorde.

Tudo bem, Claudia. Você precisa lidar com isso da melhor forma, porque pode dar errado de várias maneiras.

Duvido que haja um jeito certo de resolver. Penso em me fazer de desentendida e desligar o celular; uma hora ele vai se cansar de ficar esperando, mas eu conheço Daniel — quando ele está bêbado, costuma dormir em qualquer canto. Além disso, não sou tão desumana a ponto de deixá-lo lá fora sozinho, sendo que nem sei como ele chegou aqui. Ele veio dirigindo? Não pode ir embora sozinho. Aff! Eu sabia que ficar com ele de novo era uma má ideia, um erro, sabia que o garoto tinha sentimentos por mim e não devia ter tirado proveito dele daquele jeito.

Com cuidado, tiro os braços de Ártemis de minha cintura e saio da cama. Por um segundo, eu o vejo ali, nu, os músculos de suas costas destacados pela luz da lua que entra pela janela e a mão estendida como se procurasse por mim enquanto dorme.

Ártemis Hidalgo.
Meu Iceberg.

Não quero que nada estrague isso, não quero que haja mal-entendidos, e sei que, se eu acordá-lo para me ajudar com Daniel, ele não vai ser compreensivo — ficará com ciúme, e sei lá o que é capaz de fazer. Sei que Ártemis pode ser muito impulsivo. Ele bateu no próprio irmão quando descobriu o que tinha acontecido, então não sei o que faria com Daniel, mesmo que seja algo do passado.

Xingo baixinho quando percebo que o uniforme de empregada é tudo o que tenho para vestir. Faço um rabo de cavalo rápido, coloco a roupa e saio do quarto em silêncio. Desço devagar e corro para a porta da frente, no escuro. Desativo o alarme ao lado da porta antes de abri-la e sair.

A brisa noturna me faz estremecer, mas aguento o frio. Daniel está mesmo sentado nos degraus da entrada, descansando a cabeça contra uma pilastra. O carro está mal estacionado bem na frente da casa, com a porta do motorista aberta. Meu Deus, como ele chegou aqui?

— Daniel — digo com firmeza.

Ele levanta a cabeça e se vira para olhar para mim. Consigo ver que seus olhos, nariz e bochecha estão vermelhos. Ele está muito bêbado e andou chorando. Isso faz com que eu me sinta muito mal, nunca quis magoá-lo assim.

— Oi, gata — cumprimenta ele com um sorriso triste.

— O que você está fazendo aqui? São quase quatro horas da manhã, Daniel. — Desço os degraus para encará-lo, ainda sentado. Duvido que ele consiga ficar de pé.

— Eu precisava te ver — confessa ele, baixinho. — Estou com saudade. O que você fez comigo? Por que não consigo te tirar da cabeça?

— Daniel...

— Nunca senti nada assim por ninguém, Claudia, por ninguém. Por favor, me dê uma chance.

— Daniel, sempre fui transparente com você, eu...

— Eu sei, eu sei, só queria transar, sem compromisso, já sei disso. Mas as garotas que me disseram isso antes sempre quiseram mais, e eu achei... que você ia querer mais também.

Balanço a cabeça.

— Foi só sexo, Daniel, sempre foi só isso pra mim.

Seus olhos se enchem de lágrimas, e ele umedece os lábios.

— Que azar o meu, me apaixonar pela única garota que cumpre o acordo de não envolver sentimentos. — Ele solta um riso sarcástico.

— E você não pode fazer isso, aparecer assim na minha casa, isso não está certo. Você tem que ir embora.

Ele se levanta, cambaleando para perto de mim.

— Eu te amo, Claudia — anuncia ele com lágrimas nos olhos.

Isso traz à tona meu lado defensivo. Tem alguma coisa nessa frase, nessas três palavras, que não me faz bem.

— Não, você só está obcecado por mim porque não pode me ter, porque não me apaixonei como todas essas garotas com quem ficou. Você ainda não sabe o que é amor de verdade.

— E você sabe?

Fico em silêncio.

— Você está saindo com alguém? Quem é? Ele é melhor do que eu?

— Daniel.

— Me responde! — grita ele na minha cara, e dou um passo para trás.

— Daniel, fale baixo.

— Não, me diz quem é.

— Isso não é da sua conta.

— Então tem mesmo outra pessoa.

Não quero dizer a ele coisas que vão machucá-lo ainda mais, mas estou perdendo a paciência. Ele estende a mão na direção do meu rosto, mas me afasto outra vez.

— Você é tão linda.

— Daniel, vou chamar um táxi, você não pode dirigir nesse estado.

— Está preocupada comigo?

Procuro meu celular nos bolsos da roupa, e quando não consigo encontrá-lo, minha mente entra em estado de alerta: deixei no quarto.

— Daniel, me diz que você não mandou mais mensagens depois daquela dizendo que estava aqui.

Ele franze as sobrancelhas, pensativo

— Mandei mais uma e te liguei, mas você não atendeu.

Droga, espero que não tenha acordado o Ártemis.
— Daniel, você tem que ir embora. Me dá seu celular, vou chamar um táxi.

Relutante, ele me entrega o aparelho e eu peço um táxi, que vai chegar em quinze minutos.

Devolvo o telefone para Daniel e olho para a porta, ainda fechada. Bem, Ártemis não acordou; se tivesse acordado, já teria vindo até aqui como uma fera depois de ver as mensagens. Daniel aproveita a distração para se aproximar de mim e me segurar com os dois braços. Mesmo bêbado, ele é forte. Daniel se inclina para me beijar, mas eu viro o rosto e o empurro.

— Você não está me ouvindo! — digo com raiva. — Não quero nada com você. Nada, Daniel. Por favor, bola pra frente e me deixa em paz.

— Só um beijo de despedida — implora ele, e eu dou risada.
— Você perdeu a noção. De jeito nenhum.

O táxi chega, e eu o ajudo a entrar no carro.

— Vou ficar com as chaves do seu carro. Pode vir aqui amanhã pra buscar. E que essa seja a última vez que você faz isso, Daniel. Da próxima, vou chamar a polícia.

Ele assente e o táxi o leva embora. Retorno ao silêncio da escuridão da casa e subo as escadas. Não foi tão ruim quanto eu esperava. Consegui lidar bem com a situação. Abro a porta do quarto de Ártemis e a primeira coisa que vejo é a luz fraca em um canto. Sinto meu coração disparar quando vejo a cama dele vazia.

Com as costas contra a porta fechada, meus olhos encontram os de Ártemis, e perco o fôlego. Ele está sentado em um móvel perto da janela, sem camisa, só com as calças largas do pijama. Seu cabelo está bagunçado e sua expressão parece tão neutra que me dá arrepios. Em suas mãos, vejo seu tablet, e ele o vira em minha direção.

Imagens em preto e branco da câmera de segurança da casa. Ele viu tudo, e o pior é que essas câmeras não gravam o som, então ele só me viu conversando com Daniel às quatro da manhã depois daquelas mensagens comprometedoras.

É apenas um mal-entendido, Claudia, mas escolha bem as palavras.

Sinto um nó na garganta quando vejo o olhar dele esperando por uma explicação. Seus ombros e braços estão tensos de um jeito que deixam seus músculos mais evidentes do que o normal.

— Você vai falar alguma coisa? — pergunta ele, jogando o tablet na mesinha em frente à poltrona em que está sentado.

— Não é o que parece. — Odeio dizer essa frase tão clichê, usada por mentirosos e por pessoas honestas da mesma forma. — Ele estava bêbado, e eu não queria que ele voltasse para casa daquele jeito.

— Vocês transaram?

— O que isso tem a ver com...?

— Vocês transaram? — Ele se levanta. — Parece que sim. Vou ler a última mensagem pra você: *Ainda me lembro da sensação de te comer.*

A raiva no tom de voz dele se intensifica.

— Meus antigos parceiros sexuais não têm nada a ver com você.

— Têm muito a ver comigo quando minha namorada sai escondida no meio da noite para encontrar um cara com quem ela já transou. Você tem se encontrado com ele?

— Não, de jeito nenhum, foi algo que aconteceu antes de você e eu termos qualquer coisa.

— Não quero que você o veja de novo. E quero que você o bloqueie no celular.

Isso me faz erguer a sobrancelha.

— E quem é você pra me dizer o que fazer?

— Você quer continuar vendo ele?

— Não, mas quem decide quem entra ou sai da minha vida sou eu.

Isso o deixa ainda mais bravo. Ele sabe que não pode me controlar, sou independente e sempre serei.

— Olha só, me desculpe por não ter lidado com a situação da melhor forma, mas eu sabia que você ficaria chateado e quis te poupar disso. Só queria que ele chegasse em casa bem.

Ártemis vira de costas para mim e passa a mão na cabeça. Não sei que merda deu em mim, mas vê-lo enciumado e furioso me excita. A forma como ele contrai os músculos, o desconforto em seus olhos, a tensão em seu maxilar e em seu pescoço. Quero que ele gaste a raiva toda transando comigo. Balanço a cabeça. Algo mudou depois que comecei a transar com Ártemis. Vou até ele, ainda de costas, e envolvo meus braços em sua cintura, pressionando a bochecha em suas costas. Consigo ouvir seu coração batendo forte, e ele solta um longo suspiro de frustração.

— Você sabe o quanto eu cheguei perto de ir lá dar uma surra nele? — confessa ele, mas eu já sabia. — Eu me segurei, sei o quanto você odeia violência. Mesmo nessa situação, pensei em você, porque estou completamente apaixonado.

Beijo suas costas, e minhas mãos dançam por sua barriga sarada até deslizarem para dentro da calça de seu pijama. Ártemis fica tenso de surpresa.

— Fui uma menina má — sussurro. — Por que você não desconta sua raiva na cama?

Começo a mover a mão para cima e para baixo, e ele suspira.

— Se você acha que sexo vai resolver isso... — Ele se vira para mim, tirando minha mão de sua calça, mas o desejo está estampado em seus olhos. — Tem toda a razão.

Ele me beija com certo desespero, apertando meu corpo com paixão. Sou obrigada a dar passos para trás até minhas costas baterem na mesa com uma pilha de papel. Ele me pega pelas coxas e me coloca em cima da mesa.

Então se posiciona entre minhas pernas, uma das mãos me agarrando pela cintura enquanto a outra rasga a calcinha. Seus lábios se movem com agressividade sobre os meus, e eu amo isso, amo tudo nesse homem. Nos beijamos como loucos. Deslizo os dedos no cós da calça dele e a abaixo, puxando de uma vez. Sufoco um gemido quando sinto o membro dele roçar em minha intimidade; e olha que estamos apenas começando! Ártemis para de me beijar, seus olhos procurando os meus, os lábios vermelhos por causa dos beijos.

— Eu te amo — diz ele, e volta a me beijar antes que eu possa dizer qualquer coisa.

E, em um impulso, ele está dentro de mim.

Aqui mesmo, nesta mesa, nos reconciliamos com uma transa, usando a raiva para liberar nossos lados mais selvagens. E embora eu não tenha respondido à pergunta de Daniel, sei muito bem o que é amor verdadeiro; ele esteve ao meu lado durante toda a vida.

34

"JÁ NOS CONHECEMOS, NÃO É, CLAUDIA?"

CLAUDIA

Eu te amo.
    Três palavras simples. Mas por que não consigo dizê-las? Por que ficam presas na minha garganta toda vez que tento pronunciá-las? O que está me impedindo? Mergulho nos pensamentos e em meu coração, procurando uma resposta, algum sinal lógico que explique isso. Por acaso eu não o amo? Não, não é isso. Ártemis é o amor da minha vida, sempre ocupou um lugar no meu coração, mesmo que eu tenha negado por todos esses anos. Então, o que é?
    Eu te amo. Por favor, me perdoa, Martha. Eu estava bêbado, não vou fazer isso de novo. Eu prometo pelo nosso amor. Eu te amo.
    As palavras de meu pai depois de agredir minha mãe quando eu era criança sempre estavam acompanhadas de incessantes "eu te amo". Mesmo tão novinha, com o passar do tempo e o recomeço dos ciclos de violência doméstica, aprendi que essas declarações eram pura mentira. Quem ama não machuca. Quando fugimos de meu pai e acabamos nas ruas, em trailers abandonados e em lugares miseráveis, ela conheceu outro cara que lhe prometeu um mundo melhor e um monte de coisas se ela se prostituísse e desse uma parte do dinheiro para ele. Naquela época, escutei

novamente a mesma frase — *eu te amo, Martha*. Mais uma vez, mentira deslavada. Essa frase parece ser uma ferramenta que as pessoas usam para se justificar, manipular e manter a vítima imóvel para poder golpeá-la de novo.

Talvez, inconscientemente, essa declaração ainda tenha um gosto amargo. Mesmo que sejam apenas palavras, elas parecem provocar um sentimento desagradável quando quero dizê-las. O que é contraditório, porque quando Ártemis diz que me ama e me olha com aqueles olhos castanhos cheios de sentimentos, tudo o que eu sinto é um calor prazeroso no peito.

Será que estou traumatizada e por isso não consigo dizer um "eu te amo" sincero como ele? Um "eu te amo" sem o peso do passado, um "eu te amo" puro? Não quero dizer essas palavras só por dizer. Preciso de tempo.

— Claudia? — chama Kelly, a outra estagiária. — Você está me ouvindo?

— Aham. Estou, sim.

Ela franze as sobrancelhas.

— Estava dizendo que André adorou sua proposta de marketing para o próximo projeto.

— Sério? — Coloco a mão no peito.

André é o braço direito da sra. Marks, minha chefe. Passei várias noites pesquisando o mercado e pensando na estratégia perfeita para promover um novo condomínio que a empresa começará a construir em breve.

— Sim, estou com ciúme. Tenho certeza de que vão votar no seu projeto na reunião de hoje à tarde. O pessoal vai nos deixar ficar de ouvinte.

— Preciso me preparar — digo a ela, indo ao banheiro me arrumar.

Se escolherem a ideia que tive, com certeza vão fazer perguntas, então preciso parecer apresentável, mas estou com olheiras enormes. Se a proposta for escolhida, será o primeiro projeto de minha responsabilidade. Me olho no espelho e fico animada.

— Você consegue!

Se esforçar compensa.

Saio do banheiro e congelo quando o vejo. Só pode ser brincadeira: Alex. O cara que quase beijei aquela noite na boate de Ártemis e depois desapareceu. Ele está de terno azul-claro sem o crachá da empresa, que todo mundo usa, o que significa apenas uma coisa: ele é gerente de algum setor. Muita coincidência.

Eu me viro para voltar ao banheiro quando André estraga tudo.

— Claudia!

Contraio os lábios e, relutante, olho para ele, que está do lado de Alex. O cara da boate não parece nem um pouco surpreso com a minha presença e acena para mim. Sorrio e vou até eles.

— O gerente de finanças decidiu nos visitar hoje. Senhor, essa é...

— Já nos conhecemos, não é, Claudia? — O tom brincalhão de sua voz não passa despercebido.

André nos olha desconfiado.

— De onde vocês se conhecem?

Lógico que André ia perguntar. Solto um suspiro.

Sabe o que é, André? A gente quase ficou, mas ele desapareceu bem na hora.

— Da vida — responde Alex.

— André! — chama a sra. Marks de seu escritório, então ele pede licença e sai correndo, deixando Alex e eu a sós.

Antes que o clima fique ainda mais desconfortável, decido explicar as coisas, mas ele é mais rápido:

— Não precisa desse climão, Ártemis é meu melhor amigo.

Olha, por essa eu não esperava...

— Como assim?

Ele sorri.

— Naquela noite no bar, quando percebi que você era... você, corri e liguei para ele ir te buscar.

Fico em silêncio, assimilando as informações. Pensando bem, Ártemis chegou mesmo do nada. Agora tudo faz sentido.

— Ainda bem que sua amiga te chamou pelo nome. Não acho que Ártemis me perdoaria se eu tivesse ficado com você.

Nossa, o mundo é pequeno e adora me colocar em situações estranhas. Se bem que, sendo a boate de Ártemis, não é tão estranho o melhor amigo dele estar lá.

— Vamos começar de novo. Muito prazer, Claudia. Sou o Alex.

— Muito prazer. — Sorrio para ele, mas o sorriso imediatamente se desfaz quando ligo os pontos.

Se Alex sabe que eu trabalho na empresa e é o melhor amigo de Ártemis... então Ártemis também sabe. Torço para estar enganada.

— Aconteceu alguma coisa? Você ficou pálida.

— Ártemis sabe que eu trabalho aqui?

Por um segundo, Alex parece surpreso com a pergunta, mas a culpa em seus olhos responde por si só.

— Ele não vai interferir de forma alguma — garante com um sorriso singelo. — Ele prometeu.

Aquele mentiroso. Sabia o tempo todo e se fez de bobo. Ai, Ártemis Hidalgo!

— Bem, vou deixar você trabalhar. Foi um prazer te conhecer, Claudia.

Ele acena, e eu solto um longo suspiro.

— Excelente, André! — exclama a sra. Marks depois que ele explica minha proposta.

Umedeço os lábios, nervosa, porque sei que ele vai dizer meu nome a qualquer instante. Todos o aplaudem, e eu o encaro com expectativa. André se levanta sem dizer nada.

— Obrigado, obrigado. Foi uma ideia que surgiu de repente.

Meu queixo cai e meu coração se despedaça. Ele está roubando o crédito, como se não tivesse sido eu quem ficou acordada várias noites fazendo todo o trabalho sozinha.

— Nossa, estou impressionada, André — acrescenta a sra. Marks.

Esqueço-me de respirar. Não consigo acreditar. Kelly fica tensa ao meu lado. A reunião termina, e as pessoas começam a sair. Não estava esperando por isso. A descrença me faz congelar por alguns segundos, mas decido reagir antes que todos deixem a sala. Eu me levanto.

— Com licença, tenho uma coisa a dizer. — Todos param, surpresos porque a nova estagiária está se pronunciando, afinal, só nos deixam entrar para assistir. — Essa ideia...

— Claudia — interrompe André —, vocês estão aqui como ouvintes. Por favor, evite dar opiniões.

— Não é uma opinião, eu...

Kelly segura minha mão, apertando-a com força, e sussurra:

— Não faça isso. Ele pode te demitir.

Mordo a língua, porque sei que ela está certa. André é o braço direito da sra. Marks, e eu sou apenas a estagiária que acabou de chegar. Quando percebem que não vou dizer mais nada, todos saem. André dá um sorriso ao passar por mim.

— Aproveitador de merda! — Bato a testa na mesa. — Como ele pôde fazer isso? Como pôde levar crédito pela minha ideia? Ele nem hesitou.

— Eu sei — diz Kelly. — Acho que é assim que as coisas funcionam por aqui: se aproveitam dos novatos para subir ainda mais e se dar bem com todo mundo.

— As coisas não deveriam ser assim.

— Nem me fale. André fez o mesmo com a minha campanha do centro comercial que vão construir no ano que vem. — Kelly toma um gole de café. — Só fiquei sabendo quando me colocaram em cópia nos e-mails e vi minha ideia lá, sendo posta em prática. Foi a pior sensação do mundo. Eu sei como você se sente.

— Não tem nada que a gente possa fazer?

— Reclamar pra gerente? O André é o queridinho dela.

— Ela deve ter um chefe, não?

— Ela é a gerente do departamento. O chefe dela é o diretor. — Ela bufa. — Como se nós pudéssemos falar com o diretor da empresa.

Ártemis. Mordo o lábio, pensativa, mas logo balanço a cabeça. Vou tentar resolver isso sozinha primeiro, então me levanto e vou até o escritório de André. Bato na porta e ele me deixa entrar. Está sentado atrás de sua mesa, uma expressão irritada cruza seu rosto quando me vê.

— Sim?

— Por que você roubou minha ideia? É injusto e...

— Você é estagiária, Claudia. Sua função não é desenvolver campanhas completas para a empresa, então resolvi pegar sua ideia e desenvolvê-la. Você deveria encarar isso como um elogio.

— Mas é a minha ideia.

— Ninguém está dizendo que não é.

— Então por que você não disse isso na reunião?

Ele solta um suspiro, se levanta e coloca as mãos nos bolsos.

— O que você queria? Massagear seu ego? Se eu não tivesse apresentado sua ideia, ela teria ficado na sua mesa acumulando poeira, porque, como eu disse, não é seu trabalho apresentar projetos. Ninguém a teria visto.

A raiva percorre minhas veias, porque, independentemente do que ele diga, o que fez foi errado.

— Quero que você conte a verdade para a sra. Marks.

Ele bufa e ri.

— E se eu não contar?

— Então eu conto.

— Está bem, pode falar. — Ele dá de ombros. — A palavra da estagiária nova contra a minha, que estou há anos na empresa. Vai, corre pra ela e conta, mas presta atenção, quando seu estágio acabar, vou garantir que eles não te contratem.

— Você é um idiota.

Vou até o escritório da sra. Marks. Ela me recebe com o telefone na orelha e me pede para esperar uns minutos. Quando fica livre, conto tudo para ela, que sorri para mim.

— Ah, Claudia... não fazia ideia. Infelizmente, mesmo que a ideia tenha sido sua, o André tem razão. Como você é estagiária, não posso deixar com você a responsabilidade de um projeto desse tamanho, ele tem experiência para desenvolver a campanha. Vou garantir que você receba o crédito na próxima reunião, tudo bem?

— Eu...

— Estou um pouco ocupada, então pode voltar para a sua mesa.

A conversa não terminou do jeito que eu esperava, mas pelo menos não fiquei calada.

Na hora do almoço, Kelly pega a marmita e, quando abre o pote, o cheiro de bacon e carne me acerta em cheio. Não consigo evitar uma careta de nojo quando ela vira o rosto; nunca fui sensível a cheiros desse jeito. Discretamente, cubro a boca e me levanto da cadeira, contornando a mesa para ir correndo ao banheiro.

— Clau? — Ouço-a chamar.

— Banheiro — murmuro antes de sumir no corredor.

Corro para uma das cabines e me curvo para vomitar o café da manhã que tomei apressada mais cedo. Que desagradável. Em seguida, me apoio na porta, a respiração agitada. O que está acontecendo? Vomitei duas ou três vezes essa semana, já estou ficando preocupada. Mesmo que meu estômago fique alterado quando estou prestes a ficar menstruada, nunca me senti tão mal assim.

E não é possível que eu esteja grávida, estou tomando anticoncepcional há seis meses para controlar os hormônios. Nunca teria deixado Ártemis gozar dentro de mim se não estivesse tomando pílula.

Então, o que há de errado comigo?

Será que é o estresse? Talvez meu corpo esteja cobrando o preço por todos esses anos de trabalho e estudo. Saio do banheiro um pouco tonta e, para meu azar, dou de cara com André. A última coisa que quero nesse momento é vê-lo.

— Ah, Claudia, você está pálida. Está tudo bem?

— Está, não se preocupe.

Passo por ele e volto para a mesa que divido com Kelly, mas vê-la devorar a comida me dá enjoo outra vez. Saio de perto dela.

— Vou tomar um pouco de ar — anuncio, e Kelly me olha desconfiada.

Atravesso os corredores e passo pela recepção da empresa até dar um passo para fora do prédio. O ar fresco atinge meu rosto, e eu me sinto melhor na hora. Talvez seja o ambiente pesado do trabalho, do escritório. Procuro um banco e me sento. Estico os braços e me inclino para trás, olhando para cima para tentar ver o topo do prédio da empresa Hidalgo.

Você deve estar aí em cima, Ártemis, ocupado, com o terno perfeito e a postura gélida que faz todo mundo pensar que você não é caloroso, que não tem um coração gigantesco.

De repente, uma sombra me cobre. Ao baixar o rosto, vejo alguém parado na minha frente, com as mãos nos bolsos.

Ártemis. O diretor dessa empresa gigante. Meu coração dispara, um sorriso surge em meus lábios no mesmo instante. Apesar do mal-estar, ele faz com que eu me sinta segura. Ártemis não sorri para mim, seu rosto está sério, e a preocupação inunda seus olhos cor de café.

— Você está bem? — Sua voz me deixa em paz.

— Aham, só preciso de um pouco de ar fresco.

— Você está pálida.

Ele estende a mão, acaricia minha bochecha de leve, e por um segundo eu esqueço onde estamos.

— Você está gelada. Quer que eu te leve pra casa?

Seguro a mão dele, afastando-a de meu rosto.

— Vou ficar bem.

— Claudia.

— Ártemis — digo, brincalhona, mas ele não sorri. Está preocupado. — Eu estou bem. Além disso, falta só algumas horas pra eu ser liberada.

— Não se preocupe com isso, você não precisa trabalhar desse jeito, você...

— Ártemis, eu estou bem.

Ele comprime os lábios e se senta ao meu lado, nossas mãos entrelaçadas. Eu me lembro de que estamos na frente da empresa, então me afasto. Ele ergue a sobrancelha.

— Você não quer ser vista comigo?

— Não é isso. — Balanço a cabeça. — É que estou no trabalho e acho que, se nos virem juntos, vai ser um problema. Já ouviu falar em assédio moral?

Ele aponta para si mesmo.

— Está me acusando de algo?

— Brincadeira. Mas talvez não seja bom para nós sermos vistos juntos — digo, sincera. — Quando estivermos longe daqui, é outra história.

— Pare de me seduzir, Claudia. Me aproximei inocentemente para ver se você está bem e você me vem com essa!

— Você? Inocente?

Ele estreita os olhos.

— Eu sou. — Ao meu lado, ele se inclina para trás. — Eu era um iceberg solitário até aparecer uma garota em chamas que me derreteu um pouco, levando minha inocência.

Dou risada e bato de leve em seu ombro.

— Estava com saudade do seu drama.

A nostalgia me atinge, e eu me lembro de Ártemis dizendo frases dramáticas para se fazer de vítima quando éramos novinhos. Eu o encaro que nem boba. Aqui, em plena luz do dia, consigo ver cada detalhe de seu rosto: sua barba rala e a pequena ruga que se forma entre as sobrancelhas quando me pega admirando seu semblante.

— O que foi?

— Nada.

Percebo que o momento em que vou conseguir falar para ele o que sinto vai chegar naturalmente e que não é um problema eu ainda não ter dito que o amo. Nós somos mais do que três palavras. A força que nos une é maior do que qualquer um poderia pensar.

Apesar do que aconteceu essa manhã com André, a sra. Marks e o meu enjoo, estou tão feliz agora, com o homem que eu chamava de Supergato quando criança porque me protegia de todo o mal... Quero ficar aqui o dia inteiro.

No entanto, a vida tem jeitos ridículos de complicar as coisas. No instante seguinte, quando me levanto, fico tonta, desmaio e vou parar no hospital.

35

"FIQUEI PREOCUPADA!"

CLAUDIA

Uma luz muito forte...
 Essa é a primeira coisa que vejo quando acordo. Pisco algumas vezes, desconfortável, tentando me acostumar com a intensidade da iluminação. Minha visão embaçada vai se tornando nítida e vejo uma lâmpada fluorescente em um teto desconhecido. O que aconteceu? Onde estou? Uma onda de tontura me atinge enquanto tento organizar meus pensamentos. Eu me lembro de estar na empresa, na reunião, de André roubando meu crédito, aí vejo Alex, depois fico com enjoo, saio para tomar um ar fresco e dou de cara com Ártemis. Então eu me levanto e...? Escuridão. Será que eu desmaiei? Dou uma tossida e olho para o lado. Estou deitada em uma cama de hospital, com uma intravenosa no braço esquerdo.
 — Claudia? — A voz de Gin vem do outro lado, então viro a cabeça. — Ah, meu Deus, você acordou.
 Ela se levanta de um sofá no canto do quarto, o alívio tomando conta de seu rosto.
 — Fiquei preocupada!
 Ela vem até mim e segura minha mão.

— Como está se sentindo?

Umedeço os lábios ressecados para falar.

— Estou bem.

— Ah, não, por favor! Não adianta dizer que está tudo bem. Foi por isso que você acabou no hospital, pra começo de conversa.

— Gin...

— Não, Gin nada. Vou falar para o médico que você acordou, e é melhor você seguir todas as recomendações dele pra melhorar.

Gin parece ler a pergunta em meus olhos.

— O Ártemis saiu pra comprar comida. O médico recomendou que você comesse algo saudável quando acordasse.

— Ele está bem? — pergunto, porque o conheço. Ártemis nunca soube lidar muito bem com hospitais e morria de preocupação toda vez que eu ficava doente.

— É sério que você está preocupada com ele? — Gin ergue a sobrancelha. — Quem está em uma cama de hospital agora?

— Só sei que ele se preocupa demais.

— E com razão. Você desmaiou nos braços dele, mulher, esperava o quê?

Faço uma careta ao mexer o braço esquerdo, a intravenosa ardendo um pouco.

— Por favor, diga que não ligaram pra minha mãe, não quero que ela fique preocupada.

Gin bufa.

— Você se preocupa com todo mundo! — Ela suspira. — Relaxa, não ligamos, sabemos que Martha pode ter uma crise nervosa.

— O que aconteceu comigo? O que o médico disse?

— Quase nada. Mandaram fazer muitos exames de sangue, mas o médico suspeita que seja anemia, alguma deficiência nutricional ou algo assim, foi o que ele disse. Você não está comendo?

— Lógico que estou comendo. As últimas semanas foram estressantes, só isso.

— Claudia, você pode mentir pra mim o quanto quiser, mas tem que falar a verdade para o médico. Se não estiver comendo nas horas certas, ou se estiver pulando refeições, ou comendo qualquer coisa pra economizar tempo no dia a dia, precisa falar pra ele.

Não respondo nada, e ela vai atrás do médico. O dr. Brooks é um senhor de cabelos brancos, sobrancelhas grossas também brancas e um sorriso tranquilizador.

— Oi, Claudia. Eu sou o dr. Brooks. Como você está?

— Um pouco fraca e confusa — confesso.

— Estou com o resultado dos seus exames. — Ele revisa os papéis em uma prancheta. — Desculpe, preciso perguntar por questões legais de privacidade. Você concorda que eu informe o resultado dos exames e o diagnóstico na frente da sua amiga?

— Sim.

Gin está ao meu lado segurando minha mão. Fico grata por isso, porque o medo começou a percorrer minhas veias. E se for algo sério? E se eu estiver mesmo doente?

— Certo. — O médico folheia mais papéis. — Bem, Claudia, parece que eu estava certo. Seu ferro está muito baixo e indica um quadro de anemia. Não é nada de outro mundo, é possível fazer um tratamento quando descobrir a causa. — Solto um suspiro de alívio. — E nós descobrimos.

— Qual é a causa?

Repasso todas as vezes em que comi depressa ou pulei uma refeição. Eu realmente deveria ter prestado mais atenção ao meu corpo. O médico sorri para mim.

— Você está grávida.

Meu mundo para por completo neste instante. Sem palavras, olho para o médico.

— Parabéns — diz ele, como se quisesse me tirar do transe em que entrei.

— Eu não... Isso... — murmuro sem muita coerência. — Eu tomo anticoncepcional, isso é impossível.

Gin está petrificada ao meu lado. O médico suspira.

— Anticoncepcional tem uma altíssima eficácia, mas a má notícia é que existe risco de gravidez se você não tomar regularmente, se pular até um dia.

Tento lembrar se esqueci algum dia, as últimas semanas foram tão agitadas...

— Eu...

Nessa hora, Ártemis abre a porta, e eu esqueço de respirar. Ártemis está aqui, uma das mãos na maçaneta, a outra segurando uma sacola com comida. Ele tirou a gravata e o paletó, agora está só com a camisa branca e a calça. Seus olhos castanhos procuram os meus, e ele franze as sobrancelhas ao ver minha expressão, que, para ser muito sincera, não faço ideia de como está.

— Tudo bem? — Ártemis entra e coloca a comida na mesinha ao lado do sofá.

O médico sorri para ele e volta a me olhar, como se perguntasse se pode continuar falando. Balanço a cabeça.

— Ótimo, vou deixar você descansar. Recomendo que passe a noite aqui para receber alguns nutrientes pela intravenosa e ficar em observação. Se você se sentir melhor, amanhã pode ir para casa.

— Muito obrigada, doutor.

Ártemis se aproxima e beija minha testa.

— Você não faz ideia de como me assustou — sussurra ele antes de se afastar.

Ainda estou sem palavras.

Não posso estar grávida. Fui cuidadosa, fui muito responsável, sempre planejei minha vida — o que eu queria e quando queria. Uma gravidez nunca nem passou pela minha cabeça, jamais imaginei que fosse passar por isso. Não sei o que estou sentindo nem o que fazer. Congelo. Sinto vontade de chorar, meus sentimentos estão uma bagunça.

— Claudia? — A voz preocupada de Ártemis me faz olhar para cima.

Observo-o ali, tão bonito, a barba rala no maxilar definido, seus lindos olhos, tão calorosos quando olha para mim.

Gin vem ao meu socorro.

— Ela está um pouco grogue desde que acordou. — Minha amiga mente porque sabe que ainda estou absorvendo tudo.

— Ah. — Ártemis volta à mesa para pegar a comida, arrumando as caixas.

Gin e eu nos entreolhamos, e ela mexe a boca para me dizer alguma coisa, discretamente. Leio em seus lábios:

— Como assim, Clau?

— Eu fui cuidadosa — balbucio.

Ártemis se volta para nós, e eu sorrio para ele, encontrando minha voz.

— Obrigada.

Ele coloca um pote de arroz branco com um frango suculento na minha frente. Tudo vai bem até que eu vejo pedaços de bacon do lado.

Ah, não, bacon não. Fecho a boca e coloco a mão por cima, balançando a cabeça. Gin parece entender e tira a comida de perto de mim o mais rápido possível. Ártemis me olha, confuso.

— Estou muito sensível a cheiros — explico quando o enjoo passa. — É porque...

— Ela está com anemia — completa Gin. — O médico disse que Claudia está com anemia.

Gin explica o que o médico disse sem contar sobre a gravidez. Obviamente, sei que devo contar para ele, mas preciso assimilar primeiro. Preciso de um tempo, ainda nem consigo acreditar.

Quando a noite cai, Gin me dá um abraço apertado e se despede, afirmando que vai ficar tudo bem. Já estou deitada de lado na cama, Ártemis no sofá a alguns passos de mim.

— Descansa. — A voz dele é suave no silêncio do quarto. — Vou cuidar de você a noite toda.

— Eu estou bem.

— Pode apostar — murmura ele —, tão bem que está no hospital.

Fico o observando em silêncio. Ele está sentado, inclinado para a frente com os cotovelos nos joelhos, as mãos cruzadas, sempre bonito. E então acontece... Eu o imagino com um bebê,

um menino ou uma menina, e meu coração aperta, porque é uma bela imagem.
Você vai ser pai, Ártemis.
Como posso contar isso a ele se não sei como vai reagir? Não é algo que nós planejamos, acabamos de começar um relacionamento. Não somos mais adolescentes, mas ainda somos muito novos; cada um tem as suas responsabilidades. E se a reação dele não for boa? Tenho medo de que ele me culpe de alguma forma. Nós dois transamos, mas fui eu que o deixei gozar dentro de mim com a certeza de que estava tudo sob controle. De certa maneira, ele confiou em mim. Ah, nem sei mais o que pensar, minha mente está um caos.

— No que você está pensando? — A curiosidade em seus olhos é óbvia.

— Em muitas coisas. — Suspiro. — Obrigada por estar aqui.

— Você não precisa me agradecer. O Supergato sempre vai ser o seu herói particular. — Ele pisca para mim, me fazendo sorrir.

— Nos últimos tempos, você tem sido bem brega — brinco. — Não há mais rastros do Iceberg.

— Imagino que seja isso que acontece quando se fica muito perto do fogo — responde ele, brincalhão.

— Ártemis...

— O que foi?

Contraio os lábios e relaxo, escolhendo as palavras sem saber se é o momento certo, mas percebendo que nunca será o momento perfeito. Tenho que contar para ele agora.

— Preciso te dizer uma coisa. — A seriedade em minha voz o deixa tenso.

Ártemis separa as mãos.

— O que foi?

— Eu... é... — Umedeço os lábios. — Eu estou grávida.

36
"NÃO BRINCA COM ISSO, CLAUDIA"

ÁRTEMIS

O quê?

É tudo o que consigo pensar. Dou um sorriso, porque a primeira coisa que passa pela minha cabeça é que Claudia está brincando.

— Muito engraçado, mas não vou cair nessa — digo, balançando a cabeça. — Está achando que vou acreditar como naquela vez em que você teve apendicite e disse que o médico te mandou comer quantidades absurdas de sorvete? Fiquei te dando sorvete todos os dias por uma semana até perceber que você estava mentindo!

Ela sorri brevemente com a lembrança, mas seu rosto não está alegre. Claudia umedece os lábios, coloca uma mecha de cabelo atrás da orelha e olha para baixo, apertando as mãos no colo.

— Não, não faz isso — digo a ela. — Você atua muito bem.

— Ártemis... — Sua voz é apenas um sussurro.

— Não brinca com isso, Claudia.

Ela levanta o olhar para fitar bem meu rosto, a seriedade acabando com qualquer possibilidade de piada. Meu sorriso se esvai devagar, meu peito se aperta.

— Não é brincadeira. — A voz dela soa seca, e o tom, defensivo.

Abro a boca para dizer alguma coisa, mas não sai nada. Volto para o ciclo interminável de descrença e surpresa, porque eu não esperava por isso. Quero falar, quero tranquilizar o rosto cheio de expectativa e medo diante de mim, mas não sei o que dizer.

Claudia está grávida...

Por certo era uma possibilidade, já que transamos sem camisinha, não sou idiota, mas achei que ela estivesse tomando anticoncepcional. Claudia sempre foi tão meticulosa e cuidadosa em tudo o que faz que uma gravidez assim não parece possível com ela, o que me pega completamente de surpresa.

Fala alguma coisa, Ártemis.

Claudia morde o lábio e o solta devagar. A tensão em seus ombros é visível.

— Me desculpa — diz ela com um sorriso triste —, devo ter me esquecido de tomar um ou dois comprimidos, sei lá. A culpa é minha. Você confiou em mim, você não tem...

— Para.

Ela me olha de um jeito estranho.

— Só para de falar, porque eu sei que não vou gostar do que você vai dizer. Eu te conheço, sei o que está pensando.

Claudia fica em silêncio, me observando com cautela. Eu me levanto e, devagar, passo a mão pela nuca.

— Nós dois somos adultos e sabemos o que estamos fazendo. Mesmo tomando anticoncepcional, sabemos que existe o risco de gravidez e de doenças sexualmente transmissíveis. Não tem culpado aqui.

Ela continua em silêncio e desvia o olhar. É a primeira vez que a vejo tão triste e vulnerável.

Está com medo. Essa situação é provavelmente tão inesperada para ela quanto para mim. Olho para sua barriga e, de repente, meu peito aquece, a surpresa se transformando em um calor.

Claudia está grávida, nosso pequeno bebê está crescendo dentro dela. Eu vou ser pai. Eu? Pai? Mas eu sou um desastre. Acabei de me conciliar com meu próprio pai depois de anos. Ter um bebê não estava em meus planos tão cedo. Mas se é com Claudia, a pessoa que sempre amei, só pode ser uma coisa boa, porque, para mim, sempre foi ela.

— Claudia.

Ela olha para mim, e eu dou um sorriso sincero.

— Vai ficar tudo bem — prometo, me aproximando dela, o calor em meu peito se espalhando, meus sentimentos agitados e descontrolados enquanto absorvo a notícia por completo. — Sei que não planejamos isso, mas... eu estaria mentindo se não dissesse que estou muito feliz por saber que serei pai. — Seguro o rosto dela em minhas mãos. — Para mim, sempre foi você e sempre será você, Claudia.

Seus olhos se enchem de lágrimas, embora ela lute para impedi-las. Sei que não gosta de chorar, sempre batalhou para manter sua força característica. Mas ela precisa entender que não tem problema ser frágil, que não tem problema estar assustada.

— Eu... — Sua voz falha. — Eu tinha tantos planos. Queria melhorar de vida, queria ser alguém antes de ter um bebê — confessa. — Porque... jamais quero que meu filho passe pelo que eu tive que passar.

Isso parte meu coração.

— E ele não vai passar por isso, Claudia. Você não está sozinha. — Ela fecha os olhos e duas lágrimas grossas escorrem por seu rosto. — Ei, olha pra mim. — Ela abre os olhos avermelhados. — Você não está sozinha. Eu estou aqui, do seu lado, como sempre.

— Estou com muito medo, Ártemis. — Seus lábios tremem enquanto ela chora e fala ao mesmo tempo. — Eu não esperava por algo assim. É um bebê, uma vida, alguém que eu posso traumatizar se não criar direito... E dar à luz é algo que sempre me aterrorizou, e...

— Ei, ei. — Tento acalmá-la. — Um passo de cada vez, está bem? Cada coisa em sua hora — digo a ela, limpando suas lágrimas. — Eu estou aqui, e vai ficar tudo bem. Vou cuidar de vocês dois, Claudia. Você confia em mim?

Ela assente.

— Então acredite em mim quando digo que vai ficar tudo bem. Estarei presente em cada passo dessa jornada, porque eu te amo como nunca achei que poderia amar alguém e tenho certeza de que vou amar ainda mais esse bebê.

— E se fizermos mal pra ele? E se não formos bons pais? — Ela está confessando todos os medos, e é bom saber que consegue se abrir comigo assim. — E se der algo errado? Eu, que tenho tantos traumas, tantos medos, como posso ser responsável por outro ser humano? Eu, que nem consigo dizer "eu te amo" sem me sentir mal porque me lembro de todos aqueles homens que falaram isso para minha mãe.

Inclino-me e a beijo suavemente, sentindo o gosto salgado das lágrimas em seus lábios. Quando me afasto dela, sorrio.

— Posso dizer por nós dois. Eu te amo, Claudia. — Fito os olhos dela. — E sei que você também me ama, sua boba.

Seus lábios esboçam um leve sorriso por entre as lágrimas.

— Bobo é você.

Sorrio de volta e beijo sua testa antes de abraçá-la. Claudia enterra o rosto em meu peito.

— Vai ficar tudo bem, Claudia — prometo outra vez, porque sei que, independentemente de quantas vezes eu diga, ela precisa ouvir.

— Ainda não consigo acreditar — sussurra ela em meu peito.

— Nem eu — admito.

— Me promete que não vamos estragar nosso filho? Que não importa o que aconteça, o bebê sempre será nossa prioridade? Promete que o bem-estar dele vai estar acima de tudo?

Entendo a preocupação. Nós dois temos experiências ruins com nossos pais — ela com um pai abusivo, que largou a esposa e a filha na rua, e eu com minha mãe, que foi infiel, e com meu pai, que nunca teve coragem de se separar.

Descanso o queixo em sua cabeça.

— Você é você e eu sou eu, Claudia. Não somos nossos pais.

Ela suspira, e eu continuo:

— Vamos pensar nos erros dos nossos pais como um exemplo a não ser seguido. Não estou dizendo que seremos perfeitos, mas vamos tentar ser a melhor versão de nós mesmos essa criança.

— Acho que te derreti tanto que sem querer criamos um mini-iceberg.

O pensamento me faz sorrir. Bem, finalmente ela está fazendo piada.

— Ou uma minifogo.

Nós nos afastamos, e ela enxuga as lágrimas, soltando uma longa arfada de ar.

— Eu te odeio.

Ergo a sobrancelha.

— Por quê?

Ela dá um soquinho no meu braço.

— Lógico que você tinha que me engravidar.

— Como assim? Eu não ouvi você resmungando na hora. Bom, pelo menos não de um jeito negativo.

Claudia olha para o teto, e eu me sento ao seu lado na cama do hospital.

— Descanse. Amanhã será outro dia.

— Vou continuar grávida.

— Eu sei.

Ela vira para mim, a mão procurando a minha.

— Eu não estou sozinha.

— Você não está sozinha — repito, levantando sua mão para beijá-la. — Descanse.

Claudia fecha os olhos, e eu a observo até seu peito subir e descer em um ritmo constante, indicando que adormeceu. Beijo sua mão outra vez e saio do quarto, massageando meu pescoço.

Para minha surpresa, ao longe, no corredor do hospital, vejo Apolo checando os números nas portas dos outros quartos, provavelmente procurando o de Claudia. Como ele descobriu? Quando me vê, vem correndo, a preocupação estampada em seu rosto. Minha cabeça ainda está um pouco desorientada.

— Ártemis — chama ele. — Como ela está? O que aconteceu?

— Você vai ser tio.

As palavras saem de minha boca sem filtro ou controle, o que deu em mim? O que foi que deu em mim? Claudia vai me matar.

Apolo congela, a boca abrindo em surpresa.

— O quê?

Pigarreio, mas não posso dizer mais nada. O rosto de Apolo se ilumina.

— Eu vou ser tio? — O sorriso que toma conta dele é genuíno. — Você não está brincando, né? Não, você não é de fazer piadas. — Ele coloca a mão no rosto, surpreso. — É sério?

— Ah, droga. — Corro os dedos pelo cabelo. — Se Claudia perguntar, eu não te disse nada.

— Não consigo acreditar. Felicidades, Ártemis! — Apolo me envolve em um abraço, sua emoção é contagiante. Quando nos afastamos, o sorriso dele aumenta ainda mais. — Para ser sincero, achei que o Ares fosse ser o primeiro a me dar um sobrinho.

Franzo as sobrancelhas.

— Ah, qual é, nós dois sabemos que aquele selvagem transa demais — acrescenta Apolo antes de olhar para a porta do quarto. — Como ela está?

— Um pouco assustada. E eu não a culpo, não foi planejado.

— As melhores coisas não são planejadas.

— Concordo. Mas, no seu caso, você está terminando o ensino médio, então nada de engravidar ninguém.

— Como se eu transasse! — diz ele, mas não acredito. — Enfim, posso ir vê-la?

— Ela está descansando, foi um dia complicado.

— Imagino. — Apolo põe as mãos na cabeça. — Nem acredito, vou ser tio. Aposto que vou ser o tio favorito.

— Tem umas chamadas perdidas de casa. Você me ligou?

— Não, foi o vovô. Ele está muito preocupado. Vou ligar pra ele e dizer que Claudia está bem.

— Apolo, você não pode dizer nada sobre a gravidez. Preciso perguntar como ela quer dar a notícia. Eu te contei por impulso.

— Muitos acidentes nos últimos tempos, né? — brinca ele, e eu o fuzilo com o olhar. — Ah, cedo demais pra brincadeiras?

Não respondo e volto para o quarto para cuidar de Claudia enquanto ela dorme.

Nunca senti um medo tão puro e profundo como o de quando ela desmaiou em meus braços na frente da empresa. Então, não vou deixá-la sozinha nem por um segundo, e agora que sei que ela está grávida, meu senso de proteção duplicou.

— Ártemis, você está exagerando.

Claudia cruza os braços e recusa minha ajuda para sair do carro quando chegamos em casa. O sol da manhã ilumina seu cabelo ruivo bagunçado e destaca as pequenas sardas em suas maçãs do rosto.

— Consigo muito bem andar sozinha — diz, passando por mim, e eu suspiro, fechando a porta e indo atrás dela.

Ao entrar em casa, Martha e vovô a recebem com um abraço. Ela garante a eles que está bem. No entanto, dou uma olhada em meu pai, parado no corredor do escritório. Apolo está ao seu lado, ambos sérios e preocupados.

O que está acontecendo?

— Claudia — começa meu pai —, estou muito feliz por você estar bem. Você nos deu um belo de um susto.

Ela sorri.

— Sou mais forte que pareço.

E, de repente, vejo uma pessoa inesperada descendo as escadas. O cabelo preto está maior do que da última vez que o vi. Fico feliz com sua presença, mas o que ele está fazendo aqui? E então lembro que este fim de semana é o feriado do 4 de julho e percebo que faz um ano que voltei para casa, que voltei para Claudia.

Meu irmão sorri para nós dois e corre para abraçar a ruiva ao meu lado.

Ares.

— Sei que você estava ansiosa para minha volta, mas desmaiar é um pouco demais, não acha? — diz ele, brincalhão.

— Idiota. — Claudia dá um tapinha em seu braço antes de voltar a abraçá-lo. — Não passou muito tempo, mas senti tanta saudade.

Quando se afastam, Ares vem em minha direção, e eu ergo a sobrancelha.

— Não vou te abraçar.

Ele coloca a mão no peito.

— Sempre tão frio.

— Não passou tanto tempo, Ares. Não.

Ele me abraça mesmo assim, e faço uma careta.

— Deixa de ser frio — provoca ele no meu ouvido. — E você e Claudia, hein? Finalmente. Demorou muito tempo, idiota.

Apolo não consegue guardar nada, já contou para Ares que estou com Claudia. Só espero que não tenha falado sobre o bebê, ou acabo com ele depois que Claudia acabar comigo. Eu me afasto.

— Ares, Ártemis, vamos ao escritório rapidinho.

A voz de meu pai me lembra como fiquei inquieto ao ver seu semblante quando cheguei. Procuro o olhar de Ares, que parece tão perdido quanto eu. Meu pai dá meia-volta e some no corredor. Apolo sorri para mim antes de segui-lo. Vejo que Claudia me encara, franzindo as sobrancelhas. Dou de ombros, porque não faço ideia do que está acontecendo, apenas vou atrás deles.

Ares e eu entramos no escritório e fechamos a porta. Fico ainda mais confuso quando vejo minha mãe sentada em um dos sofás. Seus olhos estão inchados e vermelhos, mas sem lágrimas, como se já tivesse chorado até cessá-las. De um lado, Apolo e meu pai se sentam ao lado dela, e Ares e eu trocamos um olhar antes de nos dirigirmos ao outro lado.

— O que foi? — Procuro respostas nos rostos deles.

— Nos reunimos aqui, aproveitando a visita do Ares, para que os três possam ouvir isso de uma vez. Estávamos pensando em fazer isso ontem à noite, quando ele chegou, mas o Ártemis

dormiu no hospital... então... — Meu pai retoma ao assunto:
— Bem, a mãe de vocês e eu decidimos nos separar.

O quê?

— Já iniciamos o processo de divórcio — conta ela. — Depois do feriado, vou me mudar para a casa de veraneio que comprei há muito tempo, a que fica ao lado do seu rio favorito, Apolo. — Ela sorri para ele.

Os olhos de Apolo estão vermelhos. Ares aperta as mãos em seu colo com tanta força que os nós de seus dedos estão brancos.

O sentimento doloroso me pega de surpresa. Achei que ficaria aliviado; a separação é o que sempre quisemos, porque eles já tinham feito muito mal um ao outro, mas agora que está acontecendo, meu peito arde e consigo ver a dor escondida nas expressões de meus irmãos. Independentemente dos erros, eles são nossos pais, sempre estiveram juntos. Acredito que, como filhos, sempre tivemos esperança de que eles se resolveriam, de que continuariam com a gente. Nossos pais esperam que alguém quebre o silêncio, mas quando veem que isso não acontece, minha mãe contrai os lábios, recuperando as forças.

— Sei que... cometi muitos erros. — Ela olha para mim. — Sei que magoei muito vocês com meu egoísmo e não tenho desculpa nem espero que me entendam. Só quero que saibam que sempre amei vocês e sempre vou amar, e que as portas da minha casa ficarão abertas para vocês, que... — Sua voz falha. — Vocês sempre serão meus filhos, e sempre serei a mãe de vocês.

Ares bufa, os olhos vermelhos.

— Agora você quer ser nossa mãe?

Apolo olha para baixo, as lágrimas escorrendo pelas bochechas.

— Ares... — digo, tentando acalmá-lo.

— Não. — Ele balança a cabeça. — Depois de anos de toda essa merda é que você percebe isso? — questiona ele.

Consigo sentir a dor em sua voz, porque é isso o que meu irmão faz — esconde seus sentimentos por trás de palavras grosseiras. Os olhos vermelhos de minha mãe se enchem de lágrimas.

— Não chora — exige Ares. — Você não tem direito de chorar, não tem... — Sua voz se afoga nas emoções que ele tenta reprimir. — Por que demorou tanto? Se tivesse percebido isso antes, se...

— Não podemos viver de hipóteses, Ares — digo, fazendo com que ele preste atenção em mim. — Erros cometidos, mágoas... Tudo isso já aconteceu, não podemos mudar o passado.

Minha voz sai mais fria do que eu esperava. Acho que é isso o que faço, mascaro meus sentimentos com frieza. Esboço um sorriso triste, porque Ares e eu somos mais parecidos do que eu imaginava.

— Está tudo bem, Ártemis — responde minha mãe, secando as lágrimas. — Ele tem todo o direito de desabafar. Ares, filho, você pode me insultar, me dizer o que quiser, eu mereço.

Ares não diz nada e esconde o rosto nas mãos. Meu pai volta a falar:

— Vocês podem visitá-la quando quiserem, e ela pode vir aqui ver vocês quando quiser também. Sua mãe e eu esperamos manter uma relação civilizada mesmo seguindo caminhos diferentes.

— A gente entende — digo por meus irmãos, que não conseguem nem falar. — Que bom que estão lidando com isso de uma forma tão madura e sem maiores problemas.

Minha mãe se levanta e anuncia:

— Preciso começar a arrumar as coisas. — Meu peito se aperta, mas me esforço para sorrir. — Me desculpem, meus filhos, de verdade. Espero que um dia vocês encontrem a força em seus corações para me perdoar.

Ela sai do escritório, e todos ficamos em silêncio. Ares, frustrado, massageia o rosto. Apolo tenta segurar as lágrimas. Meu pai apenas dá um sorriso triste.

— Acho que também devo um pedido de desculpas a vocês. Nem tudo é culpa dela, eu decidi continuar o casamento apesar de tudo. Sou tão culpado quanto ela por não ter terminado quando deveria.

— Tudo bem, pai — tranquilizo-o.

Ares se levanta e sai do escritório sem dizer uma palavra. Meu pai se senta ao lado de Apolo para consolá-lo, e sinto que preciso sair daqui. Vou para meu quarto, sentindo os olhares das pessoas na sala, mas não olho de volta. Eu me sento na cama e passo a mão pelo rosto e pelo cabelo. A imagem de minha mãe sentada no sofá me atormenta.

Claudia entra, os olhos preocupados me avaliando enquanto fecha a porta. Relaxo os ombros, cedendo, porque com ela não preciso esconder nada. Ela se aproxima devagar e para em frente a mim.

— Tudo bem?

Agarro seus quadris e a abraço, apoiando o rosto em sua barriga. O cheiro dela me acalma.

— Vou tentar ser um bom pai — prometo, porque eu serei. — Vou dar o meu melhor, Claudia, eu juro.

Não quero que meu filho tenha que passar pelo que passei ou pelo o que a mãe dele passou. Claudia acaricia minha cabeça suavemente.

— Lógico que sim, Ártemis.

Amar essa mulher e dar o meu melhor para criar nosso filho são meus objetivos agora e para sempre. Não posso mudar o passado nem apagar as feridas, mas posso contribuir para que nosso futuro seja diferente.

37

"JÁ ESTOU SURTANDO"

CLAUDIA

Hospitais.

Eu os evitei a vida toda, com exceção de quando fiz uma cirurgia de apendicite e das vezes em que acompanhei minha mãe. Contudo, essa época ficou para trás, porque agora que estou grávida, consultas e ultrassons vão se tornar parte da minha rotina. Apesar de tudo isso, me sinto mais preparada e mais calma do que esperava.

Ártemis, por outro lado... Ele está andando de um lado para outro na sala de espera da ginecologista, passando a mão pelo cabelo e afrouxando a gravata algumas vezes. Eu suspiro.

— Ártemis, você pode se sentar? — Levanto o olhar e dou um sorriso amável.

Ele para na minha frente, estufando o peito ao respirar profundamente, e logo em seguida expira. Os lindos olhos castanhos me observam, como se precisasse ver a serenidade de meu rosto para se acalmar. Não entendo por que ele está tão nervoso. Talvez vê-lo assim é o que me deixa tão calma — não podemos os dois ser uma pilha de nervos, e, parando para pensar agora, sempre fui melhor em controlar minhas emoções. Ártemis só sabe esconder os sentimentos para não lidar com eles nem perder o controle, como está fazendo agora.

— Por favor — peço, e ele se senta ao meu lado.

— Não sei como você está tão tranquila.

— É só a primeira consulta. — Seguro sua mão e me viro para ele. — Vai ficar tudo bem.

— Eu que deveria estar te dizendo isso, mas olha pra mim! Já estou surtando.

— Não, não está.

Acaricio a bochecha dele, sentindo a barba por fazer em meus dedos. Seus lábios me provocam quando eu me aproximo, então o beijo. Adoro poder beijá-lo quando quero, sem precisar reprimir, sufocar e muito menos esconder o quanto gosto dele, o quanto sempre o adorei. Estou livre para agarrar Ártemis Hidalgo pela gravata e beijá-lo com toda a minha vontade.

Quando nos separamos, ele abre os olhos devagar e diz:

— Você deveria ter me acalmado assim desde o começo.

— Não se acostuma.

— Claudia Martínez — chama a enfermeira na porta.

Nos levantamos e vamos até o consultório da dra. Díaz. A enfermeira nos orienta, e passamos por outra porta. A médica, uma mulher de uns quarenta anos, cabelos pretos e olhos escuros, sorri ao nos ver. Os olhos dela se detêm um pouco mais no homem ao meu lado, e não a culpo. Ártemis é atraente demais.

— É um prazer conhecê-los. — Ela nos cumprimenta com um aperto de mãos. — Me chamo Paula Díaz e estou muito feliz por terem me escolhido para essa etapa tão importante da vida de vocês. Claudia, não é?

Assinto, e seus olhos caem sobre Ártemis.

— Ártemis Hidalgo — responde ele, cordialmente.

— Hidalgo? — A dra. Díaz ergue as sobrancelhas, surpresa. — Da empresa Hidalgo?

— Isso.

— Ah. — Ela se concentra em mim. — Podem se sentar, por favor.

A médica vai para o outro lado da mesa, e nós nos sentamos.

— Bem — diz ela, revisando os documentos que preenchi há algum tempo —, antes de tudo, parabéns pela gravidez, Claudia. De acordo com as informações que preencheu aqui, está com oito semanas. Vamos fazer alguns exames de sangue para verificar se suas taxas estão boas, já que vi no seu histórico que você foi para o pronto-socorro por causa de uma anemia há alguns dias.

— É, ela desmaiou — acrescenta Ártemis.

— Como você está, Claudia?

— Só fico enjoada de vez em quando — digo a verdade. E meus seios doem, mas acho que é normal.

— Ótimo, vamos monitorar suas taxas e faremos um ultrassom para confirmar se está tudo bem. — Ela se levanta. — Vamos para a sala de exames.

Ao entrar na outra parte do consultório, me deito na maca ao lado do aparelho de ultrassom, que tem uma tela bem grande. Ártemis se senta ao meu lado e segura minha mão. A dra. Díaz coloca as luvas, espalha o gel na minha barriga, e respiro fundo. Fico de olho na tela, esperando para ver tudo.

— Aí está — murmura ela, e eu troco um olhar com Ártemis, porque não vejo nada, apenas cinza e preto.

A dra. Díaz sorri e aponta para o menor círculo que já vi na vida. Aperto os olhos para ver melhor até ela ampliar a imagem.

— Ainda não dá para ver muita coisa, mas como você teve anemia, quero ter certeza de que está tudo bem.

Fascinado, Ártemis não tira os olhos da tela. Sorrio e volto a olhar para o monitor.

— Ali está o saco gestacional, e dentro podemos ver o pequeno embrião se formando.

Uma sensação estranha invade meu peito. Pela primeira vez desde que recebi a notícia, sinto uma felicidade absoluta. Não posso amar um ser tão rápido assim, não é possível, mas vê-lo faz tudo mudar.

Você é uma bolinha pequenininha, bebê.

— Muito bem, tudo parece normal — diz ela quando termina, tirando as luvas.

Voltamos para a sala da consulta e nos sentamos.

— Vou marcar exames de sangue para amanhã. Por enquanto, continue com as vitaminas que o médico do pronto-socorro receitou e se alimente bem — orienta ela, com um sorriso. — Nos vemos em duas semanas. Mais uma vez, felicidades, sra. Hidalgo.

Meu sorriso congela. Sra. Hidalgo? Ártemis e eu balançamos as mãos, dizendo ao mesmo tempo:

— Não...

— Não...

Paramos e trocamos um olhar. Consigo sentir o calor em minhas bochechas.

— Não somos casados — explico com um sorriso falso.

— Ah. — A dra. Díaz fica envergonhada. — Desculpe, de verdade. Não deveria ter dito sem ter certeza.

Um silêncio constrangedor nos cerca, então me levanto para me despedir e, quando ela me entrega o papel com o horário do dia seguinte, saímos às pressas.

No caminho para casa, começo a ficar tensa. É incrível como eu estava calma durante a consulta, mas agora estou morrendo de nervoso por termos que enfrentar a parte mais difícil e desconfortável dessa situação por enquanto.

Nossas famílias.

Ártemis e eu decidimos dar a notícia depois de confirmar se estava tudo bem com o bebê. Além do mais, temos que aproveitar que Ares está aqui e que a sra. Hidalgo ainda não foi embora. É o último dia que a família Hidalgo estará completa. Sabemos que temos os motivos certos, mas isso não diminui o medo das possíveis reações.

Ártemis para o carro na frente da casa e saímos. Nuvens cobrem o céu, trovões ressoam ao longe, e sei que vai chover em breve. Me encosto no carro, cruzo os braços e olho para a casa dos Hidalgo. Passei a maior parte da vida aqui. Quase consigo visualizar eu e os meninos correndo pela porta da frente, brincando com pistolas de água quando crianças.

— Claudia. — A voz de Ártemis me tira de meus pensamentos. — Tudo bem?

Ele está na minha frente, a preocupação visível nos olhos castanhos.

— Sim, tudo bem.

— É normal ficar nervosa, mas você não está sozinha. Faremos isso juntos, certo? — Ele estende a mão para mim, e eu a seguro.

Não demora muito para reunirmos toda a família no escritório. Juan Hidalgo se senta atrás da mesa enquanto Sofía se acomoda na poltrona. Minha mãe está em uma cadeira do lado da mesa do sr. Hidalgo. Vovô se senta no sofá em frente ao de Sofía. Ares e Apolo entram brincando sobre alguma coisa. Seus sorrisos são tão idênticos que não deixam dúvidas de que são irmãos. Eles ficam atrás do vovô.

— Ártemis? — O sr. Juan ergue a sobrancelha, esperando.

Todos os olhares se voltam para nós dois.

Sofía me olha da cabeça aos pés, a desaprovação estampada em seu rosto. Pelo que Ártemis me disse, ela está tentando bancar a mãe arrependida, e pode até conseguir enganar os filhos e o marido, mas eu não caio nessa. Sei muito bem que tipo de pessoa ela é. Mesmo que todos mereçam uma segunda chance, não acho que esteja sendo sincera. O interesse dela em mudar não é genuíno e nunca será. É tudo uma encenação para conseguir dinheiro dos filhos — principalmente de Ártemis, que já tem seu próprio negócio além da empresa —, caso o sr. Juan pare de sustentá-la em algum momento. E não culpo os filhos por acreditarem nela; é a mãe deles, e eles a amam. E pode ser que o arrependimento seja mesmo verdadeiro, no fim das contas.

— Bem, estamos aqui porque Claudia e eu temos uma coisa importante para anunciar. — Ártemis segura minha mão.

Sofía faz uma careta, e vejo minha mãe sorrir. Ártemis olha para mim, e eu balanço a cabeça para que ele continue, porque de forma alguma eu vou ser a pessoa a contar.

— Claudia e eu estamos namorando há alguns meses — explica Ártemis.

— Com todo o respeito, Ártemis... A gente já sabia disso — diz vovô. — Sei que vocês acham que são bons em esconder seus relacionamentos, mas não são.

— É verdade, filha — concorda minha mãe.

— Tem mais. — Ártemis pigarreia.

Ares parece confuso, mas Apolo está mordendo o lábio para não sorrir. Será que...? Vou matar o Ártemis.

Todos esperam, e Ártemis aperta minha mão. Olho para ele de soslaio e vejo como está pálido. Ele engole em seco. Gotas de suor escorrem por sua testa mesmo com o ar-condicionado na temperatura mínima. Acho que, se ele continuar assim, vai ter um treco antes de conseguir dizer. Como sempre, o nervosismo dele me obriga a ser forte, a ser a pessoa tranquila da situação. Então, apenas revelo:

— Estou grávida.

De um jeito simples. Muito direto.

Silêncio absoluto. Ninguém fala, ninguém se mexe, alguns trocam olhares de surpresa. A bravura parece impulsionar Ártemis.

— Apesar de não ter sido planejado, estamos muito felizes. — Ele sorri com expectativa, olhando para cada pessoa ao nosso redor.

Sofía pede licença e sai da sala. Vovô aplaude, quebrando o silêncio.

— Parabéns! — exclama ele, sorrindo. — Vou ser bisavô! — Ele ergue as mãos. — Nunca pensei que viveria para ter um bisneto ou bisneta.

— Meus parabéns, filho. — A expressão do sr. Hidalgo é uma mistura de fascínio e orgulho. — Não achei que eu fosse ser avô tão novo.

Percebo um movimento com o canto do olho e mal tenho tempo de me virar quando Ares me envolve em um abraço que me tira do chão.

— Eu vou ser tio! — repete ele algumas vezes no meu ouvido.

A alegria dele me faz rir, e quando ele me coloca no chão, segura meu rosto com as mãos e dá um beijo em minha testa.

— Parabéns, sua linda!

— Obrigada, idiota.

Ares vai incomodar e parabenizar Ártemis. Apolo também me dá um abraço.

— Sempre foi ele, não é? — brinca Apolo ao se afastar.

Minha mãe aparece atrás dele e abre os braços.

— Meu bebê — sussurra antes de me abraçar. — Sei que é inesperado — diz ela em meu ouvido —, mas fico aliviada de saber que vou estar aqui para conhecer meu neto ou minha neta. Você não está sozinha.

As palavras dela fazem lágrimas brotarem em meus olhos, porque sei o que minha mãe quer dizer. Os médicos não têm sido muito otimistas em relação ao avanço da doença dela. Ainda me lembro do buraco em meu peito quando disseram que ela tinha apenas mais um ano, talvez dois. Seu alívio parte meu coração, mas estou feliz, mesmo que seja inesperado, vou lhe dar um pouco de paz. Acho que as coisas inesperadas podem ter um lado bom.

Esse pensamento me invade quando vejo todos sorrindo, se cumprimentando, felizes. Essa não era a reação que eu estava esperando. A emoção no rosto deles me faz sentir parte de algo, me faz sentir... em família. As lágrimas ficam mais grossas, porque nunca pensei que teria isso, que tantas pessoas ao meu redor se importariam, que ficariam felizes com minha gravidez. Culpo os hormônios pelo choro, enxugo o rosto depressa.

— Já sabem o sexo? — pergunta Apolo, e todos olham com expectativa.

— Ainda não, é muito cedo.

— Certeza de que é um menino — diz vovô. — Por duas gerações, nenhum Hidalgo teve uma menina.

Quase soa como se ele quisesse que fosse menina.

— Talvez Clau quebre essa tradição — encoraja Ares.

— Uma garota Hidalgo — murmura o sr. Juan. — Caramba, que interessante!

— Já pensaram em nomes? — pergunta Apolo.

— Apolo. — Ares agarra o ombro dele.

— O quê?

— Não seja apressado.

— Foi mal, estou curioso sobre meu futuro sobrinho ou sobrinha.

— Não adianta. Eu vou ser o tio favorito — responde Ares com arrogância.

Apolo bufa.

— Você? — Apolo se vira para mim. — Claudia, quem vai ser o favorito?

Me faço de desentendida.

Entre as disputas infantis de Ares e Apolo, as palavras de encorajamento de minha mãe, a felicidade do vovô, a aceitação do sr. Juan e o olhar genuíno de amor de Ártemis, sorrio como nunca. Não estou mais sozinha, e vai ser assim por muito tempo. Aquela garotinha que há em mim, que cresceu nas ruas, sorri. Agora ela tem algo que sempre quis com todo o coração: uma família.

38

CAPÍTULO FINAL

CLAUDIA

Ártemis e eu brigamos pela primeira vez no terceiro mês da gestação.
— Claudia.
— Não.
— Você nem está me ouvindo — diz ele, acenando com as mãos.
Estamos no quarto dele, o sol da manhã atravessa a janela. Estou terminando de me arrumar para o estágio depois de passar a noite com ele.
— Eu já te ouvi, e a resposta é não.
Ártemis quer que eu largue o estágio para ficar em casa o dia inteiro. Estou grávida, mas isso não me torna incapaz de fazer meu trabalho. Além disso, o contrato é de seis meses e só faltam dois. Acho que aguento até lá. E a barriga está imperceptível.
— Não entendo o que você quer provar com isso, Claudia.
— Não estou tentando provar nada, só quero ser responsável. Assinei um contrato de seis meses e só faltam dois.
— Um contrato na minha empresa. Você não precisa terminar! Posso encerrá-lo por você.
— Não.

— Ah! — Ele se vira e coloca as mãos na cabeça. Quando se volta para mim, cruzo as mãos. — Você sabe quantas pessoas matariam para poder ficar em casa sem trabalhar?
— Ah, desculpe por não ser uma delas.
— Claudia... — Ele contrai os lábios. — Você é tão teimosa, eu deveria saber. Talvez eu devesse ter mandado te demitirem.
Ah, esse filho da...
— Vai à merda.
Dou meia-volta para sair, mas os enjoos matinais me atingem em cheio. Corro para o banheiro do quarto, com ânsia de vômito. Ártemis está na porta do banheiro com os braços cruzados. Consigo ver o reflexo dele no espelho quando vou até a pia lavar a boca. Lanço um olhar frio.
— Claudia...
— Não. — Viro para ele. — Escuta aqui, Ártemis. Entendo a preocupação, e não é que eu esteja sendo ingrata por recusar a oferta, mas a vida é minha. E eu escolho honrar o contrato, manter minha carreira e ser responsável. Quero continuar trabalhando e ponto-final.
Ele repuxa os lábios.
— Você quer abrir sua própria agência de publicidade? Eu poderia...
— Meu Deus! — Seguro meu rosto. — É como falar com a parede.
Tento sair do banheiro, mas ele bloqueia a passagem.
— Espera, espera, não sai assim.
Respiro fundo.
— Você tem ideia de como está sendo idiota? Mandar me demitirem? É sério?
Ele passa a mão pelo rosto.
— Desculpa, desculpa, não sei o que me deu, só quero... é que... — Ele faz uma pausa, dando um passo em minha direção. — Só quero que você fique bem. Se algo acontecer com você...
— Ártemis, eu estou bem. Acha que eu faria algo que colocaria o bebê em risco?

— Não é isso. — Ele suspira e segura meu rosto. — Sou um idiota, desculpa.

Abro um sorriso falso.

— Obrigada por isso, mas você vai ficar sem a minha companhia à noite por uma semana — digo para ele, apertando seu nariz. — Aproveite dormindo sozinho, idiota.

Passo por ele e saio.

— Claudia...

Não olho para trás.

No quinto mês, já dá pra ver a barriga e o estágio na empresa terminou. Ártemis se demitiu do cargo de diretor, deixando seu melhor amigo, Alex, no posto. Ele está livre da empresa e pode fazer o que quiser. Está supervisionando o negócio que montou por conta própria, e eu o convenci a fazer um curso de desenho para se reconciliar com sua paixão.

Finalmente chegamos na etapa de descobrir o sexo do bebê. A dra. Díaz estava animada, e quando voltamos para casa, todos estão nos esperando na sala: vovô, minha mãe, o sr. Hidalgo, Apolo e Ares, que está na tela do tablet em uma videochamada.

— E aí? — pergunta minha mãe, e eu umedeço os lábios.

— É uma menina! — digo, animada, porque sei que, mesmo que não tenham dito em voz alta, todos estavam torcendo por isso.

— Eu sabia! — Vovô sorri e bate na mão de Apolo. — Uma menina Hidalgo!

— Uhuuuuul! — Dá para ouvir o grito de Ares vindo do tablet na mesa. — Apolo, você me deve vinte dólares.

— Vocês apostaram? É sério? — reclamo com Apolo.

Ele dá de ombros.

— Foi ideia do Ares.

Me aproximo do tablet e digo:

— Idiota.

Ares sorri.

— Você me ama, idiota! — Ele pisca para mim, e reviro os olhos.

Minha mãe me abraça, e o sr. Juan se aproxima com as mãos nos bolsos de sua calça elegante.

— Você está fazendo história na família Hidalgo. É a primeira menina de toda a família, meus irmãos só tiveram meninos.

— Minha primeira bisneta — intervém vovô. — Já começaram a decorar o quarto?

— Vão usar um dos quartos do andar de cima? — pergunta o sr. Hidalgo. — Ah, mas as escadas vão ser um problema, não?

— Não... Não vamos... — Ártemis e eu trocamos um olhar.

— Vocês vão continuar morando aqui, não é? — pergunta vovô, a preocupação estampada em seu rosto. — A casa é grande demais, e acho que os avós gostariam de ficar perto da neta. — Ele aponta para minha mãe e para o sr. Juan.

— Não conversamos sobre isso, vovô — responde Ártemis, e eu umedeço os lábios, desconfortável.

Como é que não pensamos nisso?

Conversamos um pouco com todos antes de subir para o quarto de Ártemis. Bocejo e me espreguiço antes de me sentar na cama.

Ando muito cansada, e olha que não faço mais nada. Terminei o estágio e contrataram uma nova empregada para a casa, porque é óbvio que Ártemis não me deixaria fazer mais nenhum serviço doméstico. Estou sempre tão cansada que já não reclamo mais da superproteção; nem quero imaginar como seria se eu ainda tivesse que cuidar da casa.

Ártemis desabotoa a camisa e a tira. Eu apenas o encaro, imóvel. Os hormônios têm me deixado insaciável nos últimos tempos. Ele se inclina, me dá um beijo suave e acaricia meu rosto gentilmente. Sorrindo com malícia, agarro seu pescoço e o puxo para cima de mim na cama.

— Outra vez? — murmura ele contra meus lábios.

— Está reclamando?

— De forma alguma.

* * *

Nono mês. Não consigo nem andar um pouco sem meus tornozelos incharem e perco o fôlego ao realizar as atividades mais básicas. Sem falar nas minhas costas e em como é difícil encontrar uma posição para dormir. Ártemis e eu decidimos que ficaremos na casa dos Hidalgo pelo menos até nossa filha completar um ano. Queremos que vovô, o sr. Juan e minha mãe aproveitem o máximo que puderem. Depois, vamos decidir o que fazer. Não tivemos mais notícias da sra. Sofía, e isso não me surpreende. Provavelmente não quer saber de mim e do bebê, e tudo bem. Não quero alguém com uma energia tão ruim perto da minha filha.

Ártemis está muito mais tranquilo agora que saiu da empresa do pai e só precisa ficar de olho em seu negócio de vez em quando. Desde que começou o curso meses atrás, ele está amando desenhar. Apesar de ter passado muito tempo sem prática, seus desenhos estão cada vez melhores e mais profissionais. Acho que, quando se nasce com talento, não importa quanto tempo passe.

Arrumamos o quarto de nossa filha com muito carinho. Estamos no recesso de primavera, então todos estão em casa. Gin e Alex vieram hoje ajudar com os últimos detalhes da decoração. Apolo e Ares estão na sala montando um móvel que veio com instruções complicadas. Daqui do quarto consigo escutá-los brigando sobre o que fazer.

Com a ajuda de Alex, Gin está pendurando o nome da minha filha ao lado do berço.

— Mais para a direita! Está torto! — reclama Alex, estressado.

— Isso foi o que você me disse ontem à noite — responde Gin.

— Gin! — Lanço um olhar de reprovação.

— Estou brincando. Além do mais, Alex não é um santo. — Ela se defende.

Os dois vivem discutindo e brincando, mas se tornaram bons amigos graças a Ártemis e a mim. Acho que, sendo nossos melhores amigos, não tinham escolha.

— Alex — chamo. — O que aconteceu com a Chimmy?
— Chimmy? — pergunta Gin. — Ah, a secretária, né?
— Não aconteceu nada. Por que teria acontecido alguma coisa? — Alex tenta não soar estranho.
— Covarde — diz Ártemis, fingindo tossir.
— Eu ouvi, e você não é mais meu chefe, então posso bater em você.
— Desculpa, sr. Diretor da empresa Hidalgo — brinco.
— Não o apoie, Claudia. Preciso de alguém do meu lado.

Eu me levanto usando os braços da cadeira como alavanca. Quando estou de pé, sinto um líquido quente escorrer pelas minhas pernas. Todos me encaram, surpresos.

— Ah. — É tudo o que consigo dizer. — Acho que a bolsa estourou.

E tudo vira um caos. Ártemis me pergunta se estou bem repetidas vezes. Gin e Alex andam de um lado para outro. Seguro a barriga e me apoio em Ártemis para descer as escadas. Ares e Apolo levantam o olhar, e Gin, histérica, grita:

— Vai nascer!

Mais caos. Minha mãe, vovô e o sr. Juan saem da cozinha — estavam preparando um assado de primavera. Todos querem falar comigo e me acalmar quando, na verdade, os desesperados são eles.

— Estou bem — repito várias vezes.

O caminho até o hospital é muito mais rápido do que eu esperava, e, ao chegar, me registram e me colocam em uma cadeira de rodas, mesmo que eu consiga andar. Queria dizer que todo o processo de dar à luz é maravilhoso, mas a verdade é que dói demais.

Achei que ficaria incomodada com um monte de médicos vendo minhas partes íntimas, mas o pudor é a última coisa que passa pela nossa cabeça em uma situação dessas. A única vontade é de acabar com a dor e trazer o bebê ao mundo, o resto é irrelevante. Ártemis segura minha mão o tempo todo, e está tão pálido que parece que é ele que está parindo.

— Vamos, Claudia, vamos, outro empurrão — incentiva a dra. Díaz. Me esforço para empurrar sem respirar. — Continua, continua, isso, muito bem, muito bem.

Com as últimas forças, dou meu melhor para que o bebê saia dessa vez. Fico sem forças, sem ar e até um pouco tonta, mas nada disso importa quando ouço minha filha chorando. A dra. Díaz a limpa um pouco antes de colocá-la em meus braços, e não consigo conter as lágrimas. Nunca amei tanto alguém em tão pouco tempo. Ártemis se inclina sobre nós, os olhos avermelhados, e acaricia a cabecinha do bebê com cuidado, como se fosse algo tão precioso que ele tem medo de tocar.

— Oi, oi, meu amor — sussurro entre soluços. — Bem-vinda ao mundo, Hera Hidalgo.

Ártemis beija a testa dela e me dá um beijo rápido. Quando ele se afasta, olha nos meus olhos. Seu olhar reflete tanta emoção, tanto amor, que pela primeira vez consigo dizer sem hesitar:

— Eu te amo, Ártemis.

Não tenho mais medo. Essa frase, que ouvi da boca dele por todos esses meses, que o ouvi sussurrar na minha barriga, não tem mais nada a ver com aqueles homens da minha infância. Agora, tudo o que penso quando escuto essas palavras é no homem amoroso com quem cresci e nesta linda bebê em meus braços. Ártemis sorri.

— Eu sei, linda. — Ele não diz isso de um jeito arrogante, mas como se soubesse disso o tempo todo, como se eu não precisasse dizer, porque ele sabia como era difícil para mim. — Eu também te amo, Claudia.

Recebemos alta no terceiro dia, e Hera vira o centro das atenções na casa dos Hidalgo. Todos brigam para ver quem vai segurá-la, quem vai trocar a fralda e quem vai colocá-la para dormir. Acho que ser a primeira menina Hidalgo é um acontecimento. O bom é que todos nos ajudam muito, então Ártemis e eu podemos descansar de vez em quando. Hera é um bebê lindo com um tufo de cabelo castanho. Seu rostinho é adorável, e seus olhos por enquanto são azuis, mas disseram que a cor dos olhos dos bebês muda com o tempo.

Não esperava que fossem dessa cor, mas acho que é algo que ela herdou de outras gerações. De acordo com minha mãe, meu pai tinha olhos azuis, assim como Ares e a sra. Sofía. Lógico, Ares não perdeu a oportunidade de dizer que era o verdadeiro pai, implicando com Ártemis.

— Desculpa, irmão — diz, fazendo drama. — Tentei resistir, mas Claudia é muito determinada. Ela...

Ártemis dá um tapa na nuca dele.

— Um pouco de respeito, Ares.

Ele dá um grande sorriso.

— Sempre tão sério. — Ares balança a cabeça antes de se inclinar sobre o berço para pegar Hera. — Oi de novo, lindinha. Quem vai ser uma destruidora de corações igual o tio? Quem?

Apolo revira os olhos.

— Destruidora de corações igual o tio? É sério? Você quer que ela seja inteligente ou... sei lá?

Ártemis suspira e se senta ao meu lado na cama. Ainda estou um pouco dolorida.

— Você precisa de alguma coisa?

Balanço a cabeça, e nós dois ficamos observando todos brigarem para segurar Hera.

4 de julho

Pela primeira vez em meses, Ártemis e eu estamos a sós.

Deixamos Hera em casa com os avós, que ficaram mais do que felizes em cuidar dela. Acho que é o primeiro 4 de julho que ele e eu passamos juntos, assim, sozinhos, desde aquele de nossa adolescência, quando tive que rejeitá-lo por causa de Sofía.

Estamos em uma praia linda e vazia a poucas horas de casa. Sentados na areia, admiramos a linda lua no céu escuro, refletida no mar. De um lado, há um calçadão que dá na praia, e algumas pessoas estão andando por ali. O vento balança meu cabelo para trás. Olho para o homem ao meu lado.

— É tão lindo — digo, sincera.

Descanso a cabeça em seu ombro e percebo que ele está tremendo. Me levanto.

— Você está com frio?

Ártemis balança a cabeça.

— Não.

Franzo as sobrancelhas.

— Está tremendo.

Ele não olha para mim; em vez disso, aponta para o calçadão. De repente, alguns fogos de artifício começam a estourar, explodindo em cores e refletindo no mar. Abro a boca, surpresa, porque é completamente deslumbrante. Eu me levanto para chegar mais perto da costa e curtir o maravilhoso espetáculo. Lógico que Ártemis prepararia algo assim. Percebo que ele está me seguindo.

— É lindo — digo, virando-me para ele. — Eu adoro tudo isso. É...

Paro de falar quando o vejo ajoelhado na areia, diante de mim. Cubro a boca, em choque, porque não esperava por isso.

— Claudia — começa ele —, não sou bom com palavras, mas hoje, sob esses fogos, vou dar o meu melhor. Cresci com você, você foi minha amiga, meu apoio e meu primeiro amor.

A lembrança dele me mostrando a língua nas brigas da nossa infância me vem à mente.

— Passamos por muitas coisas juntos — continua ele.

Eu me lembro de todas as vezes em que ele me ajudou quando eu estava sonâmbula e com medo do escuro, das vezes em que limpei os machucados de seus dedos quando ele brigava, de como ele me defendia quando me provocavam na escola, a tranquilidade de seus olhos cor de café quando ele dizia que estava criando um espaço seguro para mim...

— Nosso caminho não foi fácil, e os obstáculos foram muitos, mas estamos juntos há pouco mais de um ano e tivemos nossa linda Hera — diz ele, emocionado. — Não tenho dúvidas de que você é a pessoa com quem quero passar o resto da minha vida, a mulher com quem quero construir um lar. Para mim, Claudia, sempre foi você.

Lágrimas grossas escorrem por meu rosto.

— Então, este Iceberg, Supergato e homem completamente apaixonado quer te fazer uma pergunta hoje, neste 4 de julho. Você aceita se casar comigo?

Ártemis levanta a mão, segurando uma caixinha de anel. Tiro a mão da boca e sorrio em meio às lágrimas.

— Sim, é óbvio que sim.

Eu o abraço. Os fogos de artifício continuam explodindo no céu noturno, iluminando nós dois. Quando me afasto, ele coloca a aliança no meu dedo e me beija. É um beijo cheio de emoção, de amor e de promessas.

Nós nos afastamos, e ele descansa a testa na minha. Seus olhos procuram os meus.

— Não vai me rejeitar dessa vez, né? — brinca ele.

Acaricio seu rosto, minha mão roçando sua barba rala, e, como resposta, eu o beijo com todo o meu coração.

EPÍLOGO

Dez anos depois

Os óculos escuros me protegem do sol implacável das praias da Carolina do Sul. Gosto de sentir o calor na minha pele, e o som das ondas é muito relaxante. Estou deitada na areia, pegando um bronzeando. Precisava dessas férias. Administrar minha própria agência de publicidade e todas as fundações que abri com a ajuda de Ártemis me deixa cansada, e não sobra muito tempo livre. Mesmo assim, sempre faço questão de passar bastante tempo com minha família, principalmente meus filhos e meu marido. E as férias de verão são sagradas.

— Mamãe!

Hades, meu filho mais novo, vem correndo com as mãos salpicadas de areia e cheias de conchas. O cabelo ruivo molhado está colado em seu rostinho; a luz do sol faz com que seus olhos cor de mel fiquem ainda mais claros, e as sardas nas bochechas, reluzentes.

— Encontrei um montão dessa vez!

A irmã vem atrás dele com os braços cruzados e uma expressão irritada. Às vezes, sinto que ela age como uma miniadulta. Eu me apoio nos cotovelos para me levantar um pouco e abro um sorriso.

— Nossa, quantas conchas — observo.

Ele gosta de colecionar coisas dos lugares que visitamos. Seu quarto está cheio de lembrancinha de países para onde viajamos.

— Você tem que escolher as preferidas para sua coleção.

— Como se seu quarto já não estivesse lotado de treco — responde a irmã.

Lanço um olhar para Hera.

— Hera.

— É verdade, mãe, não dá mais para abrir a porta direito.

— Está exagerando.

— Pedi a opinião dela, mamãe, e como sempre ela está azeda — acusa Hades.

Me pergunto a quem ela puxou.

— Quem você chamou de *azeda*?

E assim começa uma discussão. Eu os acalmo, e temos a conversa de sempre sobre respeito e tolerância entre irmãos. Hera suspira e diz, por fim:

— Desculpa, vulcão. — É o apelido que Hera deu para Hades por causa da cor do cabelo.

— Tudo bem — responde ele, mas o biquinho que faz é adorável, capaz de derreter qualquer um, até mesmo a irmã mal-humorada.

Hera se inclina na direção dele e bagunça seu cabelo com carinho.

— Bem, vou te ajudar a escolher as melhores — diz ela.

— As melhores?

O beicinho desaparece, e a alegria se espalha em seu pequeno rosto. Hades é lindo, os dois são lindos... meus bebês, meus filhos. Eles voltam para o mar, encontrando o pai no caminho.

Meu marido acabou de sair da água. O tempo lhe fez bem. Como é possível ter ficado ainda mais bonito? Isso não é normal. Continua malhando todos os dias. A água escorre pelo peito e abdômen definidos, assim como seus braços. A barba rala que eu amo ainda adorna seu maxilar delineado. Ele balança a cabeça para tirar um pouco de água do cabelo antes de passar a mão por ele. Mordo o lábio. Acho que vou lamber esse tanquinho mais tarde, quando as crianças forem dormir.

Ártemis se aproxima de mim, me dá um beijo e se senta ao meu lado.

— Sua cara quando você olha pra mim com esses pensamentos obscenos é muito óbvia, Claudia.

Dou um sorriso.

— Você está reclamando?

— Nem um pouco. — Ele aproxima a boca da minha orelha. — Na verdade, eu estava pensando agora que, quando as crianças forem dormir...

Nossas mentes em sincronia, como sempre. Com todas as nossas responsabilidades, nossas empresas, nossos filhos, as fundações... às vezes passamos um tempo afastados e não percebemos até sermos devorados pelo desejo. Acho que isso é ser adulto.

— Está tarde. A gente tem que voltar para o hotel e se inscrever pra assistir aos fogos de artifício — lembra Ártemis, acariciando minhas costas nuas.

Estou de biquíni, não me importo de mostrar a cicatriz da cesariana nem da cirurgia de apendicite. Também não ligo para as estrias da gravidez. Agradeço à minha mãe por me ensinar a me amar do jeito que eu sou.

Que minha linda velhinha descanse em paz; ela faleceu já faz alguns anos. Viveu muito mais do que os médicos esperavam, acho que ganhou muita força quando os netos nasceram. Eles eram sua fortaleza e seu gás para viver até não poder mais. Saber que aproveitou os últimos anos com Hera e Hades e que foi feliz é o que me consola.

Espero ser uma mãe tão boa quanto você, mãe. Apesar de tudo, você me deu tanto amor, me ensinou a cultivar o amor-próprio e meu valor. Espero não te decepcionar.

— No que você está pensando? — Ártemis coloca o braço em volta do meu ombro.

— Na minha mãe.

Ele beija minha cabeça, e afasto a melancolia; não é assim que vamos passar as tradicionais férias dos Hidalgo.

Há cinco anos, criamos o hábito de vir à praia comemorar o feriado de 4 de julho. A família Hidalgo de todo o país se reúne aqui pelo menos uma vez por ano. Foi ideia do vovô, na tentativa de aproximar os familiares distantes, e tem funcionado.

Chamamos as crianças e voltamos para o hotel para tomar banho e nos arrumar. Lutamos para não deixar Hades dormir no sofá depois de estar pronto. Faz parte da tradição assistirmos aos fogos de artifício juntos. Descemos até a praia onde será realizado o espetáculo e nos sentamos em cadeiras dobráveis. Hades se senta no meu colo e Hera fica atrás do pai, abraçando-o.

Os fogos de artifício começam.

— Uau! — exclama Hades, e olha pra mim para ter certeza de que não estou perdendo o espetáculo.

— Incrível, né?

Ele balança a cabeça rapidamente.

Olho para o homem da minha vida, as luzes coloridas iluminando seu rosto lindo. Como se sentisse meu olhar, ele também se vira para mim. Nesse momento, voltamos a ser aqueles adolescentes nervosos.

Ártemis pega minha mão e a levanta para beijá-la.

— Feliz 4 de julho, Fogo — sussurra ele.

— Feliz 4 de julho, Iceberg — respondo.

Nunca pensei que fosse possível ser tão feliz, que ele e eu nos encontraríamos mais uma vez e que poderíamos retomar os sentimentos inocentes da juventude. Emocionada, seguro a mão de Ártemis, porque dessa vez não vou soltar.

Independentemente das mágoas daquela época, todos temos a capacidade de amar e de sermos amados com todo o coração. E embora a vida nos leve para cima e para baixo a seu bel-prazer, uma hora ou outra você acaba encontrando a pessoa que vai segurar sua mão nos momentos bons e ruins — a pessoa que vai conseguir enxergar quem você é por dentro, através de você.

CAPÍTULO EXTRA

Dois anos depois do nascimento de Hera

ARES HIDALGO

— Nada de doces depois das nove da noite.

Suspiro. Ártemis está lendo um documento de quatro páginas com instruções dos dois lados. Usando uma calça preta e uma camisa branca de botões, ele parece sério e concentrado, como um advogado proferindo sua defesa perante o júri. Meu irmão está sempre muito elegante, embora hoje também esteja com olheiras enormes. Hera está com dois anos e pelo jeito essa é uma idade muito difícil. Por algum motivo, chamam de *crise dos dois anos*.

— Ártemis, já cuidei dela antes, ela vai ficar bem — repito, mas ele ignora e continua a ler.

Eu me jogo no sofá e troco um olhar com Raquel, que está do outro lado, com Hera no colo. Ela lança um olhar sereno e sussurra:

— Deixa, é normal.

Claudia desce as escadas com uma mochila nas costas, usando um vestido fresco. Ao ver Ártemis lendo o manual de instruções, ela revira os olhos.

— Ártemis. — Claudia para ao lado dele e tira os papéis de suas mãos. — Chega, eles sabem ler sozinhos.

— Mas...

— Mas nada, vamos embora. — Ela me entrega os papéis e pisca. — Qualquer coisa, podem ligar. E já sabem, Hera consegue ser muito convincente. Não a deixem à vontade.

— Entendido.

Observo Ártemis se inclinar e acariciar o rostinho de Hera, a devoção nítida em seus olhos. Isso me faz sorrir. Nunca achei que fosse ver meu irmão tão feliz. Ártemis era um homem frio, soturno e rígido até Claudia voltar à sua vida. Olho para a ruiva, que também dá um beijo carinhoso em Hera ao se despedir. Eles são uma família linda.

Raquel e eu trocamos um olhar. Será que algum dia teremos algo assim? A pergunta me pega de surpresa, então desvio o olhar. É cedo demais para pensar nisso.

Raquel e eu ficamos sozinhos com Hera. Ligamos a TV e procuramos algo a que uma criança de dois anos possa assistir. Hera brinca com o cabelo de Raquel, e eu viro para me aproximar delas. O rosto de Hera se ilumina quando me vê, esticando os braços.

— *Aiiisss*. — É assim que ela me chama. Às vezes consegue dizer *Ares*, mas não é sempre.

Não hesito em pegá-la no colo. Ela me abraça e deita o rosto no meu ombro de forma afetuosa. Não consigo deixar de sorrir. Hera é muito amorosa, e eu sinceramente não faço ideia de quem ela puxou, porque Ártemis e Claudia não são o melhor exemplo de demonstração de afeto.

— Como você continua sendo o tio favorito se só a vê nas férias e em alguns fins de semana? — Raquel balança a cabeça.

O cabelo de Raquel cresceu muito nos últimos meses, já está batendo na cintura. Abro um sorriso arrogante.

— Sou eu, o que você esperava?

— Idiota.

— Bruxa.

— *Buuxaaa* — sussurra Hera.

Eu a levanto um pouco para balançá-la com cuidado, de brincadeira.

— Isso aí, Hera! Raquel é uma *buxaaa*.

Raquel me lança um olhar de poucos amigos, e eu mostro a língua para ela. Hera agarra em poucos segundos tudo o que consegue, minhas bochechas, meu nariz, meu cabelo, e aperta com força. Ela tem habilidades motoras muito boas, isso é um fato.

— Vamos dar uma volta com ela? — propõe Raquel, se levantando.

Eu a encaro, porque essa calça jeans se encaixa perfeitamente nas suas pernas.

— Ares!

— Sim, sim, vamos.

Colocamos Hera no carrinho. Ela adora passear à noite e fica muito feliz. Pelo visto, é um hábito, uma atividade que deve ser feita todos os dias conforme o documento bíblico que Ártemis preparou. Ele e Claudia precisavam de um longo fim de semana a sós. Acho que é importante passar um tempinho sem a Hera, não julgo. Não puderam contar com a ajuda dos avós, porque eles foram fazer um retiro de verão. Então só havia Raquel, Apolo e eu, mas meu irmão só chega da faculdade amanhã. As férias de verão dele começaram depois das minhas.

Raquel empurra o carrinho e saímos para a calçada. O pôr do sol tinge de laranja os arbustos podados nos canteiros. Raquel suspira, parece perdida em pensamentos. A brisa sopra seus longos cabelos castanhos para trás.

— No que está pensando? — pergunto, colocando as mãos nos bolsos.

Ela volta a suspirar.

— Estava me lembrando de andar por essa rua, chorando... por causa de você.

Isso faz meu peito doer. Lembrar as vezes que a magoei no começo, quando lutava contra o que sentia, me deixa triste, porque ela não merecia isso. Ninguém merece ser ferido desse jeito.

— Fui um idiota — assumo.

Ela olha para mim e sorri. Isso me mata, porque Raquel nunca me negou esse sorriso genuíno, nunca parou de sorrir com todo o coração, não importa o que acontecesse. Mesmo nos momentos difíceis desse relacionamento a distância, quando discutimos e reclamamos da falta de tempo ou de interesse por estarmos muito ocupados com a faculdade.

Eu me aproximo dela e seguro seu rosto, colando nossas bocas. A familiaridade de seu gosto e da textura de seus lábios me faz sentir completo, como se finalmente estivesse em casa depois de um longo e solitário inverno. Consigo sentir seu calor e seu amor tão puro em cada toque, independentemente de quanto tempo passe.

— E por que está dizendo isso? — pergunta ela.

Eu beijo seu nariz.

— Eu te amo — digo, sincero.

Raquel segura meu rosto, o brilho em seus olhos se intensificando.

— Eu também te amo, deus grego.

Ela me dá um beijo rápido e se vira para continuar andando com o carrinho de Hera. Fico parado por alguns segundos, olhando para ela. Raquel para ao ouvir Hera choramingar, verifica se está tudo bem e pega minha sobrinha no colo.

A pergunta volta à minha mente: será que um dia vamos ter algo assim? Será que vamos ser uma família? Acho que o tempo dirá. Mas agora, quando ela olha para mim e sorri com Hera nos braços, afirmo com toda a certeza que farei de tudo para compartilhar meu futuro com ela.

Com a bruxinha obcecada que ficava me olhando pela janela.

1ª edição	SETEMBRO DE 2022
impressão	IMPRENSA DA FÉ
papel de miolo	PÓLEN NATURAL 70G/M²
papel de capa	CARTÃO SUPREMO ALTA ALVURA 250G/M²
tipografia	SIMONCINI GARAMOND